Renate Folkers

Der Tote hinter dem Knick

Bibliografische Information der Deutschen Nationalbibliothek
Die Deutsche Nationalbibliothek verzeichnet diese Publikation in der Deutschen Nationalbibliografie; detaillierte bibliografische Daten sind im Internet abrufbar über http://dnb.ddb.de

www.niemeyer-buch.de

Der Umschlag verwendet Motive von shutterstock.com
Doctor and stethoscope Jeng Niamwhan 2013,
Landsape of dunes … forestpath 2013
Druck und Bindung: AALEXX Buchproduktion GmbH, Großburgwedel
Printed in Germany
ISBN 978-3-8271-9515-9

Renate Folkers

Der Tote hinter dem Knick

CW Niemeyer

Der Roman spielt hauptsächlich in allseits bekannten Stätten um Husum, doch bleiben die Geschehnisse reine Fiktion. Sämtliche Handlungen und Charaktere sind frei erfunden.

Über die Autorin:

- 1950 auf Nordstrand bei Husum geboren
- nach der Schule Ausbildung zur Verwaltungsfachangestellten
- insgesamt über 25 Jahre an Schreibtischen öffentlicher Arbeitgeber
- von 1978 bis 1988 Familiengründung und Kindererziehung (4)
- 2001 Lebensmittelpunkt nach Minden verlegt
- 2009 Abschied aus dem Berufsleben und mit dem Schreiben begonnen
- größte Herausforderung als Autorin der nunmehr fertiggestellte Kriminalroman „Der Tote hinter dem Knick“

Mehr über Renate Folkers und ihre Aktivitäten erfahren Sie auf Facebook.

Spannende

Unterhaltung

wünscht

02.2015

Verträumt schaut Lisbeth Peters ihren Gästen Verena und Leander Hagedorn nach, wie sie eng umschlungen Richtung Deich schlendern.

,Was für ein schönes Paar und so verliebt', schwärmt die Pensionswirtin.

An diesem Augusttag steht die Luft vor Hitze, die Lerchen trällern, auf der benachbarten Koppel wiehert ein Pferd.

,Ich werde meine Gäste heute zum Grillen einladen', entschließt sich Lisbeth spontan. ,Kleinemeiers, Hagedorns, Hinnerk und ich, eine gute Mischung.'

Verena und Leander Hagedorn steigen indessen die Treppenstufen zum Seedeich hinauf. Es ist Flut und gute Sicht. Schafe blöken aus der Ferne. Die Luft riecht nach Salz und Meer und ein bisschen auch nach Schafmist.

„Ich liebe dieses Fleckchen Erde hier. Schnupper mal, dieser würzige Duft. Ich kann gar nicht genug davon bekommen."

Verena schmiegt sich an ihren Mann, der sie in die Arme nimmt und leidenschaftlich küsst.

„Ich liebe dich, Verena."

Sie fassen sich bei den Händen und laufen den Deich hinunter. Leanders Handy läutet.

„Entschuldige, Liebling. Hallo Jonas, was gibt's? Ja, wenn's so wichtig ist? Um neunzehn Uhr bei dir, sagst du? Ich glaube, da gibt mir Verena frei. Bis dahin."

„Ein Herrenabend, mein Schatz?", mutmaßt Verena lächelnd und legt ihren Arm um Leanders Taille.

„Ich glaube, Jonas braucht meinen seelischen Beistand. Die Sache mit Britta macht ihm sehr zu schaffen. Sie sind nicht zu beneiden, die zwei. Ich werde vorsorglich ein Zimmer in der Stadt nehmen. Ein Abend mit Jonas kann nicht nur lang, sondern auch feuchtfröhlich werden. Wirst du eine Nacht ohne mich auskommen können, mein Schatz?"

Eng umschlungen machen sie sich auf den Rückweg zu ihrer Pension.

„Sieh mal, eine Einladung von Lisbeth zum Grillen und davor ein Klotstockspringen für uns Männer. Passt prima, was denkst du?" Inzwischen sind sie in ihrem Zimmer angekommen.

„Ich glaub', da mach' ich mit, bevor ich zu Jonas fahre. Doch bis dahin haben wir noch Zeit ... "

Leanders Arme umschließen Verenas Körper von hinten und er lässt keinen Zweifel daran, wie sehr ihre erotische Ausstrahlung sein Verlangen entfacht.

Gemeinsam schließen sie die Vorhänge und Verena beginnt, die Knöpfe ihrer Bluse zu öffnen, den Blick dabei lustvoll provozierend auf ihren Mann gerichtet. Berauscht von ihrer Sinnlichkeit, beginnt er genussvoll ihren inzwischen entblößten schlanken Körper zu liebkosen, um ihn schließlich behutsam auf das Bett zu dirigieren ...

Es ist fast siebzehn Uhr, als Verena auf die Uhr blinzelt. Zärtlich streichen ihre Fingerkuppen über Leanders nackten Rücken, der in Bauchlage noch fest zu schlafen scheint. Die Frau huscht aus dem Bett und genießt ausgiebig die weich herabfallenden Wassertropfen der Wellnessdusche.

Auf dem Hof haben sich die Gäste zum Klotstockspringen eingefunden. Zum Anwärmen und Mut machen gibt's einen ‚Friesengeist', und weil man auf einem Bein nicht stehen kann, wie Hinnerk Peters weiß, schenkt er rasch einen zweiten ein. Hochprozentig und lecker. Dann geht es los. Der Bauer erklärt, wie der Sprung mit Hilfe des langen Stockes über den Graben zu bewerkstelligen ist und macht seinen Gästen das Ganze einmal vor.

„Das Wichtigste is' Anlauf, Schwung und rüber mit dem Mors. Alles andere wird 'ne feuchte Angelegenheit."

„Na, wer traut sich denn als Erster? Doktor Hagedorn?"

„Klar. Kann so schwer nicht sein. So breit ist der Graben ja nicht."

Durch ungeschickte Verlagerung seines Gewichtes reicht Leanders Schwung nur bis zur Grabenmitte und der Doktor landet mit dem Hosenboden im Wasser.

„Is' doch mein Reden, Hagedorn, knapp daneben is' auch vorbei. Die Weite macht's, nich' die Höhe. Aber man kann nich' alles können. Der Mors is' jedenfalls nass."

Hinnerk Peters verbirgt seine Freude nicht und fragt mit einem breiten Grinsen auf dem Gesicht: „Na, gleich noch mal versuchen?"

Der Gast, ein bisschen ärgerlich, befreit sich umständlich aus dem flachen Wasser.

„Blöder Spruch – blöder Bauer", entfährt es ihm versehentlich, aber immerhin so laut, dass Hinnerk es hört. Eigentlich hat er es so gar nicht gemeint, aber missgelaunt über sich selbst, dazu der Kommentar von Hinnerk, da ist es ihm nun mal rausgerutscht.

‚Hätte mir zumindest aus dem Wasser helfen können', brummelt er vor sich hin und mogelt sich ungesehen hinter den Damen, die sich auf dem Hofplatz zum Plausch eingefunden haben, vorbei ins Haus.

Kurze Zeit später gesellt er sich frisch geduscht zu den Frauen, die sich immer noch angeregt unterhalten.

„Vielen Dank für die Einladung zum Grillen, Lisbeth. Leider muss ich heute Abend einen Freund in der Stadt treffen, kann also beim Grillen nicht dabei sein."

Lisbeth errötet ein wenig.

‚Finde ich auch schade', denkt sie bei sich, fragt aber gleich: „Wollten Sie nicht beim Klotstockspringen mitmachen?"

„Bin schon durch damit, hat nicht so gut geklappt."

Das Taxi, das Leander in die Osterhusumer Straße zu Jonas Jeute bringen soll, rollt auf den Hof.

„Einen schönen Abend allerseits", ruft er in die Runde, während ihn Verena zum Auto begleitet.

Jonas ist vom blendenden Aussehen seines Besuchers beeindruckt.

„Hey, mein lieber Alter, braun gebrannt, total entspannte Gesichtszüge. Du überraschst mich, Leander. Deine Verena scheint dir echt gutzutun, komm' rein."

„Danke für die Blumen, Kleiner. Erzähl', was gibt's Neues?"

„Läuft alles ziemlich gut. Hatte ein Gespräch mit dem Professor. Die Medikation sei gut ausgewählt und zeigt bereits Wirkung, hat er gesagt. Das bedeutet, dass unser Konzept einen guten Verlauf nimmt. Ich kann's kaum erwarten, dass wir unsere Zelte hier abbrechen."

„Gemach, gemach, mein Lieber. Bloß nicht gleich abheben. Aber du hast recht, auf jeden Fall sollten wir darauf einen trinken, oder auch zwei. Ich habe im Hotel Hinrichsen ein Zimmer bestellt, für alle Fälle."

Beim nahe gelegenen Griechen in der Osterhusumer Straße hat Jonas einen Tisch reserviert. Bester Laune machen sich die Männer auf den Weg.

Der Wirt führt sie zu ihrem Platz in den hinteren Gastraum, in dem sie vorerst die einzigen Gäste sind. Sie bestellen Getränke und studieren die Speisekarte.

„Sag' mal, bist du dir wirklich sicher, dass uns niemand an die Karre pinkeln kann, was Brittas Medikamente betrifft? Manchmal überkommt mich das große Muffensausen, dass etwas schiefgehen könnte", will Jonas wissen.

„Nun mach' dir mal nicht in die Hosen, Jonas. Warst eben noch am Jubeln und jetzt die großen Fragezeichen auf der Stirn? Wir sind auf der absolut sicheren Seite. Seit Mai gibt es ein überarbeitetes umfangreiches Nachschlagewerk für Psychiater. Hier tummeln sich die Erfinder von Krankheiten und Medikamenten, verhelfen sich selbst zu Ruhm und Ehre und drehen Geldhähne auf, unter die sie die eigenen Geldsäcke hängen. Eine richtige Spielwiese für unseren Berufsstand. In diesem Regelwerk wird auf tausend Seiten entschieden, wer bekloppt ist, wer welcher Pillen bedarf und wer weggesperrt gehört, und da sind wir glücklicherweise mit im Boot und partizipieren ein ganz kleines bisschen von dem riesig großen Kuchen. Außerdem ist bei Medikamenten, deren Wirkstoff noch nicht zugelassen ist, der Nachweis aus Datenschutzgründen unmöglich. Personen und Indikation sind schlichtweg nicht zu ermitteln. Die Pharmafirmen haben natürlich ein großes Interesse, diese Medikamente an Patienten zu testen. Und deshalb sind sie meist auch die Sponsoren, die hierfür ansehnliche Summen zur Verfügung haben und sich auch bei den Ärzten nicht unbedingt knickerig zeigen. Alles ganz legal und nicht zu unserem Nachteil. Und was deine Frau betrifft, es war ihr innigster Wunsch, dass ihre Krankheit mit wirksamen Medikamenten behandelt wird. Das beinhaltet auch eine eventuelle Gefährdung bei nicht ausreichend geprüften Arzneimitteln, wenn solche angewendet werden. Und davon machen wir Gebrauch. Aber im Ernst: Nun nenn' mir mal ein Medikament, das Nebenwirkungen ausschließt. Deine Frau hat ihr schriftliches Einverständnis für die Behandlung gegeben. Wir alle gehen doch von der größtmöglichen Wirkung aus, jeder auf seine Weise. Glaub' mir, wir sind Tante Claires Nachlass ganz nah. Und nun reicht's mit den Zweifeln, Herr Bundesbedenkenträger. Lass uns zum gemütlichen Teil übergehen."

Leander streckt seinem Gegenüber die Hand entgegen, Jonas schlägt ein.

„Hast recht, Leander, tut mir leid. Soll nicht wieder vorkommen."

„Herr Ober, bitte noch zwei Bier und das Essen haben wir auch ausgewählt. Zweimal den großen Grillteller und eine Extraportion Tsatsiki, bitte."

Stundenlang sitzen die Männer am kleinen Ecktisch, stecken immer wieder die Köpfe zusammen, tuscheln, und bestellen Bier nach. Sie sind allerbester Laune, und Jonas' Zweifel endgültig verflogen.

Der Wirt löscht das Licht über den Tischen. Die Männer verspüren absolut kein Bedürfnis, ihren Abend zu beenden.

„So, meine Herren, das letzte Bier. Wir machen Feierabend", erklärt der Chef und stellt Jonas und Leander ein frisch gezapftes Bier vor die Nase. Es geht auf zwei Uhr morgens zu.

„Wir haben etwas supergroßes Geniales zu feiern, Mann", lallt Leander in Richtung Wirt.

„Stell dich nicht so an, komm, ich geb' noch 'ne Runde Ouzo aus, für dich auch einen. Mach schon, einer geht noch."

„Einverstanden, aber dann ist wirklich Schluss."

Der Grieche greift kopfschüttelnd nach der Schnapsflasche und füllt drei Gläser bis zum Stehkragen mit der trüben Flüssigkeit.

„Prost, die Herren. Was gibt' s denn zu feiern, wenn ich fragen darf? Ist Nachwuchs in Aussicht?", fragt er in Richtung Jonas.

„Nachwuchs? Ja, kann man so sagen, Zuwachs ist Nachwuchs. Tote Tante, Erbschaft, nachwachsender Rohstoff, Kohle. Also Nachwuchs, trifft irgendwie zu. Prost."

Genüsslich leert Jonas sein Glas. Der Wirt legt die Rechnung auf den Tisch.

„Zusammen oder getrennt?"

„Zusammen, so was macht man zusammen, Amigo."

Nachdem Jonas gezahlt hat, machen sich die beiden auf unsicheren Beinen auf den Heimweg.

„Ich könnte mich kaputtlachen, Leander. Weißt du noch, wann wir das letzte Mal so opulent zusammen gesoffen haben? Ich weiß es noch ganz genau. Es war in dem Jahr, als du Verena geheiratet und ihren Namen angenommen hast. Als du dich sozusagen damit selbst aus dem Dreck gezogen hast. Mit neuem Namen das alte Leben hinter sich lassen. Erinnerst du dich?"

„Schrei nicht so herum, Blödmann, muss doch nicht die ganze Welt mithören. Ist sowieso Schnee von gestern. Davon redet kein Mensch mehr."

„Nichts für ungut, aber das Besäufnis war schon allererste Sahne, oder? Kurz vor der Bewusstlosigkeit, wenn ich mich recht erinnere."

Sie torkeln den Gehsteig entlang und kommen schließlich vor dem Haus von Jonas und Britta an.

„Komm gut in die Falle, alter Junge. Willst nicht lieber 'n Taxi nehmen? Bis zum Hotel Hinrichsen in der Süderstraße ist es in deinem Zustand ein ganz schön langer Ritt", verabschiedet sich Jonas.

„Du mich auch", hört er Leander nuscheln, bevor die Haustür ins Schloss fällt.

Helles Sonnenlicht fällt durch die Vorhänge, als Leander nach dem strammen Abend in seinem Hotelzimmer aufwacht.

Total verkatert verspürt er einen fahlen Geschmack in seiner Kehle. Er setzt die Wasserflasche an und leert sie in einem Zug. Erinnerungen an den gestrigen Abend drängen sich in den Fokus. Der Gedanke, beinahe einen Umweg über die Neustadt riskiert und der Spielhölle einen Besuch abgestattet zu haben, setzt ihm ganz schön zu. Um ein Haar wäre er der Verlockung erlegen.

Es ist nicht nur der übermäßige Alkoholkonsum, der sich im Kopf bemerkbar macht. Auch die ungeheure Anstrengung, der Versuchung widerstanden zu haben, hat Kraft gekostet. Er schmeckt bitter und süß zugleich, der Lockruf der Spieltempel. Die Erleichterung hatte er sich versagt, sich für die Bitterkeit entschieden, und nur das zählte.

Nachdem er sich von Jonas verabschiedet hatte, war er eine Weile an einer Hauswand stehen geblieben. Dass Jonas die Namensänderung wieder ausgegraben hatte, traf ihn ins Mark. Durch die Eheschließung mit Verena war aus Leander Preuss Leander Hagedorn geworden. An Leander Preuss wollte er sich möglichst nie wieder erinnern, schon gar nicht von jemand anders daran erinnert werden. Außer seinem Neffen wusste in seiner neuen Umgebung nur sein Chef, Professor Harald Gramm, von seiner Vergangenheit.

Niemand in seinem Umfeld ahnte etwas von den Seilschaften, in die er verstrickt gewesen, und die ihm immer wieder Geldbeschaffungsquelle gewesen waren. Geld, das er immerhin niemandem gestohlen hatte.

Ein wenig in der Grauzone hatte er sich befunden. Hatte Menschen, die ohnehin tot oder auf dem Weg dorthin waren, etwas zu entnehmen gestattet, was sie nicht mehr benötigten, beruhigte er sich. Was war daran verwerflich? Das war durch eine einfache Unterschrift erledigt, wirklich kein großes Ding. Im Übrigen musste er sich als Arzt für das Leben entscheiden und das Leben gehört zweifellos dem Spendenempfänger.

Sein Bedarf an Bargeld war groß, damals. Die Spielhallen lockten täglich aufs Neue.

Vor seinen Augen flimmerten die Lichter einer Unmenge sich aneinanderreihender Geldspielgeräte. In den Ohren der berauschende und nicht enden wollende Sound sich prasselnd entleerender Geldspielautomaten. Geld in Hülle und Fülle, der Griff in die Mulde, das schöne, viele, herbeigesehnte Geld, sein Geld! Er hatte gespürt, wie es durch seine Finger rann und sich zu einem großen Berg auftürmte.

Das war sein ‚Rien ne va plus', das war der Puls allen Lebens.

Aber nicht nur die Lichter der Spielhalle und das Prasseln der Geldstücke bemächtigten sich seiner. Bilder an die Klinik, an Gefälligkeiten, die große Summen hatten fließen lassen, die aufgedeckten, aber nicht nachzuweisenden Fehlbestände im Medikamentenbestand des Krankenhauses.

Die zielführenden Gespräche unter vier Augen mit Angehörigen von Schwerverletzten zu der Zeit, als er noch verantwortlicher Neurologe auf der Intensivstation in Heidelberg war. Vor seine Augen traten die klagenden Angehörigen.

Von hinten leerte jemand einen Geldsack über seinem Kopf aus.

Vom Schwindelgefühl überwältigt hatte er sich am Fenstersims eines Hauses festgeklammert. Die Scheinwerfer eines Autos trafen ihn unvermittelt. Er erkannte ein Taxi und winkte es heran.

„Hotel Hinrichsen, Süderstrasse, bitte."

Er hatte sich auf den Rücksitz fallen lassen und die Schweißperlen auf der Stirn immer wieder mit dem Jackenärmel fortgewischt.

„Ich, Leander Hagedorn, bin kein Spieler, ich bin kein Spieler. Ich habe mich in Therapie begeben, ich bin kein Spieler. Ich bin Leander Hagedorn, Arzt, Neurologe. Psychiater und Psychologe. Ich heiße Leander und bin Hagedorn, äh, Arzt ..."

„Ich habe Sie nicht verstanden", hatte sich der Taxifahrer an ihn gewandt.

„Nicht so wichtig."

„Drei Euro neunzig, dann bitte." Er hatte dem Fahrer einen Zehn-Euro-Schein gereicht und war mit den Worten ‚stimmt so' aus dem Taxi gestiegen, was vom Chauffeur kopfschüttelnd aber freudig angenommen wurde.

Leander spürt, wie die Erinnerungen zu einer schmerzhaften Verkrampfung der Muskulatur führen.

‚Bleib locker, alles nur ein böser Traum', redet er sich ein und atmet einige Male tief in den Bauch.

Er schaut auf die Uhr. Viel zu früh zum Aufstehen, denkt er sich. Dennoch sucht er das Bad auf und braust die Nachwehen vom Vorabend gründlich fort. Kalt und heiß, immer im Wechsel. Dann schlüpft er noch einmal unter die Bettdecke. In der noch warmen Mulde räkelt er sich und denkt an Verena, die er in diesem Augenblick gerade sehr zu vermissen beginnt.

Meine schöne Verena, dich hat mir der Himmel geschickt, gehen seine Gedanken auf die Reise und er erinnert sich an den Abend, an dem er sie zum ersten Mal sah.

Es war kurze Zeit, nachdem er in Hamburg sein kleines Appartement bezogen hatte. Sein Chef, Professor Doktor Harald Gramm, hatte ihn als neuen Mitarbeiter der Station zu einer Fortbildungsveranstaltung einer Arzneimittelfirma mit anschließendem Empfang eingeladen. Unter den etwa zweihundert Gästen war auch Verena Hagedorn gewesen.

„Meine liebe Verena, darf ich dich mit meinem neuen Mitarbeiter bekanntmachen? Doktor Leander Preuss. Doktor, das ist meine liebe langjährige Freundin Verena Hagedorn. Ich habe Verena überredet, an dieser Veranstaltung teilzunehmen. Die schöne Dame verlässt seit dem Tod ihres Mannes vor einigen Jahren nur ungern ihr Haus. Aber sagen Sie selbst, was wäre uns entgangen, sie heute nicht bei uns zu haben."

„Sehr erfreut, gnädige Frau, Sie sehen umwerfend aus, wenn ich das mal so geradeheraus sagen darf."

Leander hatte Verena die Hand gereicht und ihr gentlemanlike einen Kuss auf den Handrücken gehaucht und dabei nicht aufgehört, in ihr unerhört schönes Gesicht zu schauen. ‚Was für eine Schönheit sie ist', hatte er gedacht, ‚sie ähnelt einer zerbrechlichen Porzellanpuppe. Die transparente Haut, die wasserblauen

Augen, der schön geschwungene Mund. Alles umrahmt von welligen, blonden Haaren.'

„Dann mache ich Sie mal für den Rest des Abends dafür verantwortlich, dass sich Verena wohlfühlt, Herr Kollege. Ich werde nachher noch einmal vorbeischauen."

„Darf ich Sie zu einem Glas Champagner einladen, Verena?", hatte sich Leander sogleich ohne Umschweife der Dame in dem roten körperbetonten Seidenkleid zugewandt und ihr seinen Arm angeboten.

„Sehr gern. Wir können den Champagner auf der Dachterrasse nehmen. Von dort aus hat man einen herrlichen Ausblick auf die Alster. Das wird Ihnen gefallen."

Verena hakte sich bei ihm ein und gemeinsam steuerten sie auf die Bar zu. Die Berührung der Frau hatte Leander elektrisiert. Ihm war sofort klar: sie oder keine. Sein ganzer Körper signalisierte, wie die erotische Eleganz dieser wunderschönen Frau von ihm Besitz ergriff. Ihre Kleidung, die schlanke Figur, vor allem der Duft, den sie verströmte, betäubten seine Sinne. Mit seinem blütenweißen Stofftaschentuch tupfte er sich diskret die feuchte Stirn.

„Eine gute Idee, nach draußen zu gehen. Ich freue mich, den Abend an Ihrer Seite verbringen zu dürfen, Verena. Erzählen Sie mir von sich. Wohnen Sie hier im Stadtteil?"

Es ging auf ein Uhr morgens zu, als die Lichter im Vortragssaal verlöschten und auch die Zahl der Gäste sich bis auf einige wenige reduziert hatte.

Verena hatte Leander in ihren Bann gezogen. Aber auch umgekehrt, war Verena seit diesem Abend wie ausgewechselt.

Sie gestattete Leander, sie nach Hause zu begleiten, und versprach, sich bei ihm zu melden. Seit ihrem Zusammentreffen spürte sie einen Zauber, von dem sie glaubte, sie könne sich an ihm nähren.

Als Leander an diesem Abend allein unter seine Bettdecke geschlüpft war, hatte sein Körper sich genau wie jetzt verzehrt nach dieser ästhetisch betörenden Schönheit.

‚Immer noch geht dieser unwiderstehliche Charme von ihr aus', sinniert der Mann vor sich hin, ‚gleich werde ich dich in meinen Armen halten', träumt er weiter, als jemand an der Zimmertür klopft.

„Roomservice, ist jemand da? Can I clean the room, please?"

„Ja, Moment."

Leander schlingt ein Handtuch um seine Hüften und öffnet einen Spaltbreit die Tür. Hinter einem Putzwagen steht ein junger Schwarzer in Kittelschürze mit hellblauen Gummihandschuhen.

„Moin, can I clean the room now?"

Oke Brandt vom Kriminalkommissariat Husum befördert die lose auf seinem Schreibtisch herumliegenden Aktenvermerke und Notizzettel in die oberste Schublade und verschließt sie. Er freut sich besonders auf den heutigen Abend. Gerlinde hat Geburtstag und zur Feier des Tages wollen sie essen gehen. Oke hat in dem historischen Restaurant ‚Zum Krug' in Hockensbüll für neunzehn Uhr einen Tisch bestellt. Das kleine Restaurant ist eine exzellente Adresse, was das Essen betrifft, aber auch von außen lädt das denkmalgeschützte Friesenhaus zum Verweilen ein. Im vorigen Jahr hatten er und Gerlinde mit Freunden den Silvesterabend dort verbracht.

Er freut sich auf den Abend mit seiner Frau. Schon bei dem Gedanken daran, huscht ihm ein Lächeln über das Gesicht. War längst mal wieder fällig, so ein Abend zu zweit. Er schaut auf die Uhr. Noch ist Zeit für ein Jogging entlang der Aue und ein ausgiebiges Bad danach.

Just als er den Schreibtischschlüssel in die Hosentasche gleiten lässt, klingelt das Telefon.

„Na, wird so schlimm nicht sein, bin ja eh schon fast weg", brummelt der Mann vor sich hin, und ohne auf das Display zu sehen, hält er den Hörer ans Ohr.

„Kripo Husum, Brandt, guten Tag."

„Auch Tach, ich bin's, Nane. Es gibt Arbeit, alter Junge. Leichenfund in Schobüll, am Waldrand. Soll ziemlich übel zugerichtet sein. Hau die Hacken in 'n Teer und komm runter. Ich warte im Wagen."

„Moment mal, Nane, das passt mir jetzt aber überhaupt nicht. Gerlinde hat Geburtstag und wir ..."

Nane Lüders hat aufgelegt und jeglicher Einwand ist zwecklos.

„So ein Mist. Eine Leiche ist keine Sache von fünf Minuten, wie soll ich das bloß Gerlinde erklären? Irgendwann hat sie die Faxen dicke", schimpft der fast zwei Meter große Mann vor sich hin und sprintet die Stufen des Treppenhauses hinunter. Er steigt in das Dienstfahrzeug, in dem sein Kollege mit laufendem Motor wartet.

„Sag jetzt nichts, Nane, sprich mich bloß nicht an", ranzt er Nane in gereiztem Ton an.

„Ich frage mich, wieso man eine Leiche nicht am Vormittag finden kann. Ich bin stinksauer."

„Nun reg dich mal ab, Oke, vielleicht ist unsere Leiche ein Nachtmensch. Ein Jogger hat den Fund gemeldet. Die Uniform ist schon vor Ort und der Staatsanwalt informiert."

„Na, dann gib mal Gas, Nane. Gerlinde reißt mir den Kopf ab, wenn's heute wieder mal nicht klappt. Ausgerechnet heute, so'n Mist."

Lüders lenkt das Fahrzeug am Hafenparkhaus vorbei und weiter über die Hafenbrücke, wo sich ein kleiner Stau gebildet hat, weil die Linksabbieger Richtung Dockkoog den geschlossenen Bahnübergang nicht passieren können.

„Nun guck dir das an, Nane. Die Touris vor dem Fischhaus Loof stehen wieder mal Schlange für 'n Fischbrötchen. Ist aber auch immer lecker und frisch, das kann man nicht anders sagen. Aber bei dem, was da über 'n Tresen geht, kann ja nichts alt werden. Muss eine Goldgrube sein, da unten. Und so gut wie ohne Konkurrenz. Jedenfalls heute. Meine Güte, wie lange soll das hier mit der Schranke denn noch dauern? Wo war ich stehen geblieben? Ach ja, vor Jahren war da doch noch der, der diesen riesigen Glaskasten auf die Ecke gesetzt hat. Sind allerhand öffentliche Gelder reingeflossen und es gab einen Riesenwirbel um dieses Objekt, erinnerst du dich? So ganz genau weiß ich das alles nicht mehr. Die Zeitung war voll davon, immer wieder. War so'n dunkler Lockenkopf mit Bart. Wie hieß er doch gleich? Ehrwald, glaube ich. Ja, Fritz Ehrwald. Der hat sich irgendwann mit seiner Geliebten aus dem Staub gemacht. So mit allen Konsequenzen, weißt du? Mit sich umbringen und so. Auch das ging ganz groß durch die Presse damals. Ja, und das war's dann. Seitdem ist das Fischhaus Loof allein die angesagte Adresse auf dieser Ecke. Hat sowieso immer schon die besten Fischbrötchen gemacht. Ich glaub', ich hab den falschen Beruf, Nane. Obwohl, immer nach Fisch stinken, das muss ich auch nicht haben. Fischig riechen aus allen Poren, igitt."

Der Stau vor der Schranke hat sich aufgelöst.

„Hallo Oke, komm mal runter. Ich bin auch Husumer und kenn' die Geschichten um Fritz Ehrwald und Loof. Du redest wie ein Wasserfall. Bleib mal locker, wir schauen, was unsere Leiche in Schobüll zu bieten hat und dann sehen wir weiter."

Nane Lüders gehört zu der Sorte Mensch, die ihr Herz nicht auf der Zunge tragen und ist grundsätzlich nicht so gesprächig. Er hört seinem Kollegen zu, versteht dessen Unmut, was den Einsatz zum Feierabend betrifft, aber sie sind ein Team und müssen nun mal zu zweit raus.

Für Nane ist ein Einsatz kurz vor Feierabend nicht weiter von Belang. Im Großen und Ganzen findet er die dienstlichen Einsätze ziemlich spannend. Sie sind die

Highlights, die sein Leben bereichern. Eine Leiche würde er nicht unbedingt als Highlight bezeichnen, aber das ganze Drumherum, das Umfeld von Täter und Opfer zu beleuchten, nach Motiven zu suchen, das ist nach Nane Lüders Geschmack. In die Rolle eines Ganoven zu schlüpfen, das ist spannend und lässt manchmal sogar Sympathien für die Täter aufkommen.

Nane liebt seinen Beruf. Ein halbes Berufsleben ist er nun schon dabei. Er ist ein gradliniger, manchmal schrulliger Mann, aber sein Gegenüber weiß stets, woran er bei ihm ist. Wegen seiner Verlässlichkeit wird er von den Kollegen besonders geschätzt.

In seinem Privatleben ist schon lange nichts Aufregendes mehr passiert. Seine Ehefrau ist fort und Kinder, die ihm Abwechslung bringen würden, hat er nicht. Er ist mit sich und mit den Dingen, wie sie sich ihm stellen, zufrieden und froh, dass Situationen, wie sie sein Kollege gerade durchlebt, schon ziemlich lange der Vergangenheit angehören.

„Heute Abend gehen Gerlinde und ich in Hockensbüll ins Restaurant ‚Zum Krug' essen. Warst du mal da, Nane?"

„Ich habe davon gehört, dass der Inhaber für seine exklusiven Speisen schon viele Auszeichnungen bekommen hat. Aber für mich ist das nichts. Das dauert mir alles viel zu lange da. Drei Stunden essen, das ist Zeitverschwendung. Bin nicht so der Gourmet, der diese Art von Gastronomie zu schätzen weiß. Früher war ich oft da. Da war das Restaurant noch eine Kneipe und hieß ‚Hockensbüller Krug'. Da gab's noch so 'ne olle Musikbox, in der unsere Lieblingshits wie ‚Butterfly' und ‚Rose Garden' von Lynn Anderson rauf- und runtergespielt wurden. Von da hab ich so manchen Brand nach Hause geschleppt. Man traf sich zum Feierabendbier. Meistens die, die auch mal 'n Bier mehr mochten. Und da gehörte ich eben auch zu. Für mich war's oft gemütlicher im Krug als zu Hause. Erna mochte nicht, wenn ich trank. Sie konnte dann so richtig hexig werden. Etliche Male hab ich von ihr den Feudel um die Ohren bekommen. Und wenn sie mich dann mit ihrem Gemecker traktierte, machte ich meist auf dem Absatz kehrt und zog noch mal los und tankte nach. War 'ne schlimme Zeit damals für mich und für Erna auch. Aber das ist alles lange her. Das war zu einer Zeit, da wusstest du noch nicht mal, dass du Polizist werden willst."

„Wieso hast du nie davon erzählt, Nane? Wir arbeiten nun schon so lange im Team zusammen, aber das ... "

„Weißt du, Oke, ich geh' damit nicht hausieren. Da, wo ich das Thema gut aufgehoben weiß, erzähle ich es, und sonst lass' ich es stecken. Für die meisten ist das nichts Besonderes, wenn so'n richtiger Saufkopp trocken wird. Du bist viel interessanter, wenn sich die Leute das Maul über dich zerreißen können und Wetten abschließen, wann sie dich bei der Bullerei rausschmeißen.

Aber das war alles gestern und ich lebe heute ohne Sprit. Einen Tag nach dem anderen, immer wieder heute."

„Da kann man ja richtig sentimental werden, Nane. Ohne Scheiß jetzt."

„Sag' ich doch."

Die Männer schweigen eine Weile.

Von der Nordseestraße biegt Nane rechts in den Bornweg und kurze Zeit später in den Tykisberg ein. Von hier aus sehen sie bereits die Dienstfahrzeuge der Kollegen und den mit Flatterband abgesperrten Fundort. Der Notarzt ist schon vor Ort. Mehrere

Schaulustige drängen sich hinter dem Absperrband und recken neugierig ihre Hälse.

„Ständig diese Gaffer und Sensationslüsternen! Du glaubst gar nicht, wie sehr ich sie hasse. Sollen uns doch in Ruhe unsere Arbeit tun lassen."

Oke steigt aus dem Wagen.

„Moin Kollegen, moin Jürgen", grüßt er in die Runde.

Gesche Neumann und Hilke Hauser von der Spurensicherung streifen sich ihre Handschuhe über und beginnen den Fundort und die Leiche zu untersuchen.

„Dass der aber auch so gar nichts bei sich trägt, was einen Hinweis auf Namen, Adresse oder Ähnliches geben könnte", sagt Hilke Hauser nach einer Weile. „Mein lieber Alter, da hat sich aber einer richtig Mühe gegeben. Halsschlagadern und Pulsadern geöffnet. Sauber. Das war keiner, der kein Blut sehen kann. Muss 'ne ganz schöne Sauerei gewesen sein. Ist nur die Frage, wo sie stattgefunden hat? Hier war das jedenfalls nicht. Da haben die Kollegen aber eine Aufgabe."

„Moin Oke, moin Nane ", empfängt Polizeihauptmeister Fritz Hansen die Kripoleute.

Ich hoffe, ihr habt keinen flauen Magen heute. Nicht so schön, der Anblick hier. Da war einer alles andere als zimperlich. Ziemlich gründlich sogar."

Oke und Nane steigen über das Gatter, um sich den Toten genauer anzusehen.

„Nun trampelt uns nicht die Spuren kaputt, Leute, ist sowieso nicht viel, was es hier zu sichern gibt", springt Hilke ihren Kollegen vor die Füße.

„Ist ja gut, Hilke, wir warten. Habt ihr schon was rausgefunden? Oh Mann, das ist in der Tat nichts für

Weicheier. Den hat einer nicht so wirklich lieb gehabt. Sieht jedenfalls nicht nach Arbeits- oder Sportunfall aus", stellt Oke fest, setzt sich auf den Knick und schluckt.

„Ganz richtig bemerkt, Arbeits- und Sportunfall scheiden aus. Hier haben wir es mit einem feinsäuberlichen, aber auch todsicheren Mord zu tun", meldet sich der Mediziner Jürgen Westermann zu Wort.

„Was auch sicher ist, der Fundort ist nicht der Tatort. Blut befindet sich fast ausschließlich an der Leiche, nicht auf dem Untergrund. Und der Tod ist vor weniger als vierundzwanzig Stunden eingetreten. Aber wegen der vielen Schaulustigen hier werden wir die weiteren Untersuchungen in der intimen Atmosphäre der Rechtsmedizin durchführen. Ich überlass' euch mal das Feld. Genussvollen Abend denn noch, Tschüss zusammen."

„Mensch, Nane, Oke, guckt mal, ich hab hier was. Na, das nenn' ich Glück."

Gesche Neumann hält ein zerknittertes Stück Papier in der Hand, das sie in der Innentasche der Weste des Toten gefunden hat und reicht es Oke.

„Eine Visitenkarte von der ‚Kleinen Pension Hinterm Deich'. Das ist schräg gegenüber. Hinnerk und Lisbeth Peters, Nordseestraße. Die kenn' ich, da fahr'n wir gleich auf dem Rückweg vorbei."

Brandt schaut auf die Uhr. Gleich sechs, dann noch bei Hinnerk und Lisbeth vorbei. Jogging ade. Auch muss er noch zu Blumen Höfer und die Rosen für Gerlinde abholen. Bestellt sind sie Gott sei Dank. Das wird ganz schön eng alles.

„Wir wären dann so weit. Manchmal ist ja weniger mehr, aber in diesem Fall gibt's fast nichts. Ein paar Reifenspuren, einen brauchbaren Fußabdruck, einige

Sachen für's Labor. Und die Visitenkarte ist ja auch nicht wirklich was. Von uns aus war's das dann."

Nane beugt sich über den Toten, der mit blutverkrustetem Gesicht und Haar und weit aus den Höhlen getretenen Augen hinter dem Knick liegt. Die Arme, extrem dicht am Körper, vermitteln den Eindruck, als würde er vor jemandem strammstehen, wenn er denn aufrecht stehen würde. Vermutlich war er eine Zeitlang in irgendetwas fest eingewickelt. An beiden Halsseiten klafft verkrustete Haut auseinander.

Die Frauen packen ihre Utensilien zusammen und streifen die Handschuhe ab.

„Dann bis morgen, Kollegen, schönen Feierabend."

„Auch schönen Feierabend, die Damen," entfährt es Oke und Nane fast gleichzeitig.

„Sag mal, Nane, würdest du ..."

„Klar, mach' ich. Ich warte allein auf die, die noch kommen sollen. Wolltest du doch sagen, oder? Musst nur noch die Damen überzeugen, dass sie dich in ihrem Dienstwagen mit in die Stadt nehmen."

„Das krieg' ich hin. Du bist ein echter Kumpel, Nane. Danke. Wenn du nicht ein Kerl wärst, würde ich dich knutschen."

„Schon gut", brummelt Nane in sich hinein und wendet sich noch einmal dem Toten zu.

„Da ist aber einer nicht wirklich nett zu dir gewesen, mein Freund. Ein bisschen merkwürdig das Ganze. Ist mir noch nie untergekommen, beidseitig die Halsschlagadern und Pulsadern aufgeschlitzt. Der wollte dich nicht tot, der wollte dich mausetot."

Etwa eine Stunde später wird die Leiche abtransportiert und die Dienstfahrzeuge der Mordkommission Flensburg, der Kripo Husum und der Rechtsmedizin Kiel verlassen den Fundort.

‚So, nun werde ich noch bei der Pension vorbeifahren', nuschelt Lüders vor sich hin, ‚der Abend ist eh angefressen und Mord ist Mord.'

Der Ferienhof von den Peters liegt wie ausgestorben vor ihm. Der Hauptkommissar stellt den Motor ab und steigt aus dem Wagen. Auch auf sein Klingeln an der Haustür regt sich nichts.

‚Na, dann eben nicht. Morgen ist auch noch ein Tag. Feierabend.'

Oke Brandt öffnet die Wagentür und ist seiner Frau beim Aussteigen behilflich.

„Darf ich Sie zum Essen begleiten?“, scherzt der Kommissar und reicht Gerlinde die Hand.

„Sehr gern, ich könnte mir keine angenehmere Gesellschaft vorstellen“, lässt sich Gerlinde auf das Spielchen ein.

Oke haucht seiner Frau einen Kuss auf die Wange. Den rechten Arm um ihre Schulter gelegt, nehmen sie den schmalen Weg durch den liebevoll angelegten Vorgarten.

Der Mann öffnet die weiße Eingangstür des Restaurants ‚Zum Krug‘. Wegen der niedrigen Raumhöhe zieht er automatisch den Kopf etwas ein. Durch einen kleinen Vorraum und eine weitere Tür erreichen sie den Gastraum. Kuschelig ist es hier. Die niedrige Holzbalkendecke verleiht der Gaststube etwas Heimeliges. Die beigefarbenen Speisekarten wirken edel auf den weißen Leinendecken und geben dem Raum eine ästhetische Eleganz. Das gesamte Ambiente vermittelt dem Gast das Gefühl, abzutauchen in eine Welt außerhalb von Hektik und Stress.

„Herzlich willkommen. Wunderbar, ich freu' mich, dass Sie wieder einmal bei uns sind“, begrüßt Frau Frederich, die Chefin des Hauses, ihre Gäste.

„Und herzlichen Glückwunsch zum Geburtstag, Frau Brandt. Ich wünsche Ihnen alles Gute und einen angenehmen Abend bei uns. Wenn ich Sie zu Ihrem Tisch begleiten darf? Ich denke, dass Sie zur Feier des

Tages ein wenig Zweisamkeit genießen möchten. So, in diesem Raum sind Sie ganz für sich."

Die Brandts sind im hinteren Gastraum angekommen.

„Oke, du bist ein Schatz!", entfährt es Gerlinde, als sie den riesigen Rosenstrauß entdeckt. Oke, ein wenig verlegen, freut sich, dass ihm die Überraschung gelungen ist.

„So, ein Gläschen Champagner zum Anstoßen vom Haus. Nochmals herzliche Gratulation, Frau Brandt. Auf Ihr Wohl und nochmals einen schönen Abend. Ich bringe Ihnen gleich das Entree, das mein Mann für unsere heutigen Abendgäste vorbereitet hat und dann können Sie in Ruhe die weiteren Speisen auswählen.

Haben Sie übrigens von dem Mord gehört, Herr Brandt? Hier ganz in der Nähe hat man doch heute einen Toten gefunden. Ich war ganz zufällig dort. Die Polizei hatte den Fundort am Tykisberg abgesperrt. Trotzdem waren einige Leute da zum Gaffen und drängelten sich vor dem Flatterband herum. Der Tote lag ja hinter dem Knick, so dass man ihn von der Straße aus nicht wirklich sehen konnte. Aber neugierig war ich dann doch. Ich konnte es nicht lassen, einfach mal über die Kante zu gucken. So was habe ich, ehrlich gesagt, noch nie gesehen. Das war ein grausiges Bild. Mir ist richtig ein bisschen schlecht geworden. Und weiche Knie bekam ich dabei auch. Ein normaler Toter ist ja schon kein schöner Anblick, aber der, der war ja richtig abgemurkst. Überall im Gesicht war Blut, schon angetrocknet, aber, ach, mir wird ja jetzt noch ganz schlecht.

Aber wissen Sie, Herr Brandt, obwohl der so blutverschmiert war, kam es mir vor, als hätte ich ihn schon mal gesehn, den Toten, irgendwann. Ja, irgendwie kam der mir bekannt vor. Wenn ich nur wüsste, wo das war."

Während Gerlinde sich mit strahlenden Augen den Rosen zuwendet, richtet sich Oke interessiert an die Wirtin: „Vielleicht ist er einer aus dem Dorf oder bei Ihnen mal als Gast gewesen? Wie kam es, dass Sie sich am Tykisberg aufgehalten haben? Hatten Sie dort zu tun?"

„Kann man so sagen. Unser Hund muss doch jeden Tag seine Runde laufen. Und um diese Zeit passt es mir am besten. So kurz bevor wir unser Restaurant öffnen. Da gehe ich immer von hier aus hinten rum und dann über Tykisberg, Bornweg und Nordseestraße zurück.

Aber wo Sie das so sagen, Herr Brandt. Ich glaube, der Mann war einer unserer Gäste. Auch wenn er nun ziemlich schrecklich aussah, konnte ich erkennen, dass er ein schönes Kinn hatte. Und deshalb kann ich mich aus so gut erinnern, weil er eben dieses Grübchen in einem fast eckigen Kinn hatte. Und eine wunderschöne Frau hat er bei sich gehabt. Nicht heute natürlich, aber als er hier zu Gast war."

„Da haben Sie aber ziemlich genau hingesehen, Frau Frederich. Beim ‚Mal-kurz-über-die-Kante-schauen' kann man doch so schnell kein Detail erkennen?"

„Na ja, ich gebe es zu. Nach dem ersten Blick habe ich auch noch einen zweiten gewagt. Wenn schon, dann wollte ich auch wissen, ob ich die Person kenne. Wird deswegen ja nicht mehr oder weniger schrecklich, nur weil ich zweimal hingucke. Aber sonst hätte ich vielleicht gar nicht das schmucke Kinn wiedererkannt. Aber nun müssen Sie sich um das Geburtstagskind kümmern und ich muss wieder an die Arbeit."

„Entschuldige, Gerlinde, aber irgendwie wird man von seinem Job immer wieder eingeholt."

Er küsst seine Frau auf die Wange, nimmt ihr Gesicht in beide Hände und sieht ihr in die Augen.

„Ich liebe dich, Gerlinde", fügt er leise hinzu und zieht sie dicht zu sich heran. Sie erwidert seinen langen leidenschaftlichen Kuss.

„Bist du ganz sicher, dass wir erst speisen wollen?", flüstert er dicht an ihrem Ohr.

„Nicht wirklich", haucht Gerlinde mit leicht geröteten Wangen.

Frau Frederich serviert die Kreation des Hauses und reicht ihren Gästen die Weinkarte und die Speisenempfehlung. Das verliebte Paar widmet seine Aufmerksamkeit den Köstlichkeiten auf der Menükarte.

„Auch wenn uns der Sinn gerade nicht nach Essen steht. Ich glaube, wir werden es nicht bereuen. Schau dir an, was unserem Starkoch wieder eingefallen ist. Wie das appetitlich klingt, da läuft mir schon beim Lesen der Karte das Wasser im Mund zusammen.

- *Zweierlei Kaviar und Tatar vom Wildlachs auf Buchweizen-Blinies, an Feldsalat mit Quittenvinaigrette.*
- *Filets von der Seezunge und Lotte, in der Pfanne gebraten, auf Zucchini-Juliennes mit Champagner-Creme*
- *Sorbet von der Mangofrucht, aufgefüllt mit Brut Dargent Rosé*

Auf einen schönen Abend, mein Schatz."

Als Frau Frederich später die Bestellung aufnimmt, spricht sie Oke noch einmal auf den Leichenfund an.

„Ich weiß, Sie sind nicht im Dienst, Herr Brandt, aber es lässt mir einfach keine Ruhe. Ich mach' es auch kurz: Ich habe noch mal in meinem Reservierungsbüchlein nachgeschaut und bei dem Namen Hagedorn ist es mir wie Schuppen von den Augen gefallen: der muss es gewesen sein. Dieser Mann und seine schöne Begleiterin waren am vierten August unsere Gäste. Doktor Hagedorn und Gattin."

„Danke, Frau Frederich. Haben Sie auch eine Telefonnummer oder eine Anschrift von den Leuten?"

„Nein, das hab ich leider nicht. Aber sie sind keine Husumer, das hat sich in einem Gespräch herausgestellt. Woher sie kamen, daran kann ich mich nicht mehr erinnern."

Oke Brandt hastet die Stufen zu seinem Büro empor. Er ist spät dran heute. Der gestrige Abend hatte sich bis in die Morgenstunden hingezogen.

Nun steht der Tote hinter dem Knick wieder im Fokus. Das volle Kontrastprogramm. Erst die Frühbesprechung und dann beginnt die Ermittlungsarbeit bei Hinnerk und Lisbeth von der ‚Kleinen Pension Hinterm Deich'. Im Grunde der einzige Hinweis, die Visitenkarte, wenn sie denn überhaupt als ein solcher zu werten ist. Eigentlich hätte er gestern noch bei ihnen vorbeischauen müssen, aber nun denn ... Niemand wird ihm deswegen den Kopf abreißen. Vielleicht ist Nane auf dem Rückweg ja noch dort gewesen.

„Moin zusammen", ruft Oke in die Runde, als er den Besprechungsraum betritt, in dem sich die übrigen Kollegen schon eingefunden haben. Er lässt sich geräuschvoll in einen Lehnstuhl fallen und lässt die Beine über die Armlehne baumeln.

„Mahlzeit Herr Brandt", frotzelt der Leiter des Kommissariats, Willi Mertens.

„Ausgeschlafen oder aufgehört?"

„Alles gut, du kannst anfangen, Willi", gibt Oke Brandt schlagfertig zurück.

„Dann lass mal hören, Nane, was es über den Leichenfund in Schobüll zu berichten gibt."

Lüders schildert ausführlich, was sie am Fundort festgestellt haben.

„Ist nicht unbedingt viel, an was wir uns festbeißen können. Bei der Pension in Schobüll bin ich gestern noch vorbeigefahren. War aber niemand zu Hause", schließt Lüders seinen Vortrag.

„Ich hab am Abend noch ein paar Überstunden im Restaurant ‚Zum Krug' in Hockensbüll gemacht", meldet sich Oke zu Wort.

„Die Chefin, Frau Frederich, konnte berichten, dass sie auf ihrer Runde mit dem Hund zufällig an dem Fundort der Leiche vorbeikam. Die Stelle war schon abgesperrt, aber sie hat dennoch einen Blick über den Knick gewagt und hat gemeint, dass der Tote Ähnlichkeit mit jemanden hat, den sie kennt. Lange Rede, kurzer Sinn: Der Tote war einmal zu Gast in ihrem Restaurant gewesen. Ein Blick in das Reservierungsbuch brachte sie auf den Namen. Es könnte ein Doktor Hagedorn sein, niemand aus dem Dorf, höchstwahrscheinlich ein Tourist."

„Bin stolz auf dich, Oke. Ermittlungsarbeit am Feierabend, das lob ich mir. Leider kann das Land Schleswig-Holstein die Spesen nicht übernehmen, das ist dir klar, oder?"

„Hab mir so was gedacht", grinst Oke.

„Aber Spaß beiseite. Darüber sollten wir mehr erfahren. Wer interviewt die Leute von der Pension?"

„Ich kenne die Eheleute Peters. Fahre gleich im Anschluss zu ihnen raus", antwortet Oke.

„Wann können wir mit dem Bericht aus Kiel rechnen?", möchte Willi Mertens wissen.

„Bruno Sander von der Rechtsmedizin Kiel wird uns schnellstmöglich seinen Bericht zukommen lassen. Anruf zwecklos. Wir sollen uns endlich mal an die Spielregeln halten und nicht immer schon gestern das Ergebnis von morgen haben wollen. Er hat die Hütte voll, eine Vorzugsbehandlung ist nicht drin. So hat er es mir deutlich zu verstehen gegeben", gibt Nane die Bemerkung des Rechtsmediziners weiter.

„Das ist ja mal 'ne klare Ansage, dann bleibt uns wohl nichts anderes übrig, als abzuwarten.

Wenn die Kollegen aus Flensburg eintrudeln, sprechen wir weiter, wird voraussichtlich gegen Mittag sein. Ich freu' mich auf die Zusammenarbeit. War in den letzten Jahren immer angenehm und unkompliziert mit denen."

Mertens nickt zu Oke rüber.

„Schobüll?"

„Jo."

„Das wär's für den Moment. Haltet mich über eure Ergebnisse auf dem Laufenden, Leute. Ich möchte über die kleinste Kleinigkeit informiert werden. Und bitte nichts im Alleingang. Flensburg übernimmt den Fall. Ende der Durchsage."

Von der Kollegin Wilma Hansen besorgt sich Oke den Dienstwagenschlüssel und rollt fünf Minuten später mit dem VW Passat vom Hof des Polizeigeländes.

Er schaltet das Funkgerät ein, dann hört er Radio. Radio Schleswig-Holstein, sein Lieblingssender, wenn er unterwegs ist, meldet in den Schlagzeilen den Leichenfund vom gestrigen Tag.

„Woher die immer so schnell ihre Informationen beziehen, ist mir schleierhaft. Noch hat der Pressesprecher nichts verlauten lassen", sagt der Kommissar zu sich selbst. „Können einem mitunter ganz schön die Ermittlungsarbeit erschweren."

Der Verkehr fließt zäh an diesem Morgen.

„Ich hätte den Weg links herum über die Herzog-Adolf-Straße nehmen sollen. Meine Güte, dass ich daran nicht gedacht habe, jeden Donnerstag dasselbe. Wochenmarkttag."

Fünfzehn Minuten später parkt der Polizist sein Dienstfahrzeug neben dem Scheunentor auf dem Hof von Hinnerk und Lisbeth Peters. Der Bauer ist mit seinem Traktor beschäftigt, als Lisbeth aus dem ehemaligen Stalleingang auf den Hof gelaufen kommt. Aufgeregt ist sie, das sieht Oke ihr von Weitem an.

„Moin Hinnerk, moin Lisbeth. Wie geht' s euch hier draußen hinterm Deich? Alles gut?"

„Moin Oke. Wenn das kein Zufall ist", entfährt es Lisbeth.

„Da hab ich doch gerade bei RSH gehört, dass man bei uns am Waldrand einen Toten gefunden hat, quasi schräg gegenüber von uns. Nun stellt euch das mal vor. Hier bei uns auf dem Land. Das ist ja wie im Krimi. Man weiß aber noch nicht, wer der Tote ist. Weißt du das denn, Oke? Ist es einer aus dem Dorf? Du bist doch bei den Kriminellen. Was willst du überhaupt hier? Hat dein Besuch etwa was mit der Leiche zu tun?"

Lisbeth ist so aufgeregt, dass sich ihre Stimme beinahe überschlägt.

„Nein, Lisbeth, ich weiß nichts. Aber wir arbeiten an dem Fall und werden sicher bald wissen, um wen es sich bei dem Toten handelt. Aber, nun sag mal, wie läuft euer kleiner Ferienbetrieb? Seid ihr ausgebucht während der Sommermonate?"

„Ach, wir sind ganz zufrieden. Haben schon einige Stammgäste und stehen auch im Gästeverzeichnis der Tourist-Information. Hinnerk und ich sind ja mit dem Internet nicht so vertraut. Deshalb haben wir uns Visitenkarten anfertigen lassen, die unsere Gäste sich mitnehmen können.

Ich glaube, das war eine gute Idee. Die sehen ziemlich gut aus und sie sind druckfrisch. Hier, kannst gleich ein paar mitnehmen und ein bisschen Werbung für uns machen."

Lisbeth zieht einen Stapel der besagten Karten aus ihrer Schürzentasche.

„Die sehen wirklich gut aus, Lisbeth. Hast du sie denn schon unter die Leute gebracht?"

„Eigentlich will ich in den nächsten Tagen in der Massagepraxis, bei Höfer und beim Kaufmann fragen, ob ich einige dort auslegen kann. Das habe ich bisher noch nicht geschafft. Aber unsere letzten Gäste, die Hagedorns aus Hamburg und die Kleinemeiers aus Herford, die haben schon Visitenkarten von uns mitgenommen."

„Ich brauch' mal die Adressen von den Gästen Hagedorn und Kleinemeier. Kannst du mir die aufschreiben?"

„Haben die was mit dem Fall zu tun, Oke?"

„Ist alles nur Routine, Lisbeth. Wir stehen ganz am Anfang unserer Ermittlungen. Also, schreib mal auf."

„Ja, die Hagedorns sind erst vorgestern abgereist. Ich hab versucht, Verena anzurufen, weil sie ihre Einkaufstüte von CJ Schmidt vergessen hat. Alles neue Klamotten und einfach stehen gelassen. Aber sie hat sich nicht gemeldet, und der Anrufbeantworter springt auch nicht an. Irgendwie seltsam. Ich werde ein Paket fertig machen und es ihr nachschicken. Will die Sachen ja auch los sein."

„Und was willst du jetzt von uns, Oke?" fragt der Bauer.

„Na ja, vielleicht habt ihr ja was gehört, dass jemand vermisst wird oder so. Wir von der Polizei wissen ja auch nicht immer, wo wir mit unseren Ermittlungen anfangen sollen. Da kann die kleinste Kleinigkeit auf einmal von großer Bedeutung sein. Was waren das denn so für Leute, eure Gäste aus Hamburg und Herford?"

Lisbeth räuspert sich.

„Also die Kleinemeiers sind Rentner, so fast siebzig beide. Ganz ruhige Leute, und so sauber. Die lieben das Landleben und unsere Gegend hier. Sie sind völlig unauffällig, so Leute wie du und ich. Insgesamt waren sie schon mindestens zehnmal in Nordfriesland, natürlich in einem anderen Quartier, denn unsere Pension gibt es ja erst seit zwei Jahren. Sie haben aber ihren Urlaub für nächsten Sommer wieder bei uns gebucht.

Und die Hagedorns, die kommen ja nur von um die Ecke, aus Hamburg. Er wollte eigentlich gar nicht hierher, aber Verena hat ihn überredet. Ich glaube, sie mag unsere Idylle hier sehr. Er ist mehr so ein Stadtmensch, wie soll ich sagen, so ein ..."

„Er ist ein Großmaul, wolltest du wohl sagen, Lisbeth", fällt ihr der Bauer ins Wort.

„Ein unangenehmer Typ, ein Frauenheld und Schürzenjäger, wenn du mich fragst. Ich kann mir nicht vorstellen, dass der noch mal bei uns Urlaub machen will."

„Wie kommst du darauf? Was ist vorgefallen, dass man darauf schließen könnte, Hinnerk?"

„Was stehen wir eigentlich hier draußen herum? Kommt rein, ich hab frischen Tee aufgebrüht. Bei einer Tasse Tee können wir uns in Ruhe unterhalten. Wie geht es Gerlinde, Oke?"

Lisbeth geht voran durch die Stalltür über den kleinen Windfang in die gemütliche Küche. Sie stellt ein drittes Gedeck auf den Tisch.

‚Mit Liebe gemacht', denkt Oke Brandt bei sich, ‚leckere Käsebrote und Weintrauben, hmm.'

„Nimm Platz, Oke, und lang zu, herrlicher Backensholzer Käse. Magst du Sahne für den Tee?"

„Nee, danke, Lisbeth, lass mal gut sein, ich nehme etwas Kandis. Kuschelig bei euch in der Küche, kann mir vorstellen, dass es euren Gästen gefällt. Aber nun sag mal, Hinnerk, wie kommst du darauf, dass die Leute aus Hamburg bei euch nicht noch einmal Urlaub machen wollten?"

„Na, das ist eine lange Geschichte. Da gab es so eine Begebenheit beim Klotstockspringen. Übrigens meine Lieblingsbeschäftigung mit den Gästen. Kann mich so manches Mal kaputtlachen, wenn die mit ihrem Mors im Wasser landen."

„Kenn' ich, Hinnerk. Hab auch schon einen nassen Hosenboden bekommen dabei."

„Nun ja, dieser Leander Hagedorn, dieser eingebildete Popanz, war auch nicht der Sportlichste und saß plötzlich mit dem Hintern im Graben. Einen Moment lang hat er so dagesessen. Ich dachte, der explodiert gleich. Und meinen Spruch ‚knapp daneben is auch vorbei', den hat er dann auch nicht so gut gefunden. Der hat mich vielleicht angeschnauzt, als der wieder trockenen Boden unter den Füßen hatte. ‚Blöder Bauer' hat er mich genannt, und ich hätte ihm doch helfen können, herauszukommen. Ich sag's dir, dem hätte ich nicht den kleinen Finger gereicht."

„Wieso bist du so wütend auf ihn?", fragt Oke.

„Na ja, da war nicht nur die Sache mit dem Klotstockspringen, da war auch noch die Sache mit Lisbeth. Und da hab ich eben kurzen Prozess gemacht mit diesem Großmaul aus Hamburg."

„Nu übertreib man nich, Hinnerk", wirft Lisbeth ein. „‚Die Sache mit Lisbeth', was soll Oke denn davon denken. Der hat doch bloß gesagt, dass es bei uns sehr schön ist und dass ich eine gute Pensionswirtin bin. Da kommst du eben ein bisschen schlecht weg mit deiner griesgrämigen Art."

„Nun hör doch auf, die Sache zu verharmlosen, Lisbeth", regt sich Hinnerk auf.

„Der Typ kann von Glück sagen, dass ich ihm nicht an die Gurgel gesprungen bin. Hab doch genau gesehen, wie er dich angefunkelt hat.

‚Sie sind eine ausgezeichnete Köchin, Lisbeth, die harte Arbeit als Bäuerin ist für eine zarte Person wie Sie schlichtweg ein Verbrechen, aber als Pensionswirtin sind Sie die allererste Sahne, und eine wirkliche Augenweide. Glauben Sie mir, ich kenne mich da aus.'

Das hat er dir vorgesäuselt, ich habe es genau gehört und höre es immer noch. Ausgezogen hat er dich mit seinen Blicken, das Schwein! Hat er dich etwa auch angegrabscht, der Aufreißer aus der Großstadt? Puterrot angelaufen bist du, bis unter die Haarwurzeln. Ein großes Maul haben sie und Ehen zerstören, das können sie. Keine Ahnung vom harten Leben auf dem Land und unsportlich bis zum Ableben. Der wird unseren Hof nie wieder betreten!"

Der Bauer schlägt mit der Faust auf den Tisch, steht von seinem Platz auf und mit den Worten ‚Und nun hab ich zu tun', verlässt er die Küche.

„Dass Hinnerk sich immer so aufregen muss. Irgendwann kriegt er noch einen Herzanfall. Also, ein bisschen Komplimente hat mir Leander Hagedorn schon gemacht, aber mir hat das gefallen. Da hat er sich doch nichts bei gedacht, wollte ausdrücken, dass ich gut kochen kann und auch nicht ganz hässlich bin. So was kommt Hinnerk natürlich nicht über die Lippen, und deshalb ist er so ausgerastet. Auf Hochdeutsch hat er mich angebrüllt und das, wo wir doch immer Platt miteinander sprechen. Er hat Leander Hagedorn dann noch gesagt, dass er ja abreisen kann, wenn es ihm bei uns nicht passt. Ja, und dann haben sich Verena und Leander wegen Hinnerks Verhalten gestritten. Das hat mir Verena später erzählt. Sie wollte sich nicht ärgern im Urlaub. Deshalb sind sie früher als geplant abgereist. Das habe ich sehr bedauert. Sie ist so eine nette Frau, so fein und vornehm, aus einer anderen Schicht als wir, aber trotzdem ein so freundlicher Mensch, nicht eingebildet und hochnäsig, wenn du weißt, wie ich das mein'."

„Das kann ich mir schon vorstellen, Lisbeth.

Ja, ich muss dann mal wieder. Die Adressen wolltest du mir noch aufschreiben. Und vielen Dank für den leckeren Tee."

Nachdem Oke Brandt den kleinen Zettel mit den Kontaktdaten der Gäste in seine Tasche geschoben hat, verlässt er den Hof, ohne dem Bauern noch einmal zu begegnen.

‚Was für ein eigensinniger Mensch, dieser Hinnerk', denkt er, als er sein Dienstfahrzeug erreicht.

„Grüß Gerlinde, Oke", ruft Lisbeth ihm nach. Oke macht noch einmal kehrt.

„Mach' ich, Lisbeth, danke. Sag mal, wo war Hinnerk vorgestern? Was hat er den Tag über und abends so gemacht?"

„Du glaubst doch wohl nicht, dass Hinnerk ...!", entrüstet sich Lisbeth.

„Ich muss das fragen, Lisbeth. Das gehört zu meiner Arbeit. Ist die wichtigste Frage überhaupt, die ich allen immer stellen muss. Also?"

„Vorgestern? Er war bei unserem Sohn in Arlewatt, hat ihm bei den Pferden geholfen. Und abends war er beim Schäferhundverein Husum, wollte wegen der Herbstprüfung mit dem Vorsitzenden was besprechen. Unser Hund soll bald die Prüfung machen."

„Danke, Lisbeth, schönen Tag noch mal."

Es ist beinahe halb elf, als Oke Brandt an der Polizeidienststelle eintrifft. Noch etwa eine Stunde Zeit bis zur Besprechung mit den Flensburgern. Ausreichend Zeit für eine Aktennotiz über das Gespräch mit Hinnerk und Lisbeth.

„Moin Kollegen", schickt Willi Mertens seinen Gruß in die Runde. Nane Lüders, Oke Brandt und Kommissar Bent Gregersen aus Flensburg haben bereits einige Male in Mordfällen zusammengearbeitet. Die große sportliche Frau mit braunen langen Haaren neben Gregersen ist die Kollegin Mieke Hinrichs. Die Hauptkommissarin ist neu im Morddezernat Flensburg. Vor Kurzem hat sie sich von Lübeck zur Flensburger Dienststelle versetzen lassen.

„Ich bin Oke Brandt", wendet er sich direkt an die junge Hauptkommissarin.

„Freu' mich auf die Zusammenarbeit. Ein wenig Frauenpower im Team kann nicht schaden, was meinst du, Nane?"

„Ist ja immer mein Reden. Frauen haben eine ganz andere Spürnase als wir Kerle. Will nur sagen, ich freu' mich auch auf die Zusammenarbeit, Frau Kollegin."

„Ja, dann wollen wir mal. Ich bin übrigens Mieke. Dann lasst mal hören."

Sie nehmen Platz an dem Besprechungstisch vor dem Fenster. Oke wirft den Zettel mit der Anschrift der Gäste der Pension von Lisbeth und Hinnerk Peters auf den Tisch.

„Das ist die Ausbeute, recht übersichtlich.

Allerdings, die Visitenkarte, die wir bei dem Toten gefunden haben, ist praktisch noch warm. Lisbeth Peters hat sie vor ein paar Tagen erst zugeschickt bekommen, und die Gäste, deren Namen sie auf den Zettel geschrieben hat, sind bis jetzt die einzigen, die im Besitz der Karte sind. Das sind einmal die Eheleute Karin und Ingo Kleinemeier aus Herford und Leander und Verena Hagedorn aus Hamburg.

Ja, ihr habt richtig gehört. Hagedorn. Der Name fiel gestern schon einmal. Die Chefin vom Restaurant ‚Zum Krug' will die Leiche als einen ihrer Gäste erkannt haben, was ja nun nach Aussage von Frau Peters von der Pension tatsächlich so auch gewesen sein kann.

Zwischen Hinnerk Peters und seinem Gast Leander Hagedorn ist es wegen einer Eifersüchtelei zum Streit gekommen. Im Grunde Kinderkram, aber immerhin hatte Hinnerk Peters mit Leander Hagedorn eine Auseinandersetzung, in der er ihm gedroht hat. Bei der Befragung hat er geäußert, dass dieser seinen Hof nie wieder betreten würde. Deswegen sind die Hagedorns früher als vorgesehen abgereist. Nach Lisbeths Aussage hat Hinnerk Peters für den ganzen Tag ein Alibi, was wir natürlich noch überprüfen müssen.

Mehr hab ich nicht in Erfahrung bringen können."

„Für den Anfang nicht schlecht. Immerhin haben wir eine Vermutung, um wen es sich bei dem Toten handelt.

Nane und Oke, kümmert ihr euch bitte zuerst um Informationen von den Hamburger und Herforder Kollegen? Was sind das für Leute, haben wir sie in unserem System, welches Umfeld und so weiter", gibt Mieke Hinrichs Anweisung. Nane und Oke nicken einander vielsagend zu, haben sie doch das Wort ‚bitte' vernommen.

„Wie weit ist die Rechtsmedizin?“, erkundigt sich die Kollegin.

„Vor heute Nachmittag werden wir kein Ergebnis erwarten können, so viel hat Bruno Sander schon verlauten lassen. In seinen Kühlfächern liegen Einige, die vor unserem Toten auf seinen Bericht warten“, teilt Nane mit.

„Gut, dann warten wir's ab.“

Die Flensburger Kommissarin verstaut ihre Aufzeichnungen in der Umhängetasche.

„Bent, wir beiden Hübschen fahren heute Nachmittag bei Bruno Sander in Kiel vorbei und sehen uns den Toten einmal genauer an. Vielleicht können wir die Ergebnisse gleich mitnehmen. Lasst uns jeweils auf dem kurzen Dienstweg korrespondieren, Kollegen. Ich möchte über Neuigkeiten sofort informiert werden. Ansonsten lass' ich euch mal freie Hand.“

Während Mieke Hinrichs und Bent Gregersen ihren Rückweg antreten, überprüfen die Husumer Beamten die Daten der Pensionsgäste aus Herford und Hamburg. Etwa eine Stunde später tippt Nane die Nummer von Oke in sein Diensttelefon.

„Komm mal eben rüber, Oke, ich hab da was rausgefunden, da fliegt dir der Draht aus der Mütze.“

„Bin schon unterwegs. Übrigens: Herford hat nichts ergeben. Die Eheleute Kleinemeier waren putzmunter telefonisch in ihrer Wohnung zu erreichen.“ Oke legt den Telefonhörer auf. „Dann schieß mal los, Nane. Bin gespannt, denn, so leicht bist du ja im Allgemeinen nicht zu begeistern“, platzt Oke in das Büro von Nane hinein und lässt sich in den Besuchersessel vor dem Schreibtisch fallen. Die Beine legt er leger auf dem Stuhl ab.

„Dann halt dich mal fest, mein Lieber. Die Kollegen aus Hamburg haben heute Morgen in Blankenese die Tür zu einer Villa öffnen lassen. Und nun rate mal, um wessen Villa es sich handelt? Richtig. Verena Hagedorn ist die Eigentümerin. Als den Kollegen auf ihr Klingeln nicht geöffnet wurde, haben sie bei der Nachbarin geläutet und die war recht erleichtert, denn normalerweise meldet sich Verena Hagedorn nach ihrer Rückkehr immer gleich bei ihr, aber diesmal hat sie von den Hagedorns nichts gehört und nichts gesehen. Dabei hatte Verena Hagedorn Frau Krusepeter angerufen, dass sie einen oder zwei Tage früher als geplant aus Husum zurückkommen. Aber nun kommt der Hammer: Die Hamburger Kollegen öffnen die Tür zur Villa der Hagedorns und finden im Wohnzimmer eine Frauenleiche, die mit einem Loch in der Stirn und einer Schusswaffe neben sich auf dem Boden liegt. Wahrscheinlich handelt es sich bei der Toten um Verena Hagedorn. Sie muss allerdings noch identifiziert werden. Das war aber noch nicht alles, Oke. Die Kollegen haben auf dem Wohnzimmertisch, quasi neben der Toten, einen Brief gefunden. Einen handgeschriebenen Brief, offensichtlich ein Geständnis. Sie beschreibt explizit, wie sie ihren Mann getötet und in Schobüll hinter dem Knick abgelegt haben will."

„Und danach tötet sie sich selbst. Dann ist doch alles klaro. Das ging aber schnell, Nane. Klingt ganz so, als könnten wir unsere Akten bald wieder schließen", frohlockt Oke.

„Gemach, gemach, Oke. Die Kollegen schicken uns den besagten Brief rüber. Und natürlich Fotos von der Leiche. Wir geben das dann an die Flensburger weiter. Ich kann kaum erwarten, zu lesen, was da drinsteht.

Lass uns mal zu Willi rübergehen, dem wird das auch gefallen."

Nane und Oke klopfen an die Bürotür ihres Chefs und betreten, ohne auf Antwort zu warten, den Raum.

„Ich sehe euch an, dass es Neuigkeiten gibt. Dann setzt euch mal und schießt los."

Nane und Oke berichten von der Neuigkeit aus Hamburg. „Das is' ja 'n Ding. Da wird ja der Hund in der Pfanne verrückt!", entfährt es Willi Mertens.

„Klingt ja geradezu nach einem Teufelsweib. Die Sache beginnt sich warm zu laufen. Aber noch ist nicht aller Tage Abend. Vielleicht kriegen Mieke und Bent am Nachmittag den Bericht von der Rechtsmedizin, und dann sind wir noch schlauer. Ich schlag' vor, wir schalten gegen fünf Uhr eine Konferenz mit Flensburg und tragen die Ergebnisse zusammen. Fahrt ihr zwei doch morgen noch mal zu zweit zu den Peters raus. Vielleicht lässt sich über das Ehepaar Hagedorn doch noch ein bisschen mehr rauskriegen. Dann würde ich sagen, sehen wir uns um fünf zur Telefonkonferenz. Macht Spaß mit euch."

Kurz vor fünf finden sich die Kollegen der Husumer Dienststelle zur Telefonkonferenz mit Flensburg in Willi Mertens Büro ein. Sollte die Rechtsmedizin keine besonderen Erkenntnisse gewonnen haben, könnte ihr Fall als aufgeklärt zu den Akten gelegt werden.

Eine Ehefrau, die ihren Gatten ins Jenseits befördert, der Polizei per Abschiedsbrief einen Beweis für ihre Tat liefert und sich anschließend selbst tötet. Eindeutiger geht's kaum.

„Moin Kollegen, wir sind gespannt, legt mal los", beginnt Mieke Hinrichs das Gespräch.

„Hallo Mieke, ist einigermaßen was zusammengekommen. Und, um es vorwegzunehmen, wenn es ist, wie es scheint, könnte die ‚Knickleiche' bald ad acta gelegt werden. Die Ehefrau des Toten hat den Mord an ihrem Mann schriftlich in einem Abschiedsbrief gestanden. Danach ist sie durch Selbsttötung aus dem Leben geschieden. Wir haben euch den Brief und Fotos von der Toten rübergeschickt. Was meint ihr?"

„Haben wir noch nicht gesichtet. Wir sind gerade erst aus Kiel zurück. Lies doch mal vor, das Geständnis."

„Nichts lieber als das. Hat mir gut gefallen, der Text. Muss 'ne richtig coole Person gewesen sein, die Verena Hagedorn. Also, dann seid mal ganz Ohr: ‚Leander, Du bist tot, und einen Brief an einen Toten zu schreiben, macht wenig Sinn, aber ich will es mir von der Seele schreiben. Also, auf recht grausame Art habe ich Dich getötet. Vielleicht hast Du gar nicht viel davon mitbekommen, weil Du so betrunken warst. Ich hatte auch getrunken, deshalb fiel es mir nicht schwer. Nie wieder sollst Du mich demütigen oder betrügen. Dein nächstes Opfer sollte Lisbeth sein, ich habe es deutlich gespürt. Ich kenne Dich viel zu gut, als dass Du es hättest vor mir verbergen können. Und Hinnerk hat es auch gemerkt. Aber Du wirst kein Unglück über diese ehrbaren Leute bringen. Lisbeth wird es nicht sein. Jetzt ist Schluss!

Wenn die Polizei mich gefunden hat, wird Dein Tod keine Fragen mehr aufwerfen. Dann werden die Ermittlungen in Nordfriesland eingestellt werden können, und dann sind wir quitt.

Das schlichte Leben der Menschen hinter dem Deich und die Beschaulichkeit der Landschaft haben mir mein unerträgliches Leben neben Dir vorgeführt. Sie gaben mir Frieden und die Kraft für meine Taten. Dafür bin ich dankbar.

Nun sollst Du aber noch erfahren, wie ich es getan habe: Ich nahm das kleine rote Küchenmesser und wetzte es an dem Brotmesserrücken. Eigentlich war es scharf, denn ich hatte es erst vor Kurzem gekauft. Die rote Farbe hat mir gefallen und, dass es scharf war. ‚Du wirst mein Lieblingsmesser', habe ich damals gedacht, und so ist es gekommen.

Ich ritzte ein Kreuz in eine Tomate, dabei überkam mich ein leichter Schauer von Gänsehaut. Ein wenig Saft trat aus. Wie es wohl sein würde, wenn das Messer Deine Halsschlagader berühren oder über Deinen Puls streichen würde? Vor meinem Auge sah ich, wie die kleine Klinge mit Leichtigkeit in Deinen Hals eindrang und sofort, überströmt von roter Flüssigkeit, nicht mehr sichtbar war.

Nachfolgend ging alles ganz schnell. Ich betrat das Wohnzimmer. Du knietest vor dem CD-Player und wiegtest Dich im Takt zu Chris de Burghs ‚Lady in Red'.

Irgendwie schön, aber viel zu laut. So laut, dass Du mich nicht kommen hören hast. Du schwanktest, warst betrunken. Ich hockte mich Dir gegenüber auf den Teppich und sah Dir in die Augen, dann umarmten wir uns. Du konntest die Augen schließen, ich nicht. Im nächsten Augenblick versank die Messerklinge in Deiner rechten Halsschlagader. Ich war stark, Du so schwach. Ich schlitzte noch die linke Halsseite und zur Sicherheit Deine Pulsadern auf, in Längsrichtung natürlich. Es gab keinen Widerstand, Du sankst einfach zu Boden.

Deinen leblosen Körper habe ich in den blutdurchtränkten Wohnzimmerteppich eingerollt. Mithilfe des Möbelrollers brachte ich Dich so eingewickelt in die Garage. Nun musste ich Dich nur noch in den Kofferraum Deines geliebten Autos befördern. Das gelang mir aus eigener Kraft nicht, aber unter Zuhilfenahme des kleinen Gabelstaplers mit der Hydraulikpumpe, mit dem wir normalerweise unsere Getränkekisten transportieren, war auch dies ein Kinderspiel. Danach traten wir die letzte gemeinsame Reise in Deinem Auto an.

Hinter dem Knick mit Blick auf die Skyline von Husum und ebenso auf unsere ‚Kleine Pension Hinterm Deich', habe ich Dich aus dem Teppich gerollt.

Genau an dieser Stelle hatten wir einmal am Silvesterabend um Mitternacht gestanden und dem Feuerwerk, das das neue Jahr begrüßte und den Himmel über der Stadt erhellte, zugeschaut. Eng umschlungen haben wir uns damals ewige Treue geschworen.

Hier brachte ich Dich hin. Dem, der Dich findet, wird sich ein grausiges Bild bieten. Blutüberströmt ist immer grausig.

Aber es ist das Bild meiner Rache für alles, was Du mir angetan hast, und das war demütigend und widerlich.

Ohne mich noch einmal nach Dir umzudrehen, stieg ich in Dein Auto und fuhr in Richtung Westen, am kleinen Kirchlein am Meer vorbei, davon. Der Himmel über dem Meer war feuerrot. Muss ein toller Sonnenuntergang gewesen sein. Ich hielt an und stieg noch einmal aus, ging zurück und setzte mich auf die Bank, von der aus man auf das Meer sehen kann. Ich atmete ein paarmal tief ein und aus. Ein alter Mann in Holzschuhen schlurfte vorbei, nickte und grüßte. Moin.'

Mensch, Leute, da kriegt doch ein alter Kriposack wie ich so richtig eine Gänsehaut."

Willi Mertens trinkt einen Schluck aus seiner Wasserflasche und fährt fort.

„Aber von diesem Brief jetzt mal abgesehen: Der Tote ist kein unbeschriebenes Blatt. Er ist Arzt und arbeitete im Universitätsklinikum Hamburg-Eppendorf als Neurologe.

Bei der Eheschließung mit Verena Hagedorn hat er ihren Namen angenommen. Vorher hieß er Preuss, Leander Preuss. Und nun freuen wir uns wieder mal, dass wir in unserem kleinen beschaulichen Husum leben, in dem fast jeder jeden kennt. Leander Preuss war vor etlichen Jahren als junger Arzt am Husumer Krankenhaus beschäftigt. Das wusste unser Kollege Helmut Schwiers von der Wache zu berichten. Dessen Tochter hat damals als Krankenschwester auf derselben Station wie Herr Preuss gearbeitet. Einzelheiten dazu lassen sich unschwer ermitteln, wenn es erforderlich wird.

Und der Tote hat in Husum einen Verwandten, einen Neffen, mit dem er in regelmäßigem Kontakt steht, na ja, stand.

Der Neffe heißt Jonas Jeute. Die Frau von Herrn Jeute befindet sich in der Privaten Psychiatrischen Klinik in Breklum. Das wusste Lisbeth Peters von der Pension in Schobüll zu berichten."

„Dann halte dich mal fest, Willi. Von Wegen Akte schließen. Dem Bericht von Bruno Sander zufolge, gilt es einiges Licht ins Dunkel zu bringen", beginnt Mieke Hinrichs ihre Ausführungen.

Bruno hat herausgefunden, dass die Verabreichung eines Betäubungsmittels bei Leander Hagedorn zum Herzstillstand geführt hat. Erst danach wurden ihm die Schnitte an Hals und Armen zugefügt. Davon, dass sie ihm vorab ein K.-o.- oder anderes Betäubungsmittel verabreicht hat, steht aber nichts in dem Brief.

Bei der ansonsten so genauen Schilderung des Tatherganges, gehe ich nicht davon aus, dass Verena Hagedorn vergessen hat, es zu erwähnen. Was schließen wir daraus? Zumindest so viel, dass dieses Geständnis keines ist. Wäre auch zu simpel gewesen.

Also dann mal ran, Jungs. Willi, willst du die Recherche im Husumer Krankenhaus übernehmen? Warum ist er da weg und so?

Nane und Oke, ihr zwei nehmt euch die Leute von der Pension noch mal vor. Insbesondere dem Bauern sollte einmal mehr auf den Zahn gefühlt werden."

„So schnell fällt mein Bild in sich zusammen", räuspert sich Willi Mertens enttäuscht, „das bedeutet auch, dass wir zu den Hamburger Kollegen den Faden wieder aufnehmen müssen. Wer weiß, was die Rechtsmedizin dort an den Tag bringt?"

„Darum kümmern wir uns", erklärt Mieke. „Fahre morgen mit Bent zu den Kollegen nach Hamburg. Auf dem Rückweg schauen wir dann bei euch vorbei. Ich würde sagen, so gegen siebzehn Uhr?"

„Gute Zeit und viel Erfolg allerseits."

„Mensch, Willi, da kann ja was richtig Großes bei rauskommen. Ich kann's kaum erwarten, rauszukriegen, wer dem an die Gurgel gesprungen ist."

Oke Brandt's Tatendrang steckt auch Nane an.

Mertens beschwichtigt seine Mitarbeiter.

„Nun mal ruhig Blut, Oke. Also du und Nane nehmt morgen früh noch mal Kurs auf die Peters von der Pension in Schobüll. Ich geh' zum Krankenhaus. Am Mittag treffen wir uns hier bei mir und tragen zusammen.

Wünsch' euch einen schönen Feierabend, bis morgen dann."

Hinnerk, ein Mittvierziger und Bauer in zweiter Generation, führt seit fast drei Jahrzehnten den Familienbetrieb. Als er zwanzig war, hatte er Lisbeth geheiratet und bis vor fünf Jahren mit ihr eine weitaus größere Landwirtschaft als heute betrieben. Eine Größenordnung, die mit Lisbeths angeschlagener Gesundheit und ohne landwirtschaftlichen Helfer nicht zu bewältigen war. Eine Hilfskraft konnten sie sich nicht leisten, deshalb wurde die aufwändige Milchwirtschaft eingestellt. Die Koppeln konnte Hinnerk für gutes Geld verpachten.

Lisbeth ist eine ausgezeichnete Köchin, und sie hat gerne Menschen um sich. Als ihr der schwere Part des Kühemelkens und Stallausmistens nicht mehr zukam und auch die Heuernte durch die Verpachtung der Ländereien wegfiel, wurde das Haus in eine Pension umgebaut. Zuerst hatte Hinnerk darauf gar nicht anbeißen wollen, aber Lisbeth war hartnäckig, das war sie immer. Ferien auf dem Bauernhof machen standen hoch im Kurs und hier auf dem platten Land mit der guten Luft war die Pension so eine gescheite Investition.

Lisbeth hat Spaß an ihrer neuen Rolle und sie verwöhnt ihre Gäste. So ist der Hof schnell zu einem beliebten Ferienziel geworden und Gäste, die von Lisbeth einmal umsorgt worden waren, melden sich am Urlaubsende für die nächsten Ferien gleich wieder an. Lisbeth hat es einfach drauf.

So gesehen ist sie das Gegenteil von Hinnerk. Kommunikativ, nie mürrisch oder schlecht gelaunt, und was ihre Gäste besonders zu schätzen wissen, sie hat stets ein Ohr für die Sorgen und Nöte der anderen Mitmenschen. Das versteht Hinnerk nun überhaupt nicht. Als wenn sie mit ihrem eigenen Kram nicht genug um die Ohren haben. Sich anderer Leute Gejammer anhören, nie und nimmer. Aber den Leuten gefällt es. Sie fühlen sich geschmeichelt und umworben, und der Rubel rollt immerhin nicht schlecht.

Hinnerk selbst hat am liebsten seine Ruhe. Karg wie die Landschaft hier oben, ist auch sein Bedürfnis zu reden. Um sich mitzuteilen, muss man sich nicht vieler Worte bedienen. Meist geht es ihm schon tierisch auf den Keks, wenn sein Nachbar ihm ein fröhliches ‚Moin moin, Hinnerk, wi geiht di dat?' zuruft.

‚Moin', das ist der Gruß, schlicht, kurz und völlig ausreichend. Und das gilt für morgens, mittags und abends, immer nur ein Wort: moin. Wer darüber hinaus etwas sagt, gilt als Vielredner.

Manchmal, wenn Hinnerk gute Laune hat, veranstaltet er für seine Gäste ein Klotstockspringen. Hierbei kann er sich so manches Mal köstlich amüsieren. Natürlich hat nicht jeder Gast den nötigen Humor, wenn sein Sprung etwas zu kurz geraten ist. Und den Spruch ‚Knapp daneben is auch vorbei', den er jedem Gast, der im Graben landet, hinterherschickt, ist nicht nach jedermanns Geschmack. Aber den Bauern interessiert es nicht, Hauptsache er hat seinen Spaß.

Das Dienstfahrzeug von Nane und Oke fährt um kurz nach acht auf den Hof von Hinnerk und Lisbeth. Die Beamten parken ihr Auto auf dem großen Platz vor dem Scheunentor. Es regnet. Große Pfützen haben sich auf der langen, von Schlaglöchern übersäten Auffahrt gebildet. Der Himmel ist dicht verhangen, und der wenige Meter hinter dem Hof liegende Deich nur als schwache Silhouette zu erkennen. Die diesige Luft verschluckt die sonst so schrillen Schreie der Möwen, die heute aus endloser Ferne herüberzukommen scheinen. Die Schafe sind stumm. Lediglich ihre Hinterlassenschaften und deren Geruch deuten darauf hin, dass eine größere Anzahl ihrer Gattung auf dem Hof vorhanden sein muss.

„So ein Mist", schimpft Nane, als er aus dem Wagen aussteigt und mit dem linken Schuh in einen aufgeweichten Haufen Schafmist tritt.

„Stimmt", frotzelt sein Kollege schlagfertig. Heute sind Lüders und Brandt als Beamte der Mordkommission unterwegs. Nach der gestrigen Aussage des Bauern muss auch eine Eifersuchtstat in Betracht gezogen werden. Außerdem erhoffen sich die Beamten weitere Auskünfte über die Eheleute Hagedorn.

Lisbeth steht mit tränenverschleiertem Blick am Fenster der großen Ferienwohnung. Hier haben Verena und Leander Hagedorn noch vor einer Woche gewohnt. Lisbeth hat immer wieder versucht, Verena anzurufen. Leider hat sie sie immer noch nicht erreichen können. Andauernd muss sie nun an die Leiche denken, die man am Waldrand gefunden hat und an den Streit zwischen Hinnerk und Leander. Und dass die Hagedorns einen Tag früher als geplant abgereist sind, das alles beschert ihr großes Kopfzerbrechen. Was, wenn Leander der Tote ist und Verena sich deshalb nicht meldet? Bei dem Gedanken kommen ihr immer wieder die Tränen. So wie ihre Stimmung ist auch das Wetter: Scheußlich. Gott sei Dank soll es gegen Mittag aufheitern.

Lisbeth blickt Richtung Scheune, wo Oke gerade sein Dienstfahrzeug abgestellt hat. Außer Oke ist ein weiterer Mann aus dem Auto gestiegen. Sie gehen direkt auf den Stalleingang zu. „Moin Lisbeth, bist du zu Hause?", ruft Okt laut. Die Männer stehen jetzt im kleinen Windfang vor der Küche.

Lisbeth wischt sich kurz über das Gesicht und der Blick in den Spiegel verrät, dass man ihr ansieht, wie schlecht sie heute drauf ist. Sicherlich kein gutes Zeichen, dass Oke schon wieder hier auftaucht, noch dazu mit einem Kollegen.

„Bin gleich da, Oke", ruft sie vom Treppenabsatz in den Flur hinunter. „Nehmt schon mal Platz in der Küche."

Kurze Zeit später betritt Lisbeth den Raum.

„Moin Lisbeth, das ist mein Kollege Nane Lüders. Heute sind wir als Beamte der Mordkommission hier und müssen euch ein paar Fragen stellen. Ist denn Hinnerk auch in der Nähe?"

‚Gestern waren die Fragen von Oke, ob Leander und Verena Hagedorn auf diesem Hof ihre Ferien verbracht hätten, im Rahmen der Ermittlungen reine Routine gewesen, hatte Oke gesagt. Heute sind er und sein Kollege als Mordkommission unterwegs', denkt Lisbeth bei sich.

‚Wenn das mal nichts Schlechtes zu bedeuten hat.'

„Ne, Oke, Hinnerk ist auf der Koppel in Hockensbüll, kommt erst zum Mittagessen zurück. Vielleicht kann ich euch weiterhelfen."

„Tja, Lisbeth, erzähl doch mal ein bisschen von den Gästen Hagedorn. Hinnerk deutete da gestern so was von ‚Großmaul aus der Stadt' und so an. Gab es Differenzen? Hat Herr Hagedorn dich angemacht, war es dir unangenehm? Sag mal was dazu."

Lisbeth überlegt kurz. Immer wieder hatte Leander ihr schöne Augen gemacht. Schier aus der Fassung war sie geraten. Wer hatte ihr im Laufe ihres Bäuerinnendaseins jemals Komplimente gemacht? Wie ein Teenager hatte sie sich gefühlt und verschämt immer wieder ihre Hände in der Schürze abgewischt. Wilde Gedanken waren ihr durch den Kopf gegangen. Das war Hinnerk nicht verborgen geblieben. Dann das misslungene Klotstockspringen. Hinnerk hatte Leander mit Worten vom Hof katapultiert. Er könne ja gehen, wenn es ihm hier nicht passe, hatte er gesagt. Und richtig wütend und derbe hatte er Lisbeth auf Hochdeutsch angebrüllt. Hatte Hinnerk am Ende etwas mit dem Tod von Leander Hagedorn zu tun? Nein, niemals!

„Weißt du, Oke, ich sagte ja gestern schon, dass Leander Hagedorn meine Kochkünste gelobt und mir Komplimente zu meinem Aussehen gemacht hat. Mehr war das nicht. Leander Hagedorn ist eben ein charmanter Mann, der nicht mit Komplimenten spart. Hinnerk kann so was natürlich nicht verknusen, kommt ja auch sonst nicht vor. Und du weißt, wenn Hinnerk mal wütend ist, dann macht er keine halben Sachen.

Hagedorn ist ja auch ein hübscher, nein, eigentlich ist er ein richtig schöner Mann. Schlank und gut gebaut, braun gebrannt, gute Manieren und ein Gesicht wie gemalt mit braunen Augen. Das tiefe Grübchen in seinem Kinn und die kurzen dunklen Strubbelhaare. Da kann ich mir schon vorstellen, dass ein Ehemann eifersüchtig wird, wenn Leander Hagedorn seiner Frau schmeichelt. Aber bei mir muss Hinnerk sich ja nun wirklich keine Sorgen machen.

Ich war ziemlich glücklich darüber, dass die Hagedorns unsere Gäste waren. Übrigens schon zum zweiten Mal. Letzten Sommer waren sie nämlich schon mal für ein paar Tage bei uns.

Verena und ich haben uns auf Anhieb gut verstanden. Sie ist eine moderne und so selbstsichere Frau, und schön ist sie auch. Passen wirklich gut zusammen, die beiden.

Vorletzte Woche hatten wir uns zu einem Einkaufsbummel in Husum verabredet. Nicht oft kann ich mir eine Auszeit wie diese gönnen. Wir fuhren in Verenas neuem Mercedes-Cabrio in die Stadt. Ein schickes Auto, knallrot, mit Ledersitzen. Ich habe es sehr genossen, in dem feinen Schlitten mit offenem Verdeck nach Husum chauffiert zu werden. Das war ein großartiges Erlebnis. Und dann erst der Bummel durch den Palmengarten und CJ Schmidt. Ich sage dir, Verena hat offensichtlich finanziellen Spielraum, der keinerlei Grenzen unterliegt. So etwas kennt unsereins ja nun überhaupt nicht. Da wird gekauft, was unbedingt nötig ist und aus die Maus. Aber stell dir vor: Bei CJ Schmidt orderte sie ohne anzuprobieren, kaufte, was ihr gefiel. Und alles wie selbstverständlich aus der Nobelabteilung Marc Cain oder wie das Zeug heißt, jedenfalls da, wo ein Pullover so ab zweihundertfünfzig Euro zu haben ist. Unsereins ist da noch nie gewesen.

Ich war beeindruckt, aber auch ganz durcheinander von dem Verhalten der jungen Frau. Als wir wieder zu Hause waren, dachte ich darüber nach, ob ich hier einen Sinn erkennen kann. Aber mir fällt dazu nichts ein. Irgendwas stimmt für mich nicht an dieser Art, das Geld auszugeben.

Je länger ich darüber nachdenke, fange ich an, mein schlichtes, einfaches Leben mit Hinnerk noch mehr zu lieben.

Manchmal geht es zwar eintönig zu in unserer Zweisamkeit, aber niemals muss ich das Geld rausschmeißen, um mein Leben spannender zu machen.

Oh Gott, wieso rede ich eigentlich so hochgestochen daher? Hat wohl damit zu tun, dass Verena auf mich so nobel und gebildet wirkt. Eigentlich wollte ich nur sagen, dass ich so was nicht kenne und auch nicht brauche. Und Urlaub gemacht haben Hinnerk und ich noch nie.

Also ehrlich gesagt, bin ich froh, dass ich bin, wie ich bin, und dass Hinnerk und ich unser Leben auf andere, schlichte Weise leben, dass wir uns selbst genug sind, meistens jedenfalls.

In Verenas Leben ist aber auch nicht alles so schön und entspannt, wie ich es bisher geglaubt hatte. Ich erfuhr von ihr, dass Leander sie betrügt. Schon oft war sie ihm auf die Schliche gekommen. Seitensprünge, Demütigungen, Flucht in die Sucht. Ja, und getrunken haben soll er viel. Vor Jahren war er auch mal im Fachkrankenhaus in Bredstedt deswegen. Dann ging es eine Zeitlang ganz gut, und später hat er dann wieder angefangen. Das hat Verena erzählt. Aufgefallen ist mir das aber nicht.

Und irgendwas hat sie noch von der Frau seines Neffen erzählt. Die wohnen ja hier in Husum. Ob er die auch mal angebaggert hat? Ich weiß nicht mehr so genau. Doch, ja, jetzt fällt es mir wieder ein. Die junge Frau, die von dem Neffen, ist krank, psychisch krank, glaube ich, und Leander hat sie behandelt. Er ist doch Facharzt für so'n Psychokram.

Auf jeden Fall war Verena oft ziemlich am Ende mit ihren Kräften. Um die ganzen Frauengeschichten und den Suff aushalten zu können, hat sie sich, wie sagt man so schön, einen Schutzmantel zugelegt. Sie will ihren Mann auf keinen Fall verlieren. Das kann ich so gut verstehen. Diesen smarten Mann hätte jede gern für sich. Ach was rede ich da.

Er sollte jedenfalls ihr gehören, ihr allein und für immer.

Ja, so hat sie mir das gesagt. Das muss ganz schön anstrengend für die arme Verena sein. Der Zwang, immer besser zu sein als ihre Rivalinnen, zermürbt sie immer mehr. Sie ist sogar in Therapie deswegen."

„Da hat sie dir ja ganz schön viel anvertraut, Lisbeth."

„Ja, manchmal braucht man eben einen Menschen, dem man so was alles erzählen kann. Und hier bei mir ist es ja gut aufgehoben. Und jetzt, wo ich euch das erzähle, muss ich doch kein schlechtes Gewissen haben, oder?"

„Nein, Lisbeth, musst du nicht. Es ist ja nicht so, als würdest du damit hausieren gehen. Für unsere Arbeit kann alles, was wir über die Eheleute erfahren, von Bedeutung sein."

„Also gut. Für meine Ohren hörte sich das alles unglaublich an. Besitz, Macht, Untreue, fürchterlich. Ich fühlte mich plötzlich so glücklich in meiner Haut und mich überkam ein wohliges Gefühl. Ich musste an Hinnerk denken. So wie er immer rumläuft, in seiner weiten Manchesterhose, seinen Holzschuhen und der abgewetzten Schirmmütze, die ich ihm zum ersten Hochzeitstag vor neunzehn Jahren geschenkt habe. Diese treue Seele würde mich niemals betrügen, das könnt ihr mir glauben. Wir leben hier hinterm Deich in unserer kleinen Bauernhofpension, streiten uns gelegentlich und vertragen uns wieder, und so soll es auch bleiben. Für kein Geld der Welt will ich mein Leben mit Hinnerk eintauschen.

Leander hat mir geschmeichelt, wann immer sich Gelegenheit dazu bot. Schon im letzten Jahr war das so. Mir war diese Art von Verhalten fremd, es machte mich verlegen, aber Komplimente zu bekommen tut auch gut, und im Hofieren ist Leander Weltmeister. Aber seit ich von Verena mehr über ihn weiß, macht es mich beinahe wütend, dass ich das toll gefunden habe.

Aber sag mal, Oke, einfach mal die Frage geraderaus, habt ihr denn schon herausgefunden, wer der Tote ist? Haben die Hagedorns damit was zu tun?"

„Also Lisbeth, genau wissen wir es nicht, aber wir gehen davon aus, dass es sich bei dem Toten hinter dem Knick tatsächlich um Leander Hagedorn handelt", beantwortet Oke die Frage und beobachtet dabei genau die Reaktion der Frau ihm gegenüber.

Lisbeth schießen die Tränen in die Augen. Mit zittrigen Händen holt sie ein Taschentuch aus ihrer Schürze und schnäuzt sich die Nase.

Leander ist tot? Wer hatte etwas damit zu tun? Lisbeth friert innerlich so sehr, dass ihre Zähne heftig aufeinander klappern und ihre Knie zittern. Sie hat Angst. Wieso hat man ihn am Rand des Schobüller Waldes gefunden? Wie mag er wohl gestorben sein? Seit vorgestern hat sie von beiden kein Lebenszeichen. Lisbeth ist völlig fertig.

„Lisbeth, ich sehe, dass dich das alles sehr mitnimmt. Wenn du nichts dagegen hast, sehen wir uns noch ein bisschen in der Ferienwohnung um. Vielleicht können wir später noch mit Hinnerk reden, und dann war es das auch schon."

Lisbeth führt die Beamten nach oben in die Ferienwohnung.

„Ich weiß nicht, was ihr hier finden wollt. Außer Ihrer Einkaufstasche von CJ Schmidt haben die Hagedorns nichts liegen gelassen. Außerdem habe ich die Wohnung am Tag der Abreise sauber gemacht.

Das mache ich immer so. Aber schaut euch in Ruhe um, und bitte die Schuhe ausziehen. Da bin ich ganz pingelig. Ich lass euch denn mal alleine. Macht mir bloß keine Fingerabdrücke auf die Spiegel oder an die Fensterscheiben, dann kann ich von vorne anfangen mit dem Putzen."

Kurze Zeit später verlassen die Beamten das Haus. Inzwischen ist auch Hinnerk vom Feld zurückgekehrt. Offensichtlich hat ihn Lisbeth über ihren Besuch informiert. Mit schlurfenden Schritten kommt Hinnerk auf sie zu.

„Und?"

„Moin Hinnerk", grüßt Oke Brandt den Bauern, „wir fahren denn mal wieder. Lisbeth hat uns ein bisschen was über die Hagedorns erzählt, und in der Ferienwohnung haben wir nichts gefunden, was uns weiterbringen würde.

Aber sag mal, der Streit zwischen dir und Herrn Hagedorn, wie war das denn? Du hast ihm doch gedroht, und mit der Äußerung ‚Der wird unseren Hof nie wieder betreten', hast du dich nun mal verdächtig gemacht. Habt ihr euch geprügelt, hast du dem Hagedorn was aufs Maul gegeben?"

„Oke, jetzt reicht's aber. Nicht nur, dass ihr hier herumschnüffelt. Jetzt werde ich als ehrbarer Bürger auch noch verdächtigt. Macht, dass ihr vom Hof kommt!"

„Nun mal langsam, Hinnerk. Wir spielen hier nicht Blindekuh! Schließlich ist Hagedorn ermordet worden. Wir können dich auch auf die Dienststelle einladen, und da wird es dann nicht so gemütlich. Hast du Herrn Hagedorn nun angefasst oder nicht?"

„Nichts hab ich. Nur ein bisschen mit Worten vom Hof geekelt. Das war alles. Und ihr könnt euch nicht vorstellen, was mir das für einen Spaß gemacht hat, dieser hochnäsige Popanz. Und nun will ich Mittag essen. Jeder kriegt, was er verdient. Tschüss", grummelt Hinnerk noch hinter den Beamten her.

„Halt dich mal zu unserer Verfügung, falls noch was ist, Hinnerk. Tschüss.

Schon ein komischer Kauz, der Hinnerk", kommentiert Oke die Reaktion des offensichtlich vom Tod von Leander Hagedorn nicht sonderlich beeindruckten Bauern.

„Was ist, Oke, fahren wir Pommes essen, die weltbesten Pommes vom Imbiss am Campingplatz?"

„Gute Idee, Nane, einmal im Jahr sind diese Pommes Pflicht. Die sind einfach nicht zu toppen. Da brauchst du noch nicht mal 'ne Wurst oder 'n Schnitzel dazu. Pommes rot-weiß, und am besten ohne Besteck."

Der Kommissar biegt links vom Hof ab und fährt in Richtung Nordstrand. Nach einigen hundert Metern stellt er auf dem großen Parkplatz vor dem Campingplatz ‚Seeblick' in Schobüll das Dienstfahrzeug ab.

„Was ist das nur für ein schönes Fleckchen Erde hier", entfährt es Lüders, „vor dir der ungehinderte Blick auf die Nordsee, hinter dir der Wald und das kleine Kirchlein am Meer, das sich so wunderbar in seine Umgebung einfügt. Am Abend kannst du von der gegenüberliegenden Straßenseite aus einen prachtvollen Sonnenuntergang erleben. So was gibt es nur in Nordfriesland. Das wusste auch Verena Hagedorn, wenn du dich an ihren Brief erinnerst."

„Was sind denn das für Töne, Nane? War das jetzt gerade eine Liebeserklärung an deine Heimat? Aber lass mal, ich finde es auch ganz einzigartig hier.

Moin, zweimal Pommes rot-weiß", gibt Oke seine Bestellung auf.

Wachtmeister Holste bringt Mieke Hinrichs und Bent Gregersen zum Büro des Leiters der Mordkommission im Fall ‚Knickleiche'.

„Moin, Mieke Hinrichs von der Mordkommission Flensburg, das ist mein Kollege Kommissar Bent Gregersen", begrüßt Mieke die Hamburger Kollegen.

„Freut mich", erwidert Brinckmann und stellt sich und seine Kollegin vor.

„Ich leite die Ermittlungen, Michaela ist seit Langem meine Teampartnerin. Der Staatsanwalt wird gleich eintreffen, steckt noch in einem kleinen innerstädtischen Stau, wir sollen schon mal ohne ihn anfangen. Setzen wir uns doch. Darf's ein Kaffee sein?"

„Sehr gerne. Nach so 'ner Autofahrt kommt 'n Kaffee immer gut", freut sich die Hauptkommissarin und schiebt ihre langen Beine unter den Tisch.

„Bei der Toten handelt es sich um Verena Hagedorn", beginnt Brinckmann, nachdem er alle mit einem Pott Kaffee versorgt hat.

„Rüdiger wird sicher gleich hier sein. Also, der Todeszeitpunkt ist der neunte August, neunzehn Uhr, plus/minus. Sie war verheiratet mit Leander Hagedorn, dessen Leiche bei euch gefunden wurde. Hagedorn hat übrigens erst mit der Eheschließung den Namen seiner Frau angenommen, hieß vorher Preuss.

Laut Aussage der Nachbarin war die Tote nicht berufstätig. Vermutlich starb sie durch Selbsttötung mit der Waffe, eine Derringer, mit einem Neun-Millimeter-Kaliber. Diese befand sich beim Auffinden der Leiche zirka dreißig Zentimeter entfernt von deren rechter

Hand. Den Bericht der Rechtsmedizin erwarten wir am frühen Nachmittag.

Der Ehemann war Arzt am Universitätsklinikum in Eppendorf. Der Chefarzt der Geriatrie, Professor Doktor Gramm, nahm ihn damals nach einer Entzugstherapie in Bredstedt unter seine Fittiche.

Weiter wird uns Michaela einige interessante Ergebnisse mitteilen."

„Das kann man wohl sagen. Unsere Ermittlungen am Arbeitsplatz des Toten haben ergeben, dass er dort seit einiger Zeit unter Verdacht der Manipulation im Zusammenhang mit Organspende gestanden haben soll. Zumindest hat er in einem Fall für eine zweite Diagnose zur Hirntodfeststellung, jemand von außen kommen lassen, obwohl diese Tests üblicherweise von Kollegen aus dem Haus durchgeführt werden. Dieses Verhalten war völlig unüblich und die Kollegen haben es ihm sehr verübelt. Außer anmaßender Arroganz und Überheblichkeit hat man ihm nichts vorwerfen können, aber man hat ihm seit diesem Vorfall auf der Station misstraut, seine Hilfeleistungen bei Hirntodpatienten überprüft und ihn einfach bei allem, was er tat, auf dem Kieker gehabt. Weitab von einer vertrauensvollen Zusammenarbeit, wie ihr euch vorstellen könnt.

In zwei Fällen sind noch Untersuchungen im Gange, hausinterne Untersuchungen. Es handelt sich nicht um einen Verstoß gegen das Gesetz, wie uns der Professor wissen ließ. Vielmehr stünde das Kollegenteam Kopf und verlangte reinen Tisch.

Insofern werden wir uns auch mal die Konten des Toten genauer ansehen."

„Na, das ist ja mal 'ne richtig spannende Nummer", entfährt es Bent Gregersen. „Interessant. Hirntoddiagnostik, Organspende, von den Medien platt gewalzt ohne Ende, brisante Thematik. Das fängt an, richtig Spaß zu machen. Nur schade, dass wir ihn nicht mehr belangen können, wenn etwas an der Sache dran sein sollte.

Aber jetzt erzähl' ich euch mal, was Bruno Sander von der Rechtsmedizin Kiel herausgefunden hat. Das wirft alle unsere bisherigen Spekulationen, die Todesursache betreffend, über den Haufen. Es sind nämlich nicht die aufgeschlitzten Hals- und Pulsadern die Todesursache. Die genaue Untersuchung des Toten ergab, dass durch einen Einstich in den Muskel des hinteren Oberarmes ein Mittel mit dem Wirkstoff Ketanest injiziert wurde. Die Injektionslösung hat zunächst eine Bewusstlosigkeit herbeiführt und im Zusammenwirken mit dem immensen Blutalkohol zu Atemstillstand geführt, post mortem nachweisbar. Erst danach wurden die Adern aufgeschlitzt, was dann ein Leichtes war, wenn man es so ausdrücken möchte."

„Ketanest, Ketamin? Ist das nicht ein Anästhetikum? Darüber hab ich neulich im Ärtzeblatt einen Artikel gelesen. Im Hinblick darauf können wir unsere Ermittlungen verstärkt in Richtung Klinik und Kollegenkreis von Hagedorn lenken."

„Was ziehst du dir denn für Lektüre rein, Mieke? Von Beruf Polizistin und in der Freizeit Ärtzeblatt lesen, wow."

„Bleib mal locker, Bent. Hab mir damit die Wartezeit beim Arzt verkürzt, war nichts anderes zum Lesen da."

„Da macht euch mal keine falschen Hoffnungen, Leute.

Das macht den infrage kommenden Täterkreis nicht übersichtlicher", weiß Anders Brinckmann zu berichten.

„Guck mal ins Internet. Da kannst du nachlesen, in welcher Form du das Zeug konsumieren kannst. Ist längst als Partydroge angesagt und ziemlich verbreitet. Du kommst heute an fast alles ran, wenn du die richtigen Kontakte hast."

Der Staatsanwalt betritt das Büro. „Moin zusammen. Ich bin Staatsanwalt Gernegroß, und bevor hier jetzt das ganz große Gelächter losbricht: Das ist kein Wunschdenken, das ist mein Name, Rüdiger Gernegroß."

Mit diesen Worten stellt sich der kleine Mann mit dem sonderbaren Namen vor. Was die Sache grotesk, beinahe lächerlich macht, ist, dass er klein ist und einen Kugelbauch vor sich herträgt.

„Ich nehme mal an, ihr seid die Kollegen aus Flensburg. Also, ich bin Rüdiger."

Er reicht Mieke und Bent die Hand und lässt sich auf dem Stuhl neben der Kommissarin nieder. Bent Gregersen ist nicht entgangen, dass seine Kollegin nur schwer einen Lachanfall unterdrücken kann. ‚Rüdiger Gernegroß, Staatsanwalt, klein und mit Kugelbauch. Da dürfte man schon mal über eine Namensänderung nachdenken', denkt Gregersen bei sich.

Rüdiger legt seine braune Mappe auf den Tisch und fährt fort. „Ihr werdet es nicht glauben, Leute. Unsere zu Lebzeiten schöne Frau ist nicht, wie angenommen, durch den Kopfschuss zu Tode gekommen. Sie war schon tot, bevor der Schuss abgegeben wurde. Außerdem war sie Linkshänderin, und die Waffe, eine Derringer neun Millimeter, befand sich, als sie aufgefunden wurde, in der Nähe ihrer rechten Hand, etwa dreißig Zentimeter oberhalb, so auf vierzehn Uhr. Die Waffe ist an sich wunderbar geeignet für eine zarte Frauenhand. In diesem Fall leider missbräuchlich eingesetzt. Aber das nur am Rande. Schmauchspuren waren weder hier noch dort vorhanden. Da hat einer ziemlich schlampig gearbeitet. Die Rechtsmedizin hat Spuren von Ketanest festgestellt, ein vor allem in der Notfallmedizin oder auch zur Einleitung einer Narkose eingesetztes Mittel, wird aber wegen seiner halluzinogenen Wirkung auch in der Technoszene konsumiert. Es wird geraucht, gesnifft und gespritzt. Also Darreichungsform vielseitig. Die Wechselwirkung von Ketanest und Schilddrüsenhormonen hat eine arterielle Hypertonie ausgelöst, die schließlich bei der Frau zu Herzversagen geführt hat. Also in beiden Fällen zweimal tot. Tragisch. Hier der druckfrische Obduktionsbericht von Udo Wehrmann."

Rüdiger schlägt die Mappe auf und wirft den Bericht auf den Tisch.

„Ist doch mein Reden, auch die aus der Drogenszene arbeiten mit dem Stoff, wenn auch illegal. Da haben wir bei unserm Kreis der Verdächtigen auch wieder die größere Auswahl. Der Neffe von Hagedorn ist doch beruflich in der Drogenszene unterwegs, wenn ich mich recht erinnere? Nicht nur Alkohol, sondern Drogen insgesamt, oder?", vergewissert sich Anders Brinckmann.

Mieke Hinrichs nickt.

„Aber, großes Lob an die Rechtsmedizin, Rüdiger. Und stell' dir vor, die Rechtsmedizin Kiel hat denselben Wirkstoff bei dem Toten in Schobüll festgestellt. Nachweis von Ketanest. Eine komplett neue Situation also. Mit diesen neuen Erkenntnissen fangen wir noch mal neu an. Will heißen, das gesamte Umfeld der beiden auf den Kopf stellen und bis ins kleinste Detail ermitteln. Ich frag' mich, wie ich das mit derzeit zwei Leuten, die wir am Fall arbeiten, bewerkstelligen soll," bemerkt Anders.

Mieke Hinrichs klopft mit ihren in dunklem Rot lackierten Fingernägeln rhythmisch auf die Tischplatte.

„Ich glaub', mich laust der Affe", formuliert die Hauptkommissarin den für sie augenblicklich abstrusen Tathergang.

„Da will uns also jemand weismachen, die Ehefrau bringt ihren Mann um und anschließend sich selbst. So weit, so gut. Wären wir ohne unsere tüchtige Rechtsmedizin ja auch fast drauf reingefallen. Aber was danach folgt, ist doch stümperhaft. Wieso lege ich einer Linkshänderin die Waffe neben die rechte Hand? Wieso wird der Tote nach Nordfriesland gekarrt?"

„Ist doch klar", erwidert Gregersen.

„Steht doch im Abschiedsbrief, dass sie ihn dorthin gebracht hat."

„Hat sie das wirklich? Wenn sie auch bereits tot war, ja wohl eher nicht, Bent, und davon müssen wir nach neuesten Erkenntnissen wohl ausgehen. Aber die Frage ist tatsächlich, wer macht sich die Mühe, die Leiche nach Nordfriesland zu bringen und warum? Ihr Geständnis entwickelt sich zu einer Art Inszenierung zum Mord. Damit ist der infrage kommende Täterkreis in der Tat enorm vielfältig."

„So seh' ich das auch, Mieke. Ich werde bei meiner Chefin weitere personelle Unterstützung beantragen. ‚Soko Knickleiche' klingt gut, findet ihr nicht?", konstatiert Brinckmann.

„Ich schlage vor, wir gönnen unseren überfrachteten Gemütern erst einmal eine Pause. Danach setzen wir uns noch mal zusammen und legen fest, wie weiter vorgegangen werden soll. In zehn Minuten geht's weiter, einverstanden?"

Der Staatsanwalt erhebt sich als Erster von seinem Platz.

„Ich sag' schon mal Tschüss zusammen, habe gleich nach dem Mittagessen einen Termin bei Gericht. Haltet mich auf dem Laufenden und viel Erfolg allerseits."

Auf dem Flur trifft Rüdiger auf Wachtmeister Holste.

„Moin Rüdiger, alter Junge, heute schon gelacht?"

„Ach, ehrlich gesagt, ich habe mehr den Kopf geschüttelt als gelacht. Dann lass mal hören, deinen Witz."

„Also", beginnt Holste, „fragt der Vorgesetzte den Obermeister Schneider: ‚Was meinst du denn so zu der ganzen Umorganisation auf der Dienststelle?' ‚Weiß auch nicht', antwortet Schneider, ‚wie soll ich wissen, was ich meine, wenn ich nicht höre, was ich denke?' Und nun kommt das Schärfste, Rüdiger: Das war kein Witz. Das hat der Schneider wirklich gesagt. In diesem Sinne, noch viel Spaß bei der Arbeit."

Willi Mertens ist froh, den kurzen Weg zum Husumer Krankenhaus zu Fuß erledigen zu können. Nach dem stundenlangen Sitzen im Büro, tut die frische Luft seinem mit Informationen voll gestopften Hirn gut.

‚Irgendwie riecht es in unseren Büros immer verstaubt', denkt er bei sich. ‚Aber die Krankenhausluft ist schlimmer. Die ist mir noch jedes Mal auf den Magen geschlagen. Dieser Mief aus einer Mischung von Muff, Desinfektionsmittel und Essen, jedenfalls um die Mittagszeit, bringt mich schnell an meine Grenze zum Brechreiz. Noch ein paarmal tief durchatmen, gleich ist das Krankenhaus in Sicht. Und es ist Mittagszeit. Bingo.'

Der Beamte betritt den Eingangsbereich. An der Information zückt er seinen Dienstausweis und fragt nach der Stelle, die ihm Auskünfte zu ehemaligen Mitarbeitern erteilen kann.

„Wie ist denn der Name unseres ehemaligen Mitarbeiters?", fragt die Frau, deren Namensschild am Kittel verrät, dass sie Silke Neumann heißt.

„Ich gehöre hier sozusagen zum Inventar, kenne so fast jeden, der hier beschäftigt ist oder auch war, und könnte Sie direkt an die richtige Stelle verweisen."

„Das hört sich doch gut an", erwidert Mertens.

„Der Name ist Leander Preuss. Muss so ungefähr sechs Jahre her sein, als er hier gearbeitet hat."

„Na, den Leander, den hat bestimmt noch jeder im Gedächtnis. So ein smarter Typ von Mann. Die Weiblichkeit hier im Haus war immer ganz hin und futsch von ihm, mich eingeschlossen. Aber was sag' ich da, bin ja viel zu alt für einen so jungen Burschen.

Auf der Inneren Station war er. Kam, glaube ich, von Heidelberg hierher. Aber Auskünfte kann ich zu seiner Person leider nicht geben, das ist dem Vorzimmer und den Ärzten vorbehalten. Am besten gehen Sie zu Frau Peters, Sie wird ihnen weiterhelfen können, da bin ich mir sicher."

„Herzlichen Dank. Da müssen Sie mir noch nicht einmal eine Wegbeschreibung geben, habe kürzlich einen Freund besucht auf der Inneren. Einen schönen Tag noch, Frau Neumann."

„Viel Glück, Herr Mertens."

Ganz schön tüchtig, wundert sich Mertens, als Frau Neumann ihn mit seinem Namen anspricht. Seinen Dienstausweis hatte er ihr nur für einen kurzen Moment vorgehalten. Diese Frau wäre eine gute Zeugin, denkt er weiter, die erinnert sich mit Sicherheit morgen noch an die Farbe meiner Schnürsenkel.

Der Kommissar klopft an die Tür des Vorzimmers von Professor Hannes Christian.

Nach der Aufforderung einzutreten, öffnet er die Tür und tritt an den Schreibtisch der gut aussehenden Sekretärin.

„Guten Tag Frau Peters. Ich bin Hauptkommissar Mertens von der Kriminalpolizei Husum. Wir ermitteln in einem Mordfall. Ich möchte ihnen ein paar Fragen zu einem ehemaligen Mitarbeiter stellen. Wenn Sie so freundlich sein wollen, mir ein paar Auskünfte zu Leander Preuss zu erteilen? Er soll vor etwa sechs Jahren hier auf der Station als Arzt gearbeitet haben."

Als Willi Mertens den Namen Leander Preuss nennt, scheint es ihm, als würde sein Gegenüber zusammenzucken und eine flüchtige Röte über das Gesicht der Frau hinter dem Schreibtisch huschen.

„Ja, natürlich sagt mir der Name etwas. Leander Preuss ist mir in recht guter oder auch schlechter Erinnerung, wie man's nimmt. Aber setzen wir uns doch."

Frau Peters deutet auf die Sitzgruppe vor dem großen Fenster, die modern und kühl ausschaut, und nicht den Eindruck vermittelt, als könne man hier gemütlich sitzen. Aber gut, er ist ja auch nicht zum Vergnügen hier.

„Darf ich Ihnen etwas zu trinken anbieten? Kaffee, Tee, ein Wasser vielleicht?"

„Sehr gern, ein Kaffee wäre schön, ohne Milch und Zucker, bitte."

Die große schlanke Chefarztsekretärin hantiert mit Tassen und Kaffeekanne, während sie sich nach dem Grund der Befragung erkundigt.

„Wir haben den Mord an Leander Preuss aufzuklären. Noch stehen wir ganz am Anfang unserer Ermittlungen und sind darauf angewiesen, in mühevoller Kleinstarbeit zu recherchieren, wie und wer er war und wie er gelebt hat. Dazu können Sie hoffentlich ein Stückchen beitragen."

Ermittlung in einem Mordfall hatte Mertens zu Beginn gesagt. Aber den Mord an Leander Preuss aufklären, das verschlägt der Sekretärin die Sprache. Als sie die Kaffeetasse vor dem Beamten auf den Tisch stellt, klappert der Löffel heftig auf der Untertasse.

„Was meinten Sie mit ‚in guter oder schlechter Erinnerung'? Erzählen Sie doch einfach mal, was Ihnen zu Doktor Preuss so einfällt. Wurde er anerkannt als junger Arzt, war er beliebt und so weiter?"

„Ich bin, ehrlich gesagt, gerade ein bisschen überwältigt von der schrecklichen Nachricht. Sie klingt so grausam, so unwirklich", entfährt es Frau Peters. Nach einer kleinen Pause fährt sie fort.

„Leander Preuss war ein toller Mann, wenn ich das mal so sagen darf. Was seine fachliche Kompetenz angeht, müssten Sie allerdings mit dem Professor sprechen. Aber die Akzeptanz und Beliebtheit auf der Station war schon einmalig, würde ich sagen. Er hat sozusagen unseren Laden richtig aufgemischt mit seiner lockeren und charmanten Art. Jede mochte ihn, die Schwestern himmelten ihn förmlich an. Ein Schönling durch und durch, immer braun gebrannt, schlank und rundum gut gebaut. Ich glaube, er hat hier jede Frau glauben lassen, dass sie seine Auserwählte sei.

Was ihm sehr zum Nachteil ausgelegt wurde damals war seine Neigung, zu oft zu tief ins Glas zu schauen. Ja, den Alkohol, den hat er nicht nur geliebt, er hat ihn gebraucht. Schade eigentlich."

Gedankenverloren schaut Frau Peters in ihre Kaffeetasse.

„Wann und warum hat er das Husumer Krankenhaus verlassen?"

„Das war eine sehr unangenehme Geschichte. Leander, ich meine, Herr Doktor Preuss, stand im Verdacht, Schwestern mit obszönen Anrufen belästigt zu haben. Man hat ihm diese Unterstellung nicht nachweisen können, aber sie stand im Raum und es wurde getuschelt darüber. Niemand hat sich getraut, ihn offiziell zu beschuldigen. Und eigentlich wollte es auch keiner wahrhaben. Die Weiblichkeit hatte ihm einen Heiligenschein verpasst, und der sollte nicht beschädigt werden. So könnte man es, glaube ich, ausdrücken. Was ihm außerdem zum Nachteil gereichte, war die alarmierende Feststellung, dass im Giftschrank Fehlbestände registriert wurden. Die Vermutung und

Befürchtung, dass Leander Preuss sich Medikamente beschaffte, um den Tag ohne Alkohol zu überstehen, stand im Raum. Aber auch hier hat es keine ausreichenden Beweise gegeben und nichts wurde an die große Glocke gehängt. Irgendwann ist er aufgrund seiner Sucht für die Station nicht mehr tragbar gewesen. Der Chef hat ihm nahegelegt, eine Therapie im Fachkrankenhaus in Bredstedt zu machen, aber das hat er abgelehnt. Daraufhin haben sich die Parteien einvernehmlich getrennt. Als er dann hier im Hause nicht mehr tätig war, sind nach und nach Dinge ans Tageslicht gekommen, die vorher niemand für möglich gehalten hätte."

„Was waren das für Dinge?"

„Na ja, als er nicht mehr auf der Station war, und der schöne Schein sein Strahlen verloren hatte, sah man die Dinge in einem anderen Licht. Es wurde genauer hingeschaut. Beispielsweise haben sich die Schwestern untereinander ausgetauscht und geoutet. Dabei ist dann herausgekommen, dass er beinahe mit allen jungen Kolleginnen ein Techtelmechtel gehabt hat. Ob im Nachtdienst oder nach der Visite in der Wäschekammer. Sie glauben nicht, was da zusammengetragen wurde. Und was schließlich bei den Frauen an Verletztheit zutage getreten ist."

„Und wie kommen Sie an diese pikanten Informationen, Frau Peters?"

Der Beamte beobachtet, wie sein Gegenüber plötzlich bis unter die Haarwurzeln errötet.

„Dürfte ich wohl noch einen Kaffee haben?", fragt Mertens, um von der unangenehmen Situation abzulenken.

„Die Situation damals war alles andere als in Ordnung, auch nicht, als Leander Preuss aus dem Dienst ausgeschieden war. Die Schwestern benahmen sich wie ein aufgescheuchter Hühnerhaufen, es wollte einfach keine Ruhe einkehren. Das hat einen reibungslosen Betriebsablauf unmöglich gemacht. Schließlich hat die verantwortliche Stelle in der Verwaltung eine Supervision angeordnet. Das waren fünf Stunden harte Arbeit. Danach ist es dann langsam wieder besser geworden."

„Hört sich an, als seien Sie bei der Supervision dabei gewesen?", blufft der Kommissar.

„Ja, ich war auch dabei."

„Sagen Sie, wissen Sie, wie es mit Herrn Preuss weiterging, nachdem er keine Arbeit mehr hatte?"

„Alles, was ich von ihm noch gehört habe, ist, dass er ziemlich abgestürzt sein soll. Muss auf der Kippe zum Ableben gestanden haben, als er dann doch im Fachkrankenhaus Bredstedt eine Therapie machte. Danach ist mir über ihn nichts mehr zu Ohren gekommen."

Der Hauptkommissar schaut auf die Uhr.

„Da habe ich Sie doch glatt um Ihre Mittagspause gebracht, Frau Peters. Es ist gleich vierzehn Uhr. Das tut mir leid. Aber haben Sie vielen Dank für Ihre Mitarbeit. Sie haben uns ein ganzes Stück weitergeholfen."

„Das ist nicht schlimm, Herr Mertens. An meinem Arbeitsplatz ist eine pünktliche Mittagspause eine Seltenheit. Sagen Sie, verraten Sie mir, wie Herr Preuss ums Leben gekommen ist?"

„Man hat ihn in Schobüll tot aufgefunden. Alles Weitere müssen wir noch ermitteln. So, ich muss dann mal wieder. Haben Sie noch einen schönen Tag, Frau Peters, und vielen Dank für den leckeren Kaffee."

Als der Hauptkommissar das Büro verlassen und die Tür von außen geschlossen hat, bricht die Sekretärin in Tränen aus. Das Gesicht in den Händen verborgen, beginnt sie auf das Heftigste zu schluchzen.

‚Leander tot! Das ist doch nicht möglich. Ermordet aufgefunden. Wer tut so etwas? Ich spüre seine Umarmung, seinen Atem an meinem Hals, spüre genau, wie es sich anfühlte, als meine Knie weich wurden und schließlich nachgaben, und er mich behutsam auf die Couch in Professor Christians Büro dirigierte. Es ist, als sei es gestern gewesen.'

„Frau Peters, gehen Sie heute nicht zu Tisch oder gab's ein schnelles ...? Was ist denn mit Ihnen los? Kommen Sie, offenbaren Sie Ihren Kummer."

Professor Hannes Christian legt freundschaftlich den Arm um seine Mitarbeiterin und will sie in sein Büro führen.

„Auf meiner Couch lässt sich alles wunderbar von der Seele reden", fährt der Mann fort.

„Nein, bitte nicht auf die Couch, wir bleiben besser hier. Ich habe Kaffee, wenn Sie mögen", stottert die Sekretärin.

‚Nur nicht auf die Couch', denkt sie bei sich.

‚Nicht mit diesem Thema auf diese Couch, um Gottes willen nicht.'

Die Sekretärin schnäuzt in ein Taschentuch und wirft einen Blick in den Spiegel.

„Entschuldigen Sie, Professor, aber mich hat es eiskalt erwischt. Ich hatte Besuch von Herrn Mertens von der Husumer Kripo, genau gesagt, von der Mordkommission. Er hatte einige Fragen zu unserem früheren Mitarbeiter Leander Preuss", fängt sich die Frau wieder.

„Preuss und Mordkommission? Was hat das zu bedeuten? Dazu Ihre Tränen, Frau Peters. Mir schwant Schreckliches. Ist er tot?"

„Ja. Leander Preuss ist ermordet worden."

Wieder steigen in der Frau die Tränen hoch. Sie schluckt.

„Der Beamte wollte einige Auskünfte zu seiner Person. So weit habe ich ihm seine Fragen beantworten können. Jedenfalls hat er gesagt, dass ich ihm weitergeholfen habe. In diesem Zusammenhang hatte ich die ganze Angelegenheit von damals vor Augen, so, als sei alles erst gestern gewesen. Hat mich ein wenig aus der Bahn geworfen, aber es geht schon wieder."

„Da bin ich allerdings auch sehr überrascht. Leander Preuss tot, ermordet. Ich habe von dem Leichenfund in Schobüll gehört und auch in den Husumer Nachrichten gelesen, aber nicht im Entferntesten an Doktor Preuss gedacht, wie auch. Das ist ja entsetzlich. Der Berichterstattung zufolge muss er zuletzt in Hamburg am Universitätsklinikum in Eppendorf gearbeitet haben. So stand es jedenfalls in der Zeitung. Aber wer bringt so einen Mann um? Wenn Ihnen die Sache zu nahegeht, nehmen Sie sich doch frei heute Nachmittag, Frau Peters."

„Dankeschön, Herr Christian, das wird nicht nötig sein. Das Reden darüber war schon gut. Ich danke Ihnen sehr."

Die Kommissare Lüders und Brandt fahren am Haus von Jonas Jeute in der Osterhusumer Straße die Auffahrt hoch. Vor der Garage stellen sie das Fahrzeug ab. Das Haus der Jeutes liegt in der zweiten Baureihe.

„So 'n Hinterliegergrundstück ist nicht das Schlechteste, Nane. Da kriegst du so gut wie nichts vom Straßenlärm mit", meint Oke und schellt an der Haustür.

„Ist ja allerliebst, die Frau hat Geschmack. Eine Gänsefamilie aus Ton, originalgetreu, das würde Gerlinde ... Moin Herr Jeute. Wir sind von der Mordkommission, mein Name ist Oke Brandt, mein Kollege, Hauptkommissar Lüders. Dürfen wir kurz reinkommen? Wir haben eine traurige Nachricht für Sie und müssen Ihnen ein paar Fragen stellen."

Der Mann mit den kurzen, dunklen Haaren trägt eine kurze Jeans, dazu ein weißes Hemd, die Ärmel aufgekrempelt. Alter etwa dreißig oder etwas darüber. Gebräuntes Gesicht, braune Augen, Flipflops an den Füßen. Am kleinen Finger der linken Hand trägt er einen silbernen Ring, eine Art geflochtenen Zopf. Am linken Unterarm erkennt Lüders eine Tätowierung. Eine gepflegte, sympathische Erscheinung, vielleicht ein bisschen südländisch, wie es Lüders scheint. Jonas Jeute sieht die Beamten verdutzt an.

„Klar, kommen Sie rein. Sie sagten Mordkommission? Wie kann ich Ihnen helfen? Nehmen Sie doch Platz, meine Herren."

„Danke. Sagt Ihnen der Name Leander Hagedorn etwas, Herr Jeute?", fragt Nane und setzt sich auf die Couch.

„Klar, kenne ich Leander. Er ist mein Onkel, eigentlich mehr ein Freund als ein Onkel im klassischen Sinne. Was ist mit ihm?"

„Wir müssen Ihnen leider mitteilen, dass Leander Hagedorn und seine Frau Verena ermordet aufgefunden wurden."

„Wie? Das gibt's doch nicht! Sie haben doch hier ihren Urlaub verbracht. Sind vor ein paar Tagen erst wieder nach Hamburg zurück. Leander hat Britta in der Klinik in Breklum besucht. Sie müssen wissen, meine Frau ist in der Psychiatrie und Leander betreut sie im Einvernehmen mit dem Chef der Privatklinik, Professor Zuber, ein bisschen neben der fachlichen Betreuung dort. Er ist Facharzt und in den Kliniken läuft ja nicht immer alles so, wie man es sich wünscht. Er hat für Britta die besten und neuesten Medikamente ausgesucht. Solche, die noch in der Erprobung sind, und als Mann vom Fach kennt er sich da bestens aus. Ich bin ganz froh, ihn an meiner Seite zu haben. Eine psychisch kranke Frau ist nicht immer einfach. Aber seit Britta dort untergebracht ist, sind wir ganz zuversichtlich, dass alles sich zum Guten wendet."

„Herr Jeute, haben Sie gehört, was mein Kollege gesagt hat? Leander und Verena Hagedorn wurden tot aufgefunden!"

„Ja, entschuldigen Sie. Das ist ja ganz entsetzlich. Hat sie es getan?"

„Was meinen Sie mit ‚hat sie es getan', Herr Jeute?", will Oke Brandt wissen.

„Ja, Verena, meine ich. Hat Verena ihn umgebracht?"

„Könnte sie denn ein Motiv gehabt haben?"

„Na ja, Leander war kein Kind von Traurigkeit, und da gab es schon mal die eine oder andere Szene, wenn er einer anderen schöne Augen gemacht hat. Und es blieb ja auch nicht immer bei den schönen Augen, wenn Sie wissen, was ich meine. Es gab auch mal so einen Traum, den Verena hatte. Darin hat sie ihn umgebracht, hat das Ganze dann aufgeschrieben, um damit klarzukommen. Leander hat mir davon erzählt. Er war echt besorgt. Wusste nicht recht, ob er ihr so was zutrauen soll oder nicht. Es war ganz schön gruselig, das zu lesen."

„Er hat Ihnen den Brief gezeigt?"

„Klar, ich hab sogar eine Kopie davon bekommen. Wollen Sie sie sehen?"

„Nein, lassen Sie mal, Herr Jeute. Erzählen Sie uns doch, wie das Verhältnis zwischen Ihnen und den Hagedorns war."

„Zu Verena hatte ich so gut wie keinen Kontakt. Sie lebte mehr für sich, verbrachte viel Zeit mit Malen, soweit ich weiß. Mit Leander habe ich mich häufig getroffen. Wir haben uns vor einigen Jahren in Bredstedt im Fachkrankenhaus wiedergefunden, wenn man das so ausdrücken will. Leander machte eine Therapie und ich hatte beruflich dort zu tun. Seit dem trafen wir uns, man kann sagen, regelmäßig. Es sind immer lustige Abende. Leander ist sehr gesellig, nie langweilig. Häufig sind wir auch versackt. In den ersten Monaten nach Bredstedt ja nicht, da war er absolut trocken. Aber später hat er seine Abstinenz sozusagen etwas lockerer gesehen. Da hat er sich schon mal ein paar Bier zu viel reingeholfen. Oft trafen wir uns zum Essen bei Nino am Hafen. Da gab's dann schon mal einige Biere, dann zog es uns meist noch auf die Neustadt ins Brauhaus. Manchmal haben Britta und ich Leander auch zum Essen zu uns nach Hause eingeladen. Doch das war eher selten, und das letzte Mal auch recht unangenehm für mich, weil meine Frau ziemlich ausgerastet ist."

„Was meinen Sie mit ‚ausgerastet'? Was passierte genau?", will Nane Lüders wissen.

„Na, Britta hat sich da in so was reingesteigert und uns Männer schließlich verdächtigt, wir machten gemeinsame Sache gegen sie. Aber das gehört zu ihrem Krankheitsbild. Sie hat plötzlich mit dem Weinglas nach mir geworfen und ist auf Leander losgegangen. Er konnte sie nur durch eine Spritze beruhigen. Gott sei Dank ist sie dann in stationäre Behandlung in die Privatklinik nach Breklum gekommen. Darüber waren wir alle froh.

Wir haben alles gut vorbereitet. Britta und ich haben ein Testament, eine Vorsorgevollmacht, einen Organspendeausweis, und, und, und. Alles Dinge, an die man als Laie nicht so denkt. Leander hat uns viel abgenommen, was diese Dinge angeht, und alle Eventualitäten in Betracht gezogen. Er hat dafür gesorgt, dass wir Vorsorge treffen und nichts vergessen dabei. Man weiß ja nie, was so wird, wenn jemand in der Geschlossenen ist. Für alles gesorgt zu haben, ist ein gutes Ruhekissen."

Lüders räuspert sich, hakt nochmals nach.

„Erinnern Sie sich, was konkret Ihre Frau so aufgeregt hat?"

„Ich glaube, es war die Überraschung, als Britta den Brief vom Anwaltsbüro bekommen hat mit der Nachricht, dass sie von einer verstorbenen Tante ein Hotel geerbt haben sollte. Leander hat mich im Beisein von Britta gefragt, ob ich ihr schon von meiner Trennungsabsicht erzählt hätte, und das hat sie zur Weißglut gebracht."

„Haben Sie denn Trennungsabsichten, Herr Jeute?"

„Nein, natürlich nicht. Meine Frau ist zurzeit in Behandlung, und ich muss abwarten, ob sie wieder gesund wird und was dann ist, werden wir sehen."

„Nochmal zurück zu den Hagedorns. Hatte Leander Hagedorn Feinde? Was wissen Sie über seine Arbeit? Wie lebten die Eheleute privat? Waren sie glücklich?"

„Das sind Fragen, meine Herren. Ich sagte ja bereits, dass Leander und ich gelegentlich saufen gingen und ansonsten hat er mich moralisch unterstützt, wenn ich wegen Britta einen Durchhänger hatte. Wir hatten uns immerhin viele Jahre aus den Augen verloren. Eine frische, inspirierende Männerfreundschaft, wenn Sie so wollen. Ich weiß ehrlich gesagt nicht, ob Leander Feinde hatte. Vielleicht ein paar Neider wegen seines Erfolges und seiner schönen Frau. Und glücklich waren sie wohl auch, glaube ich. Wenn auch auf unterschiedliche Weise. Verena klammerte sich an Leander. Sie wollte ihn unbedingt, sie trug so ein kleines Helferlein in sich, wenn Sie wissen, was ich meine. Sie verzieh ihm seine Seitensprünge, ermöglichte ihm in Kreisen zu verkehren, zu denen er ohne sie sicherlich keinen Zugang gehabt hätte. Und auch sonst war sie, sagen wir mal, kompromissbereit. Hauptsache, er kam zu ihr zurück. Sein Glück bestand eher darin, sich bei Verena in Sicherheit zu wiegen. Schließlich hatte sie die Kohle, das Haus und die Connections. Aber immer wieder suchte er seine Bestätigung außerhalb der Ehe, oder, sagen wir mal, er ließ nichts anbrennen, wenn Sie das besser verstehen. Möglicherweise ein Teil seiner Sucht. Aber es war wie überall im Leben. Man arrangiert oder trennt sich, je nachdem, was man auszuhalten bereit ist."

„Sie sagten ‚inspirierende Männerfreundschaft', wie darf man das verstehen?", fragt Lüders nach.

„Ach, sagte ich das? Nun, wir haben gelegentlich Pläne geschmiedet. Uns überlegt, wie es wäre, so ein Leben ohne Zwänge, genug Kohle zu haben, zu tun und zu lassen, wonach einem gerade der Sinn steht."

„Spielten dabei Ihre Frauen auch eine Rolle? Oder schmiedeten Sie die Pläne sozusagen in ‚inspirierender Männerfreundschaft', autark und als Single?"

Oke Brandt tritt ans Fenster, das den Blick auf die Auffahrt zum Haus und auf die Osterhusumer Straße freigibt.

„Sagen Sie, Herr Jeute, haben Sie Besuch? Mir war, als sei soeben eine Tür ins Schloss gefallen?"

„Nein, ich bin allein", erwidert der junge Mann schnell und ohne auf die letzte Frage noch einmal einzugehen.

„Jetzt ja. Aber sehen Sie doch mal. Die hübsche junge Frau, die soeben die Auffahrt herunterspaziert. Ist das Ihre Putzfrau?"

Jonas Jeute tritt ebenfalls ans Fenster.

„Ach nee, das hätte ich beinahe vergessen, das ist Marion. Sie arbeitet im Theodor-Schäfer-Werk, macht dort eine Ausbildung zur Betrieblichen Ansprechpartnerin. Das ist so eine Art Anlaufstelle für Leute mit Suchtproblemen. Und weil ich mich mit der Materie auskenne, habe ich ihr ein bisschen Nachhilfe gegeben."

„Seltsam, sie verlässt das Haus, ohne sich von Ihnen zu verabschieden? Ist Ihre Frau nicht auch im Schäfer-Werk beschäftigt? Sagen Sie, hat Marion auch einen Nachnamen?"

Jeute reagiert gereizt: „Ich wüsste nicht, was Sie das angeht, Herr Brandt, und ja, meine Frau ist auch im Schäfer-Werk beschäftigt. War es das jetzt?"

„Natürlich. Sie haben völlig recht, Herr Jeute. Die Dame hat ja auch mit Leander und Verena Hagedorn gar nichts zu tun.

Sagen Sie, weiß Ihre Frau schon Bescheid?"

„Wie Bescheid, worüber soll sie Bescheid wissen? Ach so, nein, ich habe ihr noch nichts gesagt. Hab es ja auch gerade erst erfahren. Britta werde ich es erst mal nicht sagen. So eine Nachricht würde sie nur unnötig belasten. Aber möglicherweise würde sie auch nicht realisieren, was passiert ist."

„Also haben Sie schon von dem Mord gewusst, bevor wir gekommen sind. Warum haben Sie uns das nicht gesagt, und woher wussten Sie es?", blufft Brandt.

„Hab ich nicht. Erlauben Sie mir einfach im Augenblick, fürchterlich durcheinander zu sein. Ich möchte, dass Sie mich jetzt allein lassen."

„Wir hätten dann auch erst mal keine weiteren Fragen. Oder hast du noch was, Nane?"

„Nee, ist so weit alles beantwortet. Sollte Ihnen noch was einfallen, rufen Sie uns bitte an oder kommen einfach auf der Dienststelle vorbei. Hier ist meine Karte. Und mein Beileid noch zum Tod Ihres Onkels und Freundes Leander Hagedorn und seiner Frau Verena. Eine Frage noch: Wo waren Sie eigentlich am neunten August?"

„Ich hab gearbeitet, sogar Überstunden gemacht."

„Zeugen?"

„Nee, nur die Zeiterfassung."

„Na denn, Tschüss erst mal, Herr Jeute."

Jonas blickt den Männern nach.

Er denkt an Leander, an die vielen Abende, die sie zusammen verbracht, Pläne geschmiedet, sich betrunken hatten und auch so manches Mal in der Rosenstraße im Puff gelandet waren.

„Was war das denn für 'ne coole Nummer? Der beste Freund ist tot, und von Betroffenheit oder Trauer keine Spur. Die Frau in der Geschlossenen und die Arbeitskollegin der Ehefrau erhält Nachhilfe, in was auch immer.

Am besten fahren wir auf dem Rückweg beim Schäfer-Werk vorbei und fragen im Personalbüro nach dem Namen der zukünftigen Suchtbeauftragten."

„Gute Idee, dann gib mal Gas, Oke."

Im Theodor-Schäfer-Berufsbildungswerk erfahren die Beamten, dass die hübsche Marion mit Nachnamen Petereit heißt und eine Kollegin von Britta Jeute ist.

„Sach mal, Nane, was sagt dir dein siebter Sinn? Hat Jeute mit dem Mord was zu tun oder weiß er was?"

„Ich glaub', den müssen wir noch mal besuchen. Im Augenblick war ihm die Sache mit Marion unangenehm. Er fühlte sich ertappt, glaub' ich. Allerdings, sein nicht kooperatives Verhalten, was ihren Nachnamen angeht, kann ich nicht nachvollziehen. Möglicherweise ist er auch mit der Krankengeschichte seiner Frau überfordert, oder die Nachricht vom Tod der Hagedorns war ein Schock für ihn, deshalb die Ignoranz. Wie dem auch sei, wir knöpfen ihn uns noch mal vor. Und was seine Frau angeht, da reden wir am besten mit Willi. Ich wäre nicht sehr überrascht, wenn da was rumgekungelt wird. Ist zwar reine Spekulation, aber mein siebter Sinn eben."

„Im Augenblick macht mir mein Job wieder so richtig Spaß", erklärt Oke, als sie über den Hof zum Dienstgebäude gehen.

„Hab 'nen schönen Feierabend, wir sehen uns morgen. Übrigens, hätte ich beinah vergessen: Gerlinde lädt am Wochenende zu einer Grillparty ein. Sie würde sich freuen, wenn du vorbeikommst."

„Na, dann grüß mal deine Frau und richte ihr aus, Einladung angenommen. Dir auch 'nen schönen Abend, Oke."

Zu Hause angekommen, stellt Lüders sein Fahrrad in die Garage und leert den Briefkasten.

‚Ich weiß nicht, wie oft ich schon bei der Zeitung angerufen habe, dass sie mir keine Werbung reinschmeißen sollen. Außerdem steht es dick und fett an meinem Briefkasten. Und was ist? Kiloweise Werbung, alles für die Tonne.'

Nane greift in den Kasten und trennt direkt an der Mülltonne Papier und Post. Übrig bleiben zwei Briefe, die er erst mal in seinem Jutebeutel verschwinden lässt.

Schon beim Öffnen der Haustür freut er sich auf seinen Wintergarten. Von hier aus fällt der Blick direkt auf die langen Schatten der Bäume aus dem Nachbargarten. Das ist die Stimmung, die er liebt, dieses ganz besondere Licht, das sich beinahe mit den Händen greifen lässt.

‚So 'n Feierabend ist doch was Feines. Füße hoch und ein bisschen wegträumen vom Polizeialltag. Einfach dösen, nichts tun, sich was kochen oder auch nicht. Mann, bin ich froh, dass ich über mein Leben selbst bestimmen kann', denkt der Mann bei sich.

Er fischt die beiden Briefumschläge aus dem Jutesack und schneidet säuberlich die schmalen Seiten auf.

‚Eigentlich auch Werbung', entfährt es ihm, als er ein Angebot mit Überweisungsvordruck des ADAC aus dem Umschlag zieht. Mit der Bemerkung ‚und Tschüss' wandert das Papier in den dafür vorgesehenen Abfallbehälter.

Auf dem nächsten Umschlag steht als Absender Ole Hansen, 32425 Minden. Er zieht einen Brief heraus. Ole Hansen, Ernas Sohn, geht es ihm durch den Kopf.

„Mensch, Ole, wie lange ist das her ..?“, murmelt Nane in sich hinein. Aufgeregt beginnt er zu lesen.

‚Moin Nane, es hat viele Jahre gebraucht, bis ich endlich und längst überfällig, wie ich meine, dir schreiben möchte ...‘

Zwei Seiten Erinnerungen an eine Zeit, die nicht seine beste war. Am Ende eine Einladung nach Minden, wo Ole jetzt lebt. Ein Treffen, ein Versuch auf Vergangenes aufzubauen? Zwei Seiten ohne Vorwurf, ohne Groll. Zwei Seiten offene Arme.

Vor Rührung spürt Nane einen Kloß in seinem Hals, die Gedanken sind bei Ole und Jan, den Kindern von Erna, die er eine Weile auch als seine Jungs wahrgenommen hatte, bis ...

‚Das Angebot, ein kleines Stück Familie zurückzubekommen‘, freut er sich, ‚natürlich nehme ich die Einladung an, natürlich, Ole.‘

Er genießt das Glücksgefühl, das sich gerade in ihm ausbreitet.

Der untersten Schublade seines Sekretärs im Wohnzimmer, entnimmt er die dicke Kladde, sein Erinnerungsbuch. Mit einem hörbaren Seufzer lässt er sich in seinen Ohrensessel fallen. In den ehemaligen Sessel seiner Großmutter.

Vor seine Augen tritt das Bild der kleinen weißhaarigen Frau mit den unzähligen Falten im Gesicht. Bis zu ihrem Tod wohnte sie allein in ihrem alten Häuschen in Halebüll. Eine Reinmachefrau kam zweimal die Woche und für das tägliche Mittagessen sorgte eine Nachbarin. Sie kochte für die beiden und dann aßen sie gemeinsam.

Nane besaß einen Schlüssel für das Haus und einmal in der Woche besuchte er sie, meist am Sonntag. Die letzten Lebensjahre hatte seine Großmutter überwiegend in ihrem Ohrensessel verbracht. Hatte am Fenster gesessen und auf die Nordsee gesehen oder den Pferden auf der benachbarten Koppel zugeschaut. Sobald sie Nanes Gruß gewahr wurde, erwiderte sie ihn mit den Worten ‚Moin, mien Jung.'

Für sie war er immer ‚mien Jung' geblieben.

Er rückte einen Stuhl an den kleinen Tisch und sie begann ihm Geschichten von früher zu erzählen.

Eines Tages hatte sie tot in ihrem Sessel gesessen. Zunächst hatte er es gar nicht bemerkt. Erst als sein Gruß nicht erwidert wurde, wusste er, dass sie tot war.

Mit einem zufriedenen Lächeln auf dem Gesicht war sie in ihrem Sessel eingeschlafen. Ein schönes letztes Bild.

Dankbarkeit und Rührung hatten ihm Tränen in die Augen getrieben.

‚Meine kleine Großmutter', war es ihm über die Lippen gekommen. Dabei hatte er ihr die Wange gestreichelt und, wie immer, sich einen Stuhl an den Tisch herangezogen und ihr gegenüber Platz genommen, intuitiv Kerzen angezündet und lange so verweilt und seinen Abschied zelebriert. In diesem Augenblick hatte er sich der alten Frau mehr denn je verbunden gefühlt. Dann tat er, was in so einem Fall zu tun ist.

‚Wieso werde ich gerade jetzt so was von sentimental?', fragt er sich.

‚Der Brief von Ole hat mich aufgewühlt', gibt er sich selbst die Antwort, ‚Oles Brief und Großmutters Sessel haben mich zu einer Reise in eine Zeit entführt, wo ich noch Familie hatte, und da darf man wohl mal ein bisschen sentimental werden.'

Beinahe liebevoll legt Nane den Brief zwischen die Blätter der auf seinen Oberschenkeln liegenden dicken Kladde und streicht einige Male mit der Hand darüber.

Einen wahren Schatz birgt der alte Schinken von Buch. Die Stimmungen und Gefühle seiner schwersten Stunden hat er ihm anvertraut, aber auch die schönsten.

Er blättert ein bisschen in den Seiten herum.

‚Britta Jeute hat auch keine Familie mehr', denkt er plötzlich. ‚Die junge Frau betrogen vom Ehemann. Führt doch zu nichts, die ganze Fremdgeherei.'

Schon kreisen seine Gedanken wieder um seinen neuen Fall, insbesondere um Britta Jeute in der Psychiatrie. Dabei hat die Frau ja nur am Rande mit dem Toten hinter dem Knick zu tun. Aber intuitiv sagt ihm sein kriminalistischer Sinn, dass hier etwas zu viel Vorsorge im Spiel ist. Patientenverfügung, Vorsorgevollmacht, Testament, Organspendeausweis ...

‚Irgendwas ist da nicht ganz passig', sagt er sich.

Auch die Ignoranz, die Jeute an den Tag legte, als er und Oke ihm die Nachricht vom Tod Leander Hagedorns überbrachten, kann er sich nicht erklären.

Merkwürdig auch, wie sich die Kollegin Marion Petereit so klammheimlich aus dem Haus schlich.

‚Das finde ich schon noch raus, was da faul dran ist. Ich werde Jeute morgen in seinem Büro unangemeldet einen Besuch abstatten. Vielleicht war's tatsächlich nur der Schock, der ihn so unbeeindruckt wirken ließ? Wir werden sehen.'

Der Mann legt das Buch mit den Aufzeichnungen in den Sekretär zurück.

‚Heute ist nicht der Tag zum Aufschreiben. Dafür muss der Kopf von Gedanken an die Arbeit frei sein und das ist meiner nun mal gerade gar nicht.'

Er schaltet das Radio ein. Auf seinem Lieblingssender, Radio Nora, läuft gerade ‚Let it be'.

„Sag' ich doch", murmelt er, geht zum Sessel zurück und legt die Füße hoch.

„Let it be."

Die Nacht über hatten Britta Jeute Albträume geplagt. Immer wieder war ihr Jonas begegnet. Er hatte versucht, sie mit einem Lasso einzufangen, ein anderes Mal zerrte er an ihrer Kleidung, und sie konnte sich keinen Zentimeter von der Stelle bewegen. Die Traumbilder hatten ihr die Luft zum Atmen genommen. Völlig verkrampft und schweiß gebadet war sie aufgewacht.

Als am Morgen die Schwester ins Zimmer kommt, fühlt sie sich wie gerädert.

„Guten Morgen Frau Jeute, ich bin Schwester Annette. Wie war die Nacht?"

„Tief und fest habe ich geschlafen, wie ein Stein", lügt Britta und lallt absichtlich ein bisschen.

„Na, kein Wunder, die Medikamente, die Sie gestern geschluckt und gespritzt bekommen haben, lassen den stärksten Bär ins Koma fallen. Ich bringe Ihnen gleich ein wunderbares Frühstück. Trinken Sie Kaffee oder Tee?"

„Kaffee, bitte".

Die Schwester legt die Manschette zum Blutdruck messen an, zieht dann die Kappe von der Thrombosespritze und injiziert das Mittel in den Oberschenkel. Während sie der Schwester zusieht, kommt es ihr vor, als hätte sie sie irgendwo schon einmal gesehen. Am liebsten würde sie die Schwester darauf ansprechen, verzichtet aber vorerst darauf.

Das Frühstückstablett ist reichlich gefüllt. Frische Brötchen, Obst, Milch, Kaffee, Joghurt, Konfitüre, Käse.

Ihr Appetit ist riesig. Möglicherweise darf sie aber nach dem vermeintlichen Tablettenkonsum gar keinen großen Hunger verspüren? Sie will sich nicht verraten und entscheidet sich zur Mäßigung, was das Essen betrifft. Sicher ist sicher.

Während sie frühstückt, fällt es ihr wie Schuppen von den Augen: Annette ist ihr auf der Examensfeier von Torge Bergmann begegnet. Annette Meier. Ein paar Jahre ist es schon her, aber sie ist sich sicher. Auf Torges Examensfeier hatte eine Frauengruppe ein Theaterstück mit dem Titel ‚Die furztrockenen Juristen' aufgeführt und für Riesenstimmung gesorgt. Torges Schwester Meike und Annette hatten dabei mitgemacht.

Eine wunderbare Party draußen in Halebüll im Garten von Torges Eltern. Vor ihre Augen schiebt sich das Bild von Torge und ihre Gedanken gehen auf die Reise ...

Damals war sie bereits mit Jonas verlobt. Für Torge hegte sie nach wie vor eine große Sympathie und immer, wenn sie einander begegneten, schlug ihr Herz ein bisschen schneller. Auf der Fete war ihr Blutdruck mächtig in die Höhe geklettert, sobald sich der Gastgeber in ihrer Nähe aufhielt und sie war rot angelaufen.

Ob ihm ihre Reaktion aufgefallen war? Auf jeden Fall war er Gentleman genug gewesen, es sich nicht anmerken zu lassen. Aber sie war sich sicher, in seinem Blick ein wenig Verlegenheit gesehen zu haben. Die hochgezogenen Schultern und die nach oben zeigenden Handinnenflächen spiegelten Resignation. Das konnte sie unmöglich falsch gedeutet haben.

Ein kleiner Seufzer entfährt der jungen Frau.

Zunächst hatte Torge Theaterwissenschaften studiert, später dann auf Jura gewechselt. Aufgrund seines ausgezeichneten Examens, hatte eine große Anwaltspraxis in der Stadt Interesse an seiner Mitarbeit. So war er Teilhaber der Sozietät in der Brinckmannstraße geworden.

Leider hatte sich zwischen ihnen damals nichts ergeben, und jetzt spielte es keine Rolle mehr. Aber, war sie wirklich für immer vergeben, fuhr es ihr durch den Kopf.

Erschrocken über ihre eigenen Gedanken, verscheucht sie diese, weil sie ihr gerade auch irgendwie absurd vorkommen.

‚Davon zu träumen, ist ja nicht verboten. Gleich nach dem Frühstück werde ich Annette ansprechen', rechtfertigt sie ihre Gedanken.

Das Karussell der Erinnerungen nimmt erneut Fahrt auf. Das Thema Torge Bergmann will einfach nicht verschwinden, ihr Kopf ist voll davon ...

Am Morgen nach der Examensfeier hatte sie sich hundeelend und depressiv gefühlt. Der Schmerz tief in ihrem Inneren ließ sich nicht wegdenken. Er fühlte sich an wie damals, wenn sie als Kind Heimweh verspürt hatte.

Ein paarmal hatte sie Jonas an diesem Morgen gesagt, dass sie mies drauf war. Er hatte wenig Notiz von ihrer Äußerung genommen und lediglich ‚das wird schon wieder' als Kommentar abgegeben. Dabei hatte er noch nicht einmal von seiner Zeitung aufgeschaut.

Der Versuch, zu lesen, um auf andere Gedanken zu kommen, scheiterte. Die Tränen schossen ihr immer wieder in die Augen. Sie wollte etwas kochen, einen Auflauf aus den Resten kreieren, vielleicht. Aber ein vor Leere gähnender Kühlschrank machte die gute Idee als Ablenkungsmanöver untauglich und Hunger verspürte sie ohnehin nicht. Es nutzte nichts, die traurige Stimmung ließ sich nicht austricksen. Was war nur los?

Wenn ihr Verlobter sich doch nicht so gleichgültig verhalten würde. Einmal in den Arm genommen zu werden, hätte ihr jetzt gut getan, aber Jonas las in seiner Zeitung, ohne auch nur ein einziges Mal aufzublicken. Torge würde ihr mehr Wertschätzung zukommen lassen, da war sie sich sicher.

Ihre Gedanken machten ihr Angst und sie war aus dem Haus gestürzt. Frische Luft würde jetzt gut tun, vom Wind den Kopf durchpusten und die schrägen Gedanken fortfegen lassen.

Auf der Straße angekommen, war sie in den Mühlenweg eingebogen und mit schnellen Schritten in Richtung Schleswiger Chaussee gelaufen. Durch eine Unebenheit auf dem Gehsteig knickte sie mit dem Fuß um. Ein starker Schmerz jagte durch den Fuß und ihr wurde schwarz vor Augen. Sie lehnte sich an den Pfosten einer Einfahrt. Ein junger Mann ging vorbei.

„Torge!?" Das war doch kein Zufall.

„Hallo Britta! Bin sehr in Eile. Ruf mich doch mal an. Ich würd' mich freuen."

Und schon war er verschwunden.

„Ja gern, ich würde mich auch freuen", erwiderte sie und sah ihm nach.

Das Schwindelgefühl wich und durch die Sinnestäuschung noch mehr verwirrt als vorher, humpelte sie nach Hause zurück. Auf dem Wohnzimmertisch lag eine Nachricht von Jonas. ‚Bin zur Sauna gefahren. Wir sehen uns später.'

„Verlassen hat er mich. Damals schon in einer schwierigen Situation im Stich gelassen. Torge hätte sich mir zugewandt, das weiß ich hundert pro", sagt Britta leise vor sich hin.

„Haben Sie keinen Appetit, Frau Jeute?", holt sie die Schwester aus ihren Träumen und stellt ein kleines Tablett mit Medikamenten auf den Tisch neben dem Bett. Die bunte Mischung der Pillen erinnert sie an Süßigkeiten, die sie als Kind so geliebt, ihre Mutter aber wegen der vielen Farbstoffe nur selten erlaubt hatte.

Über die Reise ihrer Gedanken hat sie das Essen völlig vergessen.

„Ich werde ganz sicher noch etwas essen, habe das Gefühl, als hätte ich eine durchzechte Nacht hinter mir."

„Lassen Sie sich Zeit, ich kann später abräumen.

Am besten nehmen Sie zusammen mit fester Nahrung Ihre erste Portion Pillen, das stimmt den Magen versöhnlicher. Und viel Wasser nachtrinken."

Britta fasst sich ein Herz: „Sagen Sie, Schwester, kennen Sie Torge Bergmann? Ich bin mir sicher, dass ich Sie auf seiner Examensfeier in Halebüll bei seinen Eltern gesehen habe."

„Klar, kenn ich Torge. Meike, seine Schwester, ist meine beste Freundin. Meike und ich sind seit der ersten Klasse auf dem Gymnasium befreundet. Ein netter Junge, der Torge, und so klug. Nur mit den Frauen hat der Arme regelmäßig Pech. Gerät immer an die falschen. Die treue Seele hätte auch mal ein Mädel mit ernsten Absichten verdient. Woher kennen Sie Torge?"

„Wir haben beide in Kiel studiert und manchmal dieselben Vorlesungen besucht. In den letzten Jahren sind wir einander immer mal wieder zufällig begegnet. Ich habe gehört, dass Torge als Anwalt in einer größeren Kanzlei in Husum arbeitet.

Wir haben uns gerne gemocht, damals. Zu einer Verabredung ist es leider nie gekommen, aber vielleicht klappt es irgendwann doch noch einmal."

„Ich bin zum Geburtstag bei Torges Mutter eingeladen. Wenn Sie wollen, kann ich ihm Grüße ausrichten."

„Das ist eine gute Idee. Vielleicht schreibe ich ihm ein paar Zeilen, aber im Augenblick bin ich dazu zu müde."

„Ich schaue kurz vor Dienstschluss bei Ihnen vorbei, und wenn Sie bis dahin etwas zu Papier gebracht haben, nehme ich es gerne mit."

Überglücklich legt sich Britta in die Kissen zurück. Nur die bunte Pillenpracht nicht anrühren. Die Aussicht, mit Torge in Kontakt zu kommen, fühlt sich großartig an.

Als sie Papier und Stift zur Hand nimmt, füllt sich das kleine Blatt wie von selbst. Mit geröteten Wangen verschließt sie den kleinen Umschlag, auf dessen Vorderseite sie ‚Schwester Annette' schreibt.

„Guten Tag Frau Jeute, ich bin Professor Zuber, der Leiter der Klinik. Wir hatten gestern bereits das Vergnügen, aber ich bin mir ziemlich sicher, dass Sie sich nicht an mich erinnern. Ich möchte mit Ihnen das Programm der nächsten Tage durchsprechen. Wie Sie bereits wissen, beginnen wir in einigen Tagen mit dem Pilotprojekt für an Borderline erkrankte Menschen. Das ist mit Ihrem Mann und Doktor Hagedorn so besprochen und Sie selbst haben ja auch Ihr schriftliches Einverständnis gegeben. Wir haben ein neues Medikament in der Erprobung, das sehr gut verträglich sein soll und deutlich weniger Nebenwirkungen aufweist als andere zurzeit angewandte Mittel. Außerdem – und das ist für die Damen ein willkommener Nebeneffekt – reduziert es das Gewicht. Aber bei Ihnen ..."

„Sparen Sie sich das Gerede, Professor! Weshalb bin ich hier? Borderline und Langzeitprogramm? Ich will und brauche kein neues Medikament, und ich brauche auch kein Pilotprojekt. Ich habe eine Therapeutin, mit der ich sehr gut zusammenarbeite. Mein Mann und Doktor Hagedorn wollen mich ausbooten, mich weggesperrt wissen. Und Sie unterstützen das Ganze. Aber ich werde mich dagegen wehren, auch gegen Sie. Ich will hier raus! Alles, was in meiner Akte steht, ist gefälscht. Gehen Sie weg!"

Die junge Frau fegt in ihrem Eifer mit einer Handbewegung dem Professor die Brille von der Nase. Er kann sie gerade noch auffangen. Britta schlägt die Bettdecke zurück und springt aus dem Bett. Plötzlich geht die Tür auf und Jonas steht im Raum.

„Was ist denn hier los?"

Mit einem Satz steht er neben seiner Frau und assistiert dem Arzt, indem er Britta auf das Bett zurückdrückt und ihren Arm festhält, damit die Nadelspitze die Vene nicht verfehlt. Der Widerstand ist im Nu vorbei.

„Macht sie Schwierigkeiten?", fragt der Mann, just in dem Augenblick, als Schwester Annette das Zimmer betritt.

„Es ist gut, Annette, wir kommen allein zurecht", weist Zuber die Schwester in barschem Ton an, den Raum zu verlassen.

Annette räumt das Geschirr vom Nachttisch und lässt, von den Männern unbemerkt, den kleinen Umschlag mit ihrem Namen darauf in der Kitteltasche verschwinden.

‚Was war das denn hier gerade? Mehr als merkwürdig, die Situation. Irgendwas kungeln die beiden doch', geht es ihr durch den Kopf.

„Wir müssen überwachen, dass Ihre Frau ihre Medikamente auch wirklich einnimmt. Normalerweise dürfte sie nicht so klar bei Verstand und vor allem nicht so bei Kräften sein. Ich gehe davon aus, dass sie die Tabletten hat verschwinden lassen. Aber machen Sie sich keine Sorgen, ich werde den Schwestern entsprechend Anweisungen geben und das Krankenblatt kontrollieren. Heute Abend kümmere ich mich selbst um ihre Frau. Bis dahin wird die Wirkung der Spritze vorhalten.

Sie wird zukünftig sehr bereitwillig ihre Medikamente einnehmen, da bin ich mir sicher. Notfalls helfen wir nach, da haben wir so unsere Möglichkeiten, außerdem werde ich ein Besuchsverbot anordnen. Kontakte von und nach außen können wir uns nicht erlauben. Das betrifft natürlich nicht Sie und Herrn Doktor Hagedorn, aber bitte nicht übertreiben. Sollte sich etwas Unvorhergesehenes ereignen, setze ich Sie beide davon sofort in Kenntnis."

„Danke, Professor, ich denke, das ist der richtige Schritt in die richtige Richtung für alle Betroffenen. Unser Plan war und ist genial, alle können nur gewinnen. Und meine Frau wird auf andere Weise glücklich. Was meinen Sie, wie lange wird es dauern, bis wir die Sache zu Ende gebracht haben?"

„Bester Herr Jeute, ich kann nicht den zweiten Schritt vor dem ersten tun. Ihre Frau ist keine Patientin im üblichen Sinne. Wir warten ab und müssen gegebenenfalls hier und da ein bisschen nachbessern. Geben Sie uns Zeit. Die Therapie ist keine Sache von zwei Wochen. Kommen Sie, ich lade Sie zum Mittagessen ein. In Bredstedt gibt es einen ausgezeichneten Italiener. Bei einem Arbeitsessen kommen bekanntlich die besten Abschlüsse zustande."

Der Professor und Jonas verlassen das Zimmer der Patientin. Bevor sie zum Essen gehen, will Zuber seine Mitarbeiter Frau Jeute betreffend instruieren.

Mit den Worten „Bin gleich wieder bei Ihnen", verschwindet er im Stationszimmer. Dort zieht er eine Akte aus dem Rollcontainer, redet dann eindringlich auf Annette ein. Mimik und Gestik lassen erkennen, wie ernst ihm die Sache ist.

Zuber tritt wieder auf den Flur hinaus. Jonas nickt lächelnd in Richtung Schwester, danach verlassen die Männer über den langen Flur das Haus. Die Sonne strahlt am wolkenlosen Himmel. Nachdenklich blättert Annette in der Akte Britta Jeute.

‚Hier ist alles ein bisschen ungewöhnlich. Auch der Auftritt vom Chef gerade eben. Die Umstände, wie die Patientin in der Klinik aufgenommen wurde, dass der Chef den Therapieplan für Frau Jeute ohne Einbeziehung des Teams erstellt hat. Ich kann mich nicht erinnern, dass hier schon mal etwas so gelaufen ist.

Ebenso die Anweisung, er kümmert sich selbst um die Patientin, nur er selbst und bestenfalls noch die Nachtschwester, gefällt mir gar nicht. Aber was soll's, ich kann's ja eh nicht ändern. Vielleicht bilde ich mir das alles auch nur ein, weil Frau Jeute und ich einander bei den Bergmanns mal begegnet sind', beruhigt sie sich, hat aber im nächsten Moment die Situation vor Augen, in der der Professor und der Ehemann der Patientin plötzlich verstummten, als sie das Krankenzimmer betrat. Das war doch alles andere als normal.

‚Wir kommen allein zurecht, Schwester', hatte der Professor gesagt. Die Männer wirkten angespannt, als würden sie etwas zu vertuschen haben.'

Entschlossen setzt sich Annette mit geradem Rücken auf ihren Stuhl.

‚Vielleicht kann ich ja doch etwas daran ändern ...'

Als sie ihre Runde durch die Zimmer macht, liegt Britta Jeute auf ihrem Bett und scheint zu schlafen.

‚Eine junge Frau, die an einem Pilotprojekt teilnehmen soll, liegt mittags apathisch auf dem Bett und schläft. Das soll mir mal einer erklären.'

Die Schwester schaut auf die Uhr und geht zum Stationszimmer zurück. Zeit für die Mittagspause. Sie klemmt sich die Patientenakte unter den Arm, kopiert sämtliche darin befindlichen Dokumente und stopft sie in einen DIN-A4-Umschlag. Mit einem großen Pott Kaffee und den Butterbroten vom Vortag, macht sie es sich hinter dem Besuchertresen gemütlich.

Zur Abwechslung denkt sie an die Einladung zur Geburtstagsfeier von Meikes Mutter, an Torge und an den Briefumschlag in ihrer Kitteltasche. ‚Es nützt nichts, wenn ich Ruhe finden will, muss ich Torge einweihen.'

Die Pause ist längst vorüber, als Annette durch ein Klopfen an die Scheibe aus ihrer Lektüre gerissen wird. Es ist vierzehn Uhr vorbei. Besucher stehen auf dem Flur, die zu ihren Angehörigen wollen. Annette notiert die Namen und gibt Auskunft, wo die Patienten zu finden sind.

Kurze Zeit später erscheint der Professor. Er ist bester Laune, was man in den letzten Wochen nicht gerade häufig von ihm behaupten konnte.

„Alles in Ordnung, Schwester?", fragt er im Vorbeigehen. Als die Schwester nickt, dreht er noch einmal um und kommt auf sie zu.

„Um Frau Jeute müssen Sie sich heute nicht mehr kümmern, die Medikation für den Abend werde ich selbst übernehmen. Sehen Sie zu, dass die Krankenakte stets unter Verschluss bleibt. Der Onkel der Kleinen ist ein Kollege, und da möchte man sich nichts zu Schulden kommen lassen. Wenn etwas ist, finden Sie mich im Untergeschoss im Therapieraum. Machen Sie's gut."

„Dacht' ich's mir doch. ‚Der Onkel der Kleinen", wiederholt Annette. ‚Das klingt so abwertend, so gemein irgendwie. Nein, nicht schon wieder ...', ruft sie sich selbst zur Ordnung.

‚Ich arbeite in einem angesehenen Haus mit einem sehr guten Ruf, ich bin im Moment hypersensibel und steigere mich da in etwas hinein und heute Abend mach' ich Party, basta!'

Die Nachmittagsstunden gingen wie im Flug vorbei. Jetzt ist Feierabend, Schichtwechsel in der Klinik. Annette hat die Übergabe an die Nachtschwester penibel erledigt. Sie sieht noch einmal in das Zimmer von Britta Jeute, die im Halbdunkel auf dem Rücken liegt, starr den Blick an die Zimmerdecke geheftet hat und gar nicht bemerkt, dass die Tür geöffnet wird.

‚Es ist eine Schande.'

Im Umkleideraum entledigt sich Annette ihrer Dienstkleidung, stopft den dicken Briefumschlag in ihre Umhängetasche und verlässt durch den Hintereingang der Klinik das Haus, um ihr Fahrrad aus dem Unterstand zu holen.

‚Jetzt ist erst mal Feierabend, der Wind wird mir auf dem Weg nach Hause ein paar Gute-Laune-Gedanken ins Hirn blasen. Später gönne ich mir ein Glas Wein oder auch zwei, und mit Sicherheit eine ganze Tüte Chips mit Meersalz. Und übermorgen werde ich durch verantwortungsvolles Handeln, das mich immerhin meinen Job kosten könnte, mein Gewissen beruhigen. Verkehrte Welt, paradox, doch vernünftig. Bingo.'

Nane hatte eine kurze Nacht gehabt. Der Fall der ‚Knickleiche' und in diesem Zusammenhang das Verhalten von Jonas Jeute, lassen ihm keine Ruhe. Wie geplant wird er den jungen Mann in seinem Büro aufsuchen.

Nach der Frühbesprechung macht er sich auf den Weg zur Suchtberatungsstelle der Stadt in der Theodor-Storm-Straße. Er erkundigt sich nach dem Büro von Herrn Jeute.

„Haben Sie einen Termin?", fragt die Dame von der Anmeldung.

„Nein, leider nicht. Es wird nicht lange dauern, ich habe nur zwei, drei Fragen."

„Die meisten Leute glauben, nur ganz kurz ihre Fragen stellen zu wollen und gleich wieder draußen zu sein. Heute kann ich leider nichts für Sie tun. Herr Jeute wird gleich das Haus verlassen und für den Rest des Tages in privater Angelegenheit unterwegs sein. Ich empfehle Ihnen, für nächste Wochen einen Termin zu vereinbaren."

Einsichtigkeit heuchelnd, verabschiedet sich Nane mit den Worten: „Ja, dann schau' ich doch mal in meinen Kalender und melde mich telefonisch. Einen schönen Tag noch und vielen Dank."

Ein Blick auf die Übersichtstafel verrät, dass das Büro von Jonas Jeute sich im ersten Stock befindet. Zwei Treppenstufen auf einmal nehmend, stapft der Polizist in das besagte Stockwerk. Auf dem langen Flur schaut er sich erst einmal um. Hinter den ersten beiden Türen befinden sich Beratungs- und Besprechungsräume, wie die Aufschrift auf den Schildern verrät. Weiter hinten eine Nische, ein Wartebereich für Kunden mit Termin. Eine junge Frau wartet offensichtlich ungeduldig, aufgerufen zu werden. Nervös schaut sie auf die Uhr. Als sie Lüders erblickt, zieht sie sich ihren kurzen Rock ein Stück weiter Richtung Knie.

‚Holla, die Waldfee!', denkt Nane Lüders bei sich, ‚das ist doch die Nachhilfeschülerin von Jonas Jeute, wenn mich nicht alles täuscht.'

Er nimmt ihr gegenüber in einem der bequemen Sessel Platz.

„Haben Sie einen Termin?", beginnt er ein Gespräch mit der Frau.

„Nein, haben Sie einen?", antwortet sie forsch mit einer Gegenfrage.

„Nein, ich möchte nur ein paar Auskünfte über die Arbeit der Beratungsstelle im Allgemeinen. Da hat man mir Herrn Jeute empfohlen. Und weil ich heute frei habe, denke ich, dass ich auf ihn warten kann, auch wenn Sie vor mir dran sind."

„Ich bin ganz privat hier. Herr Jeute ist mein Verlobter, und wir haben einige wichtige Dinge zu erledigen. Eigentlich hat Herr Jeute heute frei. Ich glaube daher nicht, dass es Sinn macht, wenn Sie auf ihn warten."

„Na dann, so wichtig ist meine Sache nun auch wieder nicht, dann komme ich eben ein anderes Mal wieder. Ich will ja nicht neugierig sein, aber Sie sagten, Sie seien die Verlobte, klingt irgendwie nach Hochzeit. Wollen Sie etwa das Aufgebot bestellen? Ich selber bin nämlich kurz davor, zum zweiten Mal übrigens, mich für ewig zu binden, wie man so schön sagt. Aber meine Auserwählte möchte sich in Ruhe das ganze Zeremoniell überlegen, und ich fürchte, das kann dauern."

„Na ja, bei Jonas und mir ist das nicht ganz so einfach. Herr Jeute ist nämlich noch verheiratet. Seine Frau ist sehr krank. Psychisch krank, genau gesagt. Zurzeit ist sie in der Klinik, aus der sie wahrscheinlich nie wieder herauskommen wird. Da gibt es einiges zu besprechen. Wenn alles geregelt ist, werden wir nach Frankreich gehen und ein Hotel eröffnen, und das wollen wir gerne als Eheleute tun. Ja, und heute ist eben der große Tag, an dem wir in die Planung einsteigen wollen. Dafür hat sich mein Verlobter frei genommen."

„Na, wenn das so ist, will ich mal lieber gehen. Wie gesagt, ist mein Interesse an der Beratungsstelle nicht an einen Akutfall gekoppelt. Ich wünsche Ihnen gutes Gelingen für ihre Pläne und dass es mit der Scheidung rasch klappt. Auf Wiedersehen, Frau ..."

„Ich heiße Petereit, Marion Petereit. Vielen Dank und einen schönen Tag wünsche ich Ihnen."

Leise vor sich hinpfeifend, verlässt Nane das Gebäude über das Treppenhaus. Die Dame am Empfang winkt ihm freundlich zu.

„Habe mir das schöne alte Haus einmal von innen angesehen", ruft er ihr zu.

‚Verdammich, das hätte auch ins Auge gehen können. Aber heute scheint dein Glückstag, Nane Lüders', grinst der Beamte in sich hinein und schlägt kopfschüttelnd den Weg zur Polizeidienststelle ein.

‚Ganz schön dreist. Die Ehefrau elegant aufs Abstellgleis schieben, die neue Geliebte auf dem Sprungbrett und ‚heute wollen wir in die Planungen einsteigen'. Na denn mal los. Hoffentlich habt ihr euch da nicht übernommen.'

„Begehrlichkeiten und Gier können die Menschen auf die kuriosesten Ideen kommen lassen. Wenn ich darüber nachdenke, womit uns unsere Knickleiche konfrontiert, da stochern wir nach neuesten Erkenntnissen sowohl ganz oben in der Gesellschaft als auch da, wo Otto Normalverbraucher zu Hause ist", wendet sich Gregersen an Mieke.

„Ja, nach dem was bisher rausgekommen ist, scheint es ganz so zu sein. Zunächst kommt mir das alles aber vor wie im Film bei den Schönen und den Reichen. Alles vornehm und vom Feinsten. Guckst du aber hinter die Kulissen, ist vieles nur Blendwerk. Verlogen, verkorkst und hinterfotzig. Mir gefallen die Normalos besser, weißt du, die ohne viel Kohle und Glamour. In Fällen wie unserem, da weiß man nie, wer wem nicht an die Karre pinkeln will, und wer weswegen geschützt wird."

„Mensch, Mieke, wieso bist du so gefrustet, was ist los mit dir? Bleib mal locker, wir werden den Fall ohne Vorurteile aufklären. Wieso bist du so mies drauf?"

„Ist so 'ne Art Resignation, Bent. Ich hab den Fall Brockmann von vor ein paar Jahren in Lübeck im Kopf. Ich wette, dass der damals seine Frau um die Ecke gebracht hat. Aber, falsche Alibis, Schmiergelder, grinsende, schadenfrohe Gesichter, weil wir ihn nicht am Arsch gekriegt haben, weil wir ausgebremst wurden. Ich könnte kotzen!"

„Nu mach' mal halblang. Wir werden die Knickleiche Stück für Stück abarbeiten. Hamburg, Husum und wir. Alles wird gut und am Ende haben wir ihn oder sie. Wir fahren jetzt in Husum vorbei und bringen uns gegenseitig auf den neuesten Stand. Danach lade ich dich in Flensburg auf einen Absacker ein, und du wirst sehen, morgen sieht die Welt kriminaltechnisch schon wieder ganz anders aus."

„Hast recht, Bent, dank' dir. Manchmal kann ich mich in so was reinsteigern. Da vergesse ich den Grundsatz der Gleichbehandlung und würde für ein bisschen Anstand und Moral die Leute am liebsten verprügeln. Auch nicht normal, oder?"

„Was ist normal, Mieke? Sagen wir mal, es ist nachvollziehbar."

Soeben fahren sie am Ortseingangsschild Husum vorbei. Noch zwei Minuten bis zur Polizeidienststelle.

„Ging doch ganz fix, oder? Ein kurzes Brainstorming mit den Kollegen, und wir sind dem Absacker ganz nah."

„Geht schon wieder, Bent. Komm, wir machen's wirklich kurz und sind wieder weg."

Die Beamten sprinten die Treppenstufen hoch und klopfen an die Tür zum Büro von Willi Mertens. Lüders, Brandt und der Chef selbst befinden sich in einer angeregten Diskussion.

„Moin zusammen. Ich hoffe, wir stören nicht. Wie sieht's aus? Gibt's was Neues bei euch?", platzt Mieke in die Unterhaltung, zieht sich einen Stuhl an Willis Schreibtisch heran und setzt sich rittlings darauf.

„Also, ehrlich gesagt, ich bin ziemlich angefressen. War 'n langer Ritt heute. Wenn's euch nichts ausmacht, machen wir's kurz", beginnt die Beamtin das Gespräch.

„Och, an uns soll's nicht liegen, Mieke. Wir haben allerhand zusammengetragen und schon besprochen, womit wir morgen weitermachen. Wenn's dir recht ist, trag' ich kurz vor."

„Nur zu, schieß los."

Eine halbe Stunde später befinden sich Mieke und Bent auf der B200 in Richtung Flensburg.

„Die Husumer arbeiten ziemlich strukturiert, Bent, findest du nicht?"

„Die sind ein eingespieltes Team, müssen nicht viel diskutieren. Sie verteilen ihre Einsätze und die Sache läuft. Damit haben sie immer schon gepunktet. Das ist nicht auf allen Dienststellen so. Da kann sich so mancher eine Scheibe von abschneiden."

„Scheint 'n ziemlich lockerer Vogel gewesen zu sein, unser toter Doktor. Beneidenswert vielseitig, so wie der unterwegs war. Kann mir gut vorstellen, dass so ein bodenständiger Bauer wie Hinnerk Peters ihn am liebsten auseinandergenommen hätte, als der seine Frau angebaggert hat. ‚Bauer tötet Feriengast aus Eifersucht' hätte dann die Schlagzeile in der Zeitung gelautet."

„Was meinst denn mit ‚beneidenswert vielseitig'? Ich wollte nicht mit dem tauschen. Und dass der Bauer die Finger im Spiel hatte, nee, Mieke, das kann ich mir nicht vorstellen. Klingt zwar gut für 'ne Story, aber so wie Oke von dem berichtet hat, passt das einfach nicht. Aber jetzt lass uns mal den ganzen Kram bis morgen vergessen."

Auf dem Polizeigelände Norderhofenden in Flensburg stellt Gregersen den Motor des Dienstfahrzeuges ab.

„Wollen wir zu Enno runtergehen? Da kann man gut noch draußen sitzen und den Tag mit Blick aufs Wasser ausklingen lassen."

„Gute Idee, ich bin dabei", sagt die junge Frau und hakt sich bei ihrem Kollegen unter.

„Weißt du, Mieke, früher ist mein Opa, wenn er mit Oma gestritten hatte, oft mit mir zum Hafen runter gegangen. Er hat sich dort mit seinen Kumpels getroffen. Sie haben Karten gespielt und gelacht und die Welt war wieder in Ordnung. Ich habe währenddessen mit Steinen gespielt oder den Anglern zugesehen. Irgendwann hat mich dann mein Großvater an die Hand genommen und gesagt: ‚So, Jung, nu is allns paletti, wir können wieder nach Hause.'

Seit der Zeit hat der Hafen für mich eine besondere Bedeutung. Er glättet die Wogen, bringt die hoch gekochten Emotionen wieder ins Lot und macht ein gutes Gefühl. Ich seh' die Schiffe, die so manche Turbulenz auf der offenen See überstanden haben, friedlich hier im Hafen ankern und der Blick aufs Wasser holt mich runter."

„Hab ich da gerade den Romantiker rausgehört?"

Inzwischen haben die beiden das Lokal erreicht und auf der Außenterrasse einen Platz gefunden.

„Willste auch Bier, Mieke?"

„Ja, 'n richtig großes, gerne."

Gregersen rückt näher an seine Kollegin ran und legt den Arm von hinten um ihre Stuhllehne.

„Schöne Geschichte, die von deinem Großvater, Bent. Ich kann mir genau vorstellen, wie es gewesen ist damals. Komm, wollen wir Steine über das Wasser hüpfen lassen?"

Lüders hat die Mittagspause durchgearbeitet. Es ist inzwischen sechzehn Uhr und das Magenknurren unüberhörbar. ‚Ich werde mir im Bahnhof ein leckeres Baguette kaufen', denkt der Beamte, ‚und danach den ganzen alten Kram auf dem Schreibtisch ein bisschen aufklaren'.

Als er an der Ampel gegenüber dem Bahnhof auf Grün wartet, sieht er auf der anderen Straßenseite Jonas Jeute, der ebenfalls in Richtung Bahnhof unterwegs zu sein scheint. Lüders legt einen Zahn zu und holt den jungen Mann ein.

„Moin Herr Jeute. Feierabend?"

„Ach, moin, Herr Lüders. Ja. Ich will noch eben im Bahnhof vorbei und mir den neuesten ‚Stern' besorgen. Und Sie?"

„Leider noch kein Feierabend, aber Hunger. Sagen Sie, hätten Sie vielleicht ein paar Minuten Zeit? Ich habe da noch so ein zwei Fragen zu Leander Hagedorn. Aber nur, wenn es Ihnen gerade passt, sonst können wir auch gerne einen Termin machen."

„Nee, das geht schon, Herr Lüders."

Die Männer machen ihre Besorgungen und gehen danach gemeinsam zum schräg gegenüber liegenden Polizeigebäude in der Poggenburgstraße.

„Entschuldigen Sie, ich muss nebenbei mein Baguette vernichten. Mittag ist heute ausgefallen", sagt Lüders und schließt die Tür zu seinem Büro auf.

„Nehmen Sie schon mal Platz, Herr Jeute. Hier ist Wasser, wenn Sie mögen. Ich will denn mal gleich zur Sache kommen. Sie sagten, Sie hätten Leander Hagedorn nach Jahren in Bredstedt getroffen. Wieso hatten Sie lange Zeit keinen Kontakt?", will Lüders wissen.

„Das ist eine lange Geschichte. Eigentlich war Leander gar nicht mein richtiger Onkel. Er war der langjährige Freund von Martje Hansen, der Schwester meiner Mutter. Martje und Leander haben sich als Medizinstudenten kennengelernt und in Heidelberg zusammengelebt. Meiner Mutter war diese Freundschaft ein Dorn im Auge. Sie konnte Leander nicht leiden. Dieser alte Knacker sei nichts für ihre kleine Schwester, hat sie mir immer wieder zu verstehen gegeben. Zehn Jahre Altersunterschied, dazu der lockere Lebenswandel, die Weibergeschichten. Laut meiner Mutter alles Gift für eine Beziehung. Martje muss sich wohl ein paarmal bei ihr ausgeweint haben. Vom Alter her hätte Martje meine Schwester sein können. Deshalb hatten Mutter und sie ein sehr freundschaftliches Verhältnis. Mir hat sie den Umgang mit Leander regelrecht verboten. ‚Du wirst dich von diesem Knaben fernhalten! Saufen und Spielotheken besuchen, das ist es, was er kann, und das muss er dir nicht auch noch beibringen.' Immerhin war ich damals schon zwanzig, aber ich lebte noch zu Hause bei meinen Eltern, steckte sozusagen noch meine Füße unter ihren Tisch. Meine Mutter traf für mich die Entscheidungen, seit ich denken konnte. Dagegen habe ich mich lange nicht gewehrt. Sie hatte mich voll im Griff, entschied, was ich anziehen sollte, welches Mädchen zu mir passte und dergleichen mehr. Ein absolutes Matriarchat. Und was den Kontakt zu Leander anging, hat sie sich durchgesetzt. Mein Vater hat sich nicht groß eingemischt. Er sagte immer, es ginge Mutter nichts an, ich sei erwachsen genug und auch Martje müsse wissen, was sie tue. Durch den großen

Altersunterschied meiner Mutter zu Martje, hat sie sich für ihre kleine Schwester verantwortlich gefühlt. Mir hat Leander ziemlich imponiert. Seine Art gefiel mir, und wenn wir dann doch mal aufeinander trafen, verstanden wir uns auch jedes Mal auf Anhieb richtig gut. Er war immer locker drauf, nie übellaunig oder bestimmend. So ein besonderes Naturell eben, das ich von zu Hause nicht kannte. Lockerheit. Leander faszinierte mich. Für Mutter war er ein Taugenichts, der eines Tages in der Gosse landen würde. Irgendwann hat sie ihm verboten, unser Haus zu betreten. Sie hoffte, dass er ihrer kleinen Schwester nicht auch noch ein Kind machen würde und hat beharrlich daran gearbeitet, die beiden auseinanderzubringen. Das war so einfach nicht, denn Martje war eine Frau, die stark im Aushalten war. Sie stand in einer Abhängigkeit zu Leander, die man schon fast als pathologisch bezeichnen könnte. Mit fünfundzwanzig hat sie sich dann das Leben genommen. Tabletten und Alkohol in hoher Dosierung. Ich habe Leander nicht wiedergesehen, bis zu dem Tag, als wir zufällig im Fachkrankenhaus Bredstedt aufeinandertrafen."

Lüders und Jonas Jeute sitzen einander gegenüber. „Wenn Sie noch Zeit haben, mach' ich uns einen starken Kaffee. Vielleicht können Sie mir erzählen, wie es weiterging mit Leander Preuss, so hieß er ja zu dieser Zeit noch. Aber sagen Sie mal, war er denn nicht auf der Beerdigung von Martje?", fragt Lüders, während er die Kaffeemaschine in Gang setzt.

„Nein. Meine Mutter hatte ihn ausgeladen, ihm untersagt, sich dort sehen zu lassen. Ein starker Tobak, wie ich finde. Aber er hat sich dran gehalten. Hat die Sache auf seine Weise geregelt, wie er mir später mal erzählt hat."

„Wie ging Leander um mit dem Selbstmord von Martje Hansen? Haben Sie mal darüber gesprochen?", fragt der Beamte, als er den Kaffee eingießt.

„Martjes Tod hat Leander in eine tiefe Krise gestürzt. Er trank mehr als zuvor. Das führte dazu, dass aus diesem und verschiedenen anderen Gründen sein Arbeitsvertrag mit dem Husumer Krankenhaus, wo er inzwischen arbeitete, im gegenseitigen Einvernehmen aufgelöst wurde. Die ganze Dramatik hat er mir nach seiner Therapie einmal erzählt. Wollen Sie sie hören?"

„Nur zu", ermuntert Nane Lüders den jungen Mann, der nicht ahnen kann, mit welcher Aufmerksamkeit und Empathie ihm sein Gegenüber zuhören wird.

Mehr als zwei Stunden haben Nane Lüders und Jonas Jeute auf dem Dienstzimmer zusammengesessen. Es ist beinahe neunzehn Uhr, als sich der Beamte auf den Heimweg macht.

‚Was war das für eine spannende Geschichte', sagt er zu sich selbst.

Die Ausführungen von Jonas Jeute zum Leben von Leander Hagedorn haben ihn tief bewegt und aufgewühlt und ihm seine eigene beinahe tödlich verlaufene Säuferkarriere noch einmal vor Augen geführt.

‚Die Memoiren des Säufers Leander Hagedorn. Irgendwie ähneln sich die Tragödien. Was habe ich für ein Glück gehabt damals', denkt Nane und erinnert sich an die Dramatik seiner eigenen Geschichte.

Nane war nie ein Kind von Traurigkeit gewesen, hatte mit fünfzehn die Schulbank verlassen und eine Maurerlehre angefangen. Die Arbeit auf dem Bau machte ihm Spaß. Schon zum Frühstück wurde das erste Bier getrunken und über den Tag verteilt kamen noch ein paar Flaschen hinzu. Nach dem süffigen Getränk ging die Arbeit wie geschmiert von der Hand. Schon während seiner Lehrjahre zog er abends nach Feierabend um die Häuser, fühlte sich hervorragend und fand nichts Schlechtes dabei.

In späteren Jahren, er war inzwischen mit Erna verheiratet, trank er regelmäßig sein Feierabendbier im Hockensbüller Krug. Meist zog er dann weiter, ein bisschen tanzen in einem kleinen Pub in Husum. Zunächst war es nur der Durst, der ihn umtrieb. Später kam ein anderes Verlangen hinzu. Spätestens nach dem vierten, fünften Bier schweifte sein Blick in die Runde. Meist dauerte es nicht lange, bis er ein Mäuschen entdeckte, dem er dann kurzerhand eindeutig seine Absicht kundtat.

Bei seiner Auswahl war er nicht sehr wählerisch, er wollte nur etwas für eine Nacht, nichts Langfristiges. Meist handelte es sich bei den Auserwählten um Mädels, die einsam, mindestens so durstig waren wie er oder beides. Wenn er reichlich konsumiert hatte, wurde er mutig, und sein Erfolg bei den Frauen ließ ihn wachsen, aber seinen Hass auf diese Gattung Mensch ebenso.

Seiner Meinung nach waren alle aus einem Holz geschnitzt, untreu und verlogen. Die Betrachtung der eigenen Rolle ließ er dabei außer Acht. Meist waren es verheiratete Frauen, die sich mit ihm einließen, aber das war ihm egal. Er nahm, was er kriegen konnte, und wer sich seinen Annäherungsversuchen nicht widersetzte, unterlag seinem schmeichelnden, wenn auch nebulösem Charme. Auf diese Weise hatte er über viele Jahre trotz seiner Ehe mit Erna einige Mäuschen in sein Bett geschnurrt.

Meist brach am Morgen danach der Katzenjammer aus. Sein Großmaulgehabe verkehrte sich angesichts des Gedächtnisverlustes an die Geschehnisse des vorherigen Abends in Verunsicherung und ins Duckmäuserische. Die Anfeindungen von Erna taten ein Übriges.

Was war das für ein Spiel? Im Grunde konnte er gar nichts dafür. Etwas in ihm verselbständigte sich, er konnte es nicht aufhalten. Das Gefühl der Machtlosigkeit war in ihm. In ihm, wie gut und böse. Sein Vorsatz am Morgen und sein Handeln am Abend glichen einer Art Spiel von Katz und Maus. Jag mich, ich fang dich.

Erna war ihm schnell auf die Schliche gekommen. Saufen und dazu noch Frauengeschichten, des Nachts nicht nach Hause kommen, das bedeutete das Ende ihrer Ehe. Er war chancenlos, in jeder Hinsicht. Erna hatte zwei Kinder mit in die Ehe gebracht. Ihnen war er ein guter Vaterersatz, mochte die Kleinen und sie mochten ihn. Sie zu verlieren, tat ihm weh.

Im Grunde war er kein schlechter Kerl, im Gegenteil. Fleiß und Familiensinn standen hoch im Kurs. Dass diese Konstellation den Bach herunterging, schrieb er hauptsächlich Erna zu. Sie hatte ihn immer mehr gequält mit Erwartungen und Vorschriften. Er sollte das Geld für die Familie verdienen und in ihrer Gesellschaft eine gute Figur abgeben. Erna wollte keinen Proleten, sie brauchte einen disziplinierten, ordentlichen Vorzeigemann und Vater.

Das ging ihm eine Spur zu weit, und er besann sich auf das Leben, bevor er Erna kannte. Ein paar Bier am Abend brachten Erleichterung, so war es immer gewesen. Meist ging er in seine Stammkneipe um die Ecke.

Ortrud, die Wirtin, war Balsam für seine Seele. Seit über vierzig Jahren betrieb sie mit ihrem Mann Hubert den kleinen Dorfkrug in Hockensbüll. Bei Ortrud fühlte er sich geborgen. Sie hatte stets ein Ohr für seine Sorgen und Nöte. Meist stand für sein leibliches Wohl eine Tasse mit kräftiger Hühnersuppe in ihrer Küche bereit. Dann und wann hatte sie auch Sauerkraut und Nürnberger Bratwürstchen im Angebot. Bei der Zubereitung von Sauerkraut war sie unschlagbar. Ortrud, eine Frau vom alten Schlag, wusste ihn zu nehmen. Das gefiel ihm. Sie maßregelte ihn nicht, fragte nicht und tauschte sein Glas aus, sobald es leer war. Selbst wenn er unleidlich wurde, andere Gäste anpöbelte und sich gar mit ihnen schlagen wollte, schob Ortrud ihn einfach zur Tür hinaus und sagte, dass er nach Hause gehen solle. Auf diese Weise hatte sie ihn schon vor manchem Ärger mit der Polizei bewahrt.

Hubert, der Wirt, war ein ulkiges Kerlchen. Seine schmächtige Gestalt, die rote Nase und die kleinen blitzenden Augen ließen eher auf einen Rentner beim Feierabendbier als auf einen Gastronomen schließen. Er war zuständig für die Entsorgung von Leergut und das Anschließen der Bierfässer. Alkohol vertrug er aus gesundheitlichen Gründen schon lange nicht mehr, was ihn jedoch nicht daran hinderte, in unbeobachteten Momenten sich den einen oder anderen Schnaps zu genehmigen. Aber zu seinem Leidwesen hatte Ortrud auch in dieser Beziehung meist ihre Augen überall.

Die Einkehr bei Ortrud und Hubert wurde mehr und mehr zur Flucht in eine andere Welt, wenn Erna ihn traktierte. Sie waren seine kleine Familie, bei ihnen konnte er sein wie er war. Hier spürte er etwas wie Herzenswärme, ein Gefühl, das ihm anderswo schon lange nicht mehr entgegengebracht wurde.

Sein Zorn und Groll auf die Frauen wuchsen mehr und mehr und weckten seinen Jagdinstinkt. Immer wieder zog er weiter, meist in sein Pub in der Stadt. Und jeden Abend, den er Erna betrog, empfand er als Genugtuung, eine Art Bestrafung für ihre Anfeindungen. Sie wusste stets, wenn er fort war, wo er war und was er tat. Und in diesem Bewusstsein genoss er das Gefühl der Macht, die er jeweils über das Mäuschen unter sich hatte. Er besaß es, im wahrsten Sinne des Wortes, es war unter ihm, er dirigierte und beherrschte es. Auch dabei empfand er große Genugtuung.

Nachdem Erna ihm dann angesichts seines, wie sie sagte, schändlichen Verhaltens, die Kinder entzog, war sein Zorn auf das andere Geschlecht noch größer und sein Drang, es zu demütigen, beinahe zwanghaft geworden.

Er verbrachte mittlerweile die gesamte Freizeit in seiner Stammkneipe, schüttete die ersten zwei, drei Glas Bier gierig in sich hinein, und dann ging alles wie von selbst. Katze und Maus begannen ihr Spiel. Die Maus ließ sich nicht fangen, sie tanzte ihm auf der Nase herum. Der beste Vorsatz hatte keine Chance.

„Nur noch ein Glas", wisperte die Verführung.

Der mächtige Schlag mit der bekrallten Tatze galt im Grunde nicht ihr, sondern war ein Zeichen seiner ihn quälenden Verzweiflung, der Machtlosigkeit und krampfenden Wut. Und so rannen unzählige Biere seine Kehle hinunter, bis zur bitteren Neige. So war es gestern und vorgestern, und soweit er sich erinnerte, schon eine kleine Ewigkeit. Er sah keinen Grund dazu, etwas zu ändern, wenngleich er seit geraumer Zeit einen Wandel seiner Befindlichkeit festgestellt hatte. Er hatte Schlafstörungen und ihm zitterten die Hände. Schon vor dem Aufstehen musste er an den nächsten Schluck denken. Manchmal trank er auch nachts, wenn er nicht schlafen konnte.

Seit der Abmahnung durch den Chef trank er vor der Arbeit nicht mehr, Tabletten übernahmen den Part, das unbändige Verlangen zu stillen. Sie halfen ihm meist bis zum Mittag über die Runden. Die Tabletten waren zuverlässige Helfer gewesen. Das Zittern der Hände hörte auf, er hatte keine Alkoholfahne und war trotzdem gut drauf. Doch seine Arbeitsleistung ließ nach und eines Tages fiel er vom Gerüst.

Der ersten Abmahnung folgte die zweite und wenige Wochen danach hatte ihm sein Meister die Kündigung geschickt.

Der Verlust seines Arbeitsplatzes kümmerte ihn wenig. Geldsorgen hatte er auch ohne Arbeit nicht. Was war schlimm daran, wenn die ausgebrannte Kehle am Morgen nach einem kalten Bier lechzte? Diesem Druck musste er nun nicht mehr widerstehen. Früher war das anders, sein Konzept war ein anderes.

Seitdem war alles viel unbedeutender geworden, und seinen Arbeitsplatz vermisste er nicht. Er konnte trinken, wann und so viel er wollte. Aber das machte die Sache, Kontrolle über sich selbst, über sein Trinkverhalten zu haben, nicht einfacher. Es fing harmlos an und dann, wenn der Punkt überschritten war, gab es kein Halten mehr. Aber wann war dieser Augenblick, wann fand das entsprechende Ereignis statt, das er nicht mitbekam?

Nicht nur, dass er Erinnerungslücken hatte, auch seine Körperwahrnehmung hatte sich verändert. Manchmal fühlte er sich am Morgen nach dem Aufwachen wie ein alter todkranker Mann. Sein Körper war von einer Schwere, die mit seinem tatsächlichen Gewicht nichts zu tun hatte. Der Blick in den Spiegel bestätigte sein Empfinden, und er musste sich auf dem Waschbecken abstützen, damit das aufkommende Würgegefühl ihn nicht stürzen ließ. Um sich selbst besser ertragen zu können, trank er einen tiefen Zug direkt aus der Wodkaflasche. Meist kehrte danach sehr schnell das innere Gleichgewicht zurück, wenn auch nur für kurze Zeit. Er hatte das Gefühl, sich selbst entglitten zu sein. Wenn nur dieser innere Zwiespalt nicht wäre.

Eines Tages sorgte wieder einmal der Kater in ihm für die gleichnamige Stimmung, was er sogleich zum Anlass nahm, den guten Vorsatz für den Abend zu fassen: zwei Bier, nicht mehr. Da konnte die Maus in ihm kokettieren wie sie wollte. Ihre Verführungskünste würden ihn nicht überreden. Es wäre doch gelacht, wenn er das nicht hinbekäme. Ein heftiger Schlag mit der Faust auf die Tischplatte besiegelte seinen Entschluss. Zwei Bier und fertig. Auf seinem Gesicht lag ein Ausdruck von Hohn und Spott. Seine Hände zitterten und suchten Halt in den Hosentaschen. Ein großer Schluck aus der Schnapsflasche brachte Erleichterung.

Der Teufelskreis hatte sich geschlossen. Die Falle war zugeschnappt, er saß darin, gefangen in Sucht und Rausch, und die Maus war entwischt. Keine Familie, keine Arbeit, keinen Antrieb. Er kannte sich selbst nicht mehr. Aggressiv, böse und dünnhäutig war er geworden, eine Figur zwischen jämmerlich und erbärmlich. Er hielt das alles nicht mehr aus.

Es war Nacht, als er aufwachte. Da war es wieder, dieses miese Gefühl in der Magengegend. Beinahe schon Gewohnheit geworden: Einmal aufgewacht, begann das Karussell der Gedanken und ließ ihn bis zum Morgen nicht mehr los. Die quälende Ungewissheit, wie lange noch, ließ ihn nicht zur Ruhe kommen. Wann würde er Kontrolle darüber haben, ob er trinken wollte oder nicht und wenn ja, wie viel? Würde er sie jemals haben? Das Katz- und Mausspiel zermürbte ihn.

Sein Magen krampfte, ihm war speiübel. Er dachte an seine Mutter. Warum hatte sie ihn geboren? Sie wollte ihn nicht, hat ihn gehasst, jeden Tag. Diesen tief sitzenden Schmerz will er los sein. Ausspeien wie ein Feuerschlucker möchte er ihn. Anzünden, aus seinem wunden Schlund herausschleudern und für immer verbannen. Es gelang ihm nicht. Er spülte die Bitterkeit mit einem großen Schluck die Kehle hinunter. Die verletzte Seele fand keine Ruhe. Sie hatte ihn gequält, beschimpft, mit Ignoranz gestraft. Warum hat sie ihn nicht umgebracht? Als er klein war, hätte sie es tun können. Tränen liefen über sein Gesicht, ein Weinkrampf schüttelte den Körper. Den Rotz wischte er sich mit dem Hemdsärmel fort. Noch ein Schluck. Seine verkrampften Hände wurden zu Fäusten. Mit Wucht knallte er die Flasche auf die Tischplatte.

Später, als er erwachsen war, hatten sie nicht über ihre Gefühle geredet, Mutter und er. Sie wusste, dass er trank und wollte es nicht wahr haben. Vielleicht fühlte sie sich schuldig? Sie waren sich nie wirklich nah gewesen. Das Distanz schaffende Gefühl stand wie eine unsichtbare Mauer zwischen ihnen. Sie hatten einfach geschwiegen. Er hasste sie. Sein Groll galt nun der Weiblichkeit insgesamt. Niemals würde er ihr trauen können.

Den Rest der Flasche leerte er in einem Zug und glitt auf den Boden. Wieder das beängstigende Gefühl in seinem Inneren. Warum hat sie ihn nicht umgebracht? Jetzt war es an der Zeit, es selbst zu tun. Was war übrig von ihm?

Seinen Herzschlag kaum noch spürend schloss er die Augen. In der Dämmerung eine Silhouette des Grauens: rotes, wallendes Haar einer Medusa im Strom seines langsam fließenden Blutes. Auf dem Rücken liegend glotzte sie aus toten Augenhöhlen in das Innere seines zerfressenen Leibes. Der Mund, eine aufgerissene Höhle, die Wangen eingefallen. Er geriet in Panik. War es das, was von ihm übrig war? Von ihm, dem einst so stolzen Kater, der um die Häuser strich? Nichts, das an eine lebende Kreatur erinnert. Aus der Ferne hörte er Stimmen. Es gab keinen Ausweg, jetzt nicht mehr. Ja, es war an der Zeit, es selbst zu tun, höchste Zeit.

Was war aus ihm geworden? Innerlich halb verwest, kaum noch Atmung und bedroht von der zum letzten Streich ausholenden Pranke des tobenden Katers, ergab er sich, lag rücklings direkt vor der Pratze seines Peinigers. Tot gespielt. Eine kleine, graue, armselige Kreatur.

Wie lange noch würde er dem Spiel der Macht vor den Krallen der Bestie standhalten? Sein Herzschlag kehrte zurück und drohte den Brustkorb zu zersprengen. Und nun – Auge in Auge mit dem über Leben und Tod entscheidenden Ungeheuer. Sein Atem stockte, er rührte sich nicht. Das war das Ende. Kalter Schweiß. In seinen Ohren der Widerhall der Worte ‚nie wieder, endgültig vorbei ...'

Und immer noch Auge in Auge mit der Bestie, so nah, dass er ihren Atem in seiner Nase spürte. Die Blicke verschmolzen, waren plötzlich eins.

‚NIE WIEDER ... DEINE CHANCE!', dröhnte es in seinen Ohren. Augen wurden zu schmalen Schlitzen, blitzten gefährlich, hielten den Atem der Welt an ...

„Abgemacht!", schrie er.

‚Schlag ein!', sein Widersacher.

Allein.

Aus der Starre gelöst sah er sich um. Allein. Er robbte schluchzend über den Boden, hielt plötzlich inne, richtete sich auf, ballte seine Hände zu Fäusten und brüllte: „Heute werde ich keinen Alkohol trinken!!!"

„Was haben Sie gesagt?", hört Nane eine Frauenstimme neben sich.

Langsam kehrt er zurück in die Realität.

„ ... sagte ich etwas?", fragt er erschrocken, steht stocksteif an der Hafenkante und schaut auf den Schlick, in dem einige kleine Pfützen die auflaufende

Flut ankündigen. Er fröstelt, trotz sechsundzwanzig Grad Außentemperatur. Seine Muskeln schmerzen von der Anspannung. Langsam setzt er sich in Bewegung und überquert die Straße.

Als er vor dem Tresen des Eiscafés steht und fünf Kugeln Eis im Becher mit Sahne bestellt, ist ihm schon wieder warm und ein zufriedenes Lächeln huscht über sein Gesicht.

‚Was war das für ein interessantes Gespräch mit Jonas Jeute. Leander Hagedorn hat in der gleichen Scheiße gesteckt wie ich damals, aber ich lebe noch. Was für ein Glück.'

Michaela Breitkreuz und Roswitha Müller sind auf dem Weg zu Frau Krusepeter, der Nachbarin von Verena und Leander Hagedorn.

„Ich weiß über meine Nachbarn so gut wie nichts. In einem Haus mit vierzehn Mietparteien lebt es sich ziemlich anonym. Da könntest du wochenlang tot herumliegen, wenn du keine Angehörigen hast, die dich vermissen. Erst wenn der unerträgliche Gestank durch alle Ritzen dringt, ruft vielleicht mal einer die Polizei.

Blankenese ist für mich der Inbegriff von Abtauchen in eine andere Welt. Mediterranes Flair, dörflicher Charakter, wunderschöne Landschaft, egal, ob du es vom Land oder vom Wasser aus betrachtest", schwärmt Michaela. Die Beamtinnen haben das Haus von Frau Krusepeter erreicht. Kurz nach dem Läuten öffnet die freundliche Frau die Haustür. Ein herrlicher Duft nach Kuchen und frisch aufgebrühtem Kaffee steigt den Polizistinnen in die Nase.

„Ich habe mir erlaubt, Waffeln zu backen. Mit Eis und heißen Kirschen eine Köstlichkeit, finde ich. Kommen Sie, im Wohnzimmer steht alles bereit."

„Hmmm, ich fürchte, da können wir nicht widerstehen, Frau Krusepeter. Vielleicht lässt sich das Angenehme mit dem Nützlichen verbinden."

Roswitha Müller kann ihre Begeisterung nicht verbergen und geht geradewegs auf den gedeckten Kaffeetisch zu, bei dessen Anblick ihr das Wasser im Mund zusammenläuft.

„Vielleicht erzählen Sie uns nebenbei alles, was Ihnen so zu den Eheleuten Hagedorn einfällt. Je mehr wir in Erfahrung bringen, umso größer die Chance, in der Sache weiterzukommen. Auch Dinge, die Ihnen unwichtig erscheinen, können möglicherweise eine große Hilfe sein. Waren Sie mit Ihren Nachbarn befreundet?"

Frau Krusepeter füllt die Kaffeetassen und reicht den Teller mit dem Gebäck herum.

„Befreundet kann man nicht sagen. Wir hatten eine ausgezeichnete Nachbarschaft, und das über fünfzehn Jahre. Ich wohnte hier schon, als Verenas erster Mann noch lebte. Ich achte auf das Haus, wenn sie Urlaub machen und umgekehrt gießt Verena bei mir die Blumen, wenn ich mal verreist bin. An dem Tag, als Verena mich anrief, dass sie früher aus Husum zurückkommen, war ich noch in Bremen. Dort habe ich für zwei Tage meine Schwester besucht. Als ich nach Hause kam und meine Sachen aus dem Auto ausgepackt hatte, bin ich rüber, um die beiden zu begrüßen. Als niemand auf mein Klingeln die Tür öffnete, hab ich bei einem Blick durch die Scheibe in den Flur irgendwie das Gefühl gehabt, als ob sie doch noch nicht da wären. Dann habe ich versucht, Verena auf dem Handy anzurufen, aber sie hat nicht abgenommen. Später haben dann ihre Kollegen bei mir geläutet und da wurde mir plötzlich ganz komisch. Aber was dann kam, das wissen Sie ja schon. Wo waren wir stehengeblieben? Ach ja, ob wir befreundet waren. Also im Sommer wurde ich manchmal zum Grillen bei den Hagedorns eingeladen oder wenn Verena ihren Geburtstag feierte. Das waren meist opulente Veranstaltungen, mit Servicepersonal und so, aber immer wunderschön. Verena hatte eine Ader für die Liebe zum Detail. Sie machte nie halbe Sachen. Sehen Sie sich das Haus an. Das ist ihre Handschrift. Leander kenne ich nicht so gut. Sie sind ja erst seit ein paar Jahren ein Paar. Bin mit ihm nie so richtig warm geworden."

„Wissen Sie wann und wieso der erste Mann von Verena Hagedorn gestorben ist?"

„Ach, das war eine tragische Geschichte damals. Ich glaube es liegt sieben Jahre zurück. Er war in Sachen Windenergie tätig, betrieb ein Windpark-Planungsunternehmen. Eines Tages, ich glaube es war im September, ist er in Husum auf der Windenergiemesse zusammengebrochen. Herzinfarkt. Er kam zwar sehr schnell ins Husumer Krankenhaus, erlitt aber einen Reinfarkt und starb.

Die arme Verena. Das hat sie Jahre lang nicht verkraften können. Seit der Zeit war sie eine gebrochene Seele, wenn man das so ausdrücken möchte. Sie hat sich immer mehr zurückgezogen. Sie war doch auch noch so jung. Zwanzig Jahre jünger als ihr Mann.

Eines Tages trat dann Leander in ihr Leben und der hat sie aus dieser Krise herausgeholt. Sie blühte förmlich auf. Zu dieser Zeit haben wir manchmal zusammen geredet, so von Frau zu Frau. Aber ich glaube, in Wahrheit hat er sie aus der einen Krise befreit und in eine andere hineinmanövriert.

Nun bedienen Sie sich doch, meine Damen, lassen Sie sich nicht nötigen."

„Hatten Verena Hagedorn und ihr erster Mann Kinder?", will Michaela wissen.

„Nein, Kinder hatten sie nicht. Obwohl Verena es sich sehr gewünscht hat. Ich glaube, sie haben eine Menge unternommen, damit es mit einer Schwangerschaft klappt. Einmal war sie dann auch tatsächlich schwanger geworden. Leider hat sie das Kind verloren. Das war die Zeit, als die Depressionen begannen. Wenn ich mich recht erinnere, war es kurz nachdem

Helmut gestorben ist. Das war eine schwere Zeit. Erst der Mann, dann das Kind."

„Das ist in der Tat tragisch. Was meinten Sie mit ‚Leander Hagedorn hat sie in eine neue Krise hineinmanövriert'?"

„Na, er war ja kein Kind von Traurigkeit. Es gab nicht viele Menschen, die nicht in seine Nettigkeitsfalle tappten. Und nicht nur das. Er war ein Schönling mit vielen Affären. Manchmal, wenn es Verena schlecht ging, hat sie mir davon erzählt. Allerdings in der letzten Zeit nicht mehr. Aber ich weiß, dass sie wieder eine Therapie beginnen wollte."

„Wieder?"

„Ja, als das mit dem plötzlichen Tod von Helmut und der Fehlgeburt war, da hatte sie sich einen Therapeuten gesucht."

„Können Sie uns den Namen des Therapeuten sagen?"

„Ja, zufällig weiß ich den Namen, er heißt nämlich so ähnlich wie ich, deshalb kann ich ihn mir merken. Er heißt Kruse, Doktor Berthold Kruse, hat eine Praxis hier in Blankenese."

„Wissen Sie, wo sich die Hagedorns kennengelernt haben?"

„Kennengelernt? Ich glaube, ein Freund von Verena, Professor Gramm, hat Anteile daran, dass die beiden zusammengekommen sind. Der Professor hat eine führende Position in der Klinik, in der Leander beschäftigt war. Er hatte die beiden zur Veranstaltung einer Arzneimittelfirma eingeladen. Ein paar hundert Leute sollen da gewesen sein. Verena hat mir einige Male davon vorgeschwärmt. Sie und Leander waren ohne Partner und der Professor hat sie miteinander bekanntgemacht und so hat es angefangen mit ihnen.

Ja, weiter wüsste ich gar nicht, was ich Ihnen noch berichten könnte. Es ist einfach nur furchtbar. Ich kann immer noch nicht glauben, dass sie nicht mehr sind."

„Danke, Frau Krusepeter, das war doch schon einiges. Sie haben uns sehr geholfen. Ich lasse Ihnen meine Karte da. Sollte Ihnen noch etwas einfallen, rufen Sie einfach an. Sie wissen ja, jede Kleinigkeit kann wichtig sein. Und haben Sie vielen Dank für die Bewirtung. Die Waffeln waren wirklich köstlich. Auf Wiedersehen."

„Dafür, dass sie angeblich gar nichts von den Hagedorns wissen will, war das doch 'ne ganze Menge, oder?"

„Kann man wohl sagen. Was hältst du davon, wenn wir uns in der Villa der Hagedorns noch mal umschauen. Ich hab da so eine Intuition."

„Gute Idee. Dann lass uns gleich rübergehen."

Michaela durchtrennt die Polizeiplakette. Sie betreten den Vorflur und dann die Diele der Villa.

Heller Marmor, so weit das Auge reicht, weiße Türen. Am Treppenaufgang ein kunstvoll geschwungenes, mehrfarbig eloxiertes Stahlgeländer. Eine Glastür führt in den Wohnbereich. Ein riesiger Esstisch mit zwölf Stühlen drumherum, ein protziger Spiegel. Gegenüber eine edle Sitzgruppe in weißem Leder.

„Ich hab 'ne ganz andere Wahrnehmung als am Tag, an dem wir die Leiche hier fanden. Da hat's hier noch so nach warmem Blut, nach Tatort gerochen."

‚Dazwischen hat die tote Verena Hagedorn gelegen und da drüben der Ehemann', denkt Roswita Müller vor sich hin, als sie an den Markierungen der Spurensicherung und dem getrockneten Blut vorbeigeht und in den halbrunden gläsernen Wintergarten gelangt.

Hier stehen schwere plüschige Sessel in Weinrot, ein ovaler Glastisch, darüber ein monströser Deckenleuchter.

„Wer hier seinen Geschmack ausleben durfte, muss über ein dickes Bankkonto verfügen. Herr des Himmels, was für ein Reichtum."

Die Polizistinnen stapfen in das erste Obergeschoss, wo sie von der großen Diele in die Bibliothek gelangen. Hunderte von Büchern füllen die aus edlem Holz gefertigten Regale gegenüber der Fensterfront. Der halbrunden Form der Bücherwand angepasst, ein Arbeitstisch mit sechs Stühlen. An der Wand ein riesiger Flachbildfernseher.

Michaela ist inzwischen durch das Ankleidezimmer ins Bad gelangt.

„Das musst du dir ansehen, Roswitha. Diesen Traum von einem Bad. Ich gebe Dir recht, beim ersten Mal stand die Tote so sehr im Vordergrund, dass ich das Ganze hier nur oberflächlich wahrgenommen habe", schwärmt sie.

„Eine gläserne Badewanne auf ausladendem Podest mit Stufen aus Perlmutt-Mosaikfliesen, die Decke darüber als Sternenhimmel gestaltet. An der Rückwand das riesige Ornament einer Rose. Das ist atemberaubend. So was habe ich noch nicht mal in ‚Schöner Wohnen' gesehen".

Michaela kommt aus dem Staunen nicht heraus.

„Hier muss man doch einfach in Champagner baden, oder?"

„Bin auch schwer beeindruckt, aber mir ist das alles zu pompös", erwidert Roswitha.

Das angrenzende Zimmer ist offensichtlich das Schlafzimmer von Verena Hagedorn, nicht weniger apart und erlesen als alles andere in diesem Haus.

Vorhänge, Bett und Teppiche brillieren in verschiedenen Rottönen.

Roswitha öffnet die Schubladen des Nachtschränkchens und entnimmt ihm eine Mappe mit einem Einband aus transparentem Rosenpapier, auf dem in kalligraphischer Schrift ‚Erinnerungen' geschrieben steht. Säuberlich geordnet darin einige lose Blätter mit Aufzeichnungen, tagebuchähnlichen Eintragungen, Skizzen und einem Gedicht.

„Verena Hagedorn scheint ihre intimsten Dinge hier aufbewahrt zu haben, schau mal."

Roswitha liest vor: „13. Juli 2005: Seit heute ist es gewiss. Wir werden ein Kind haben. Ich bin so glücklich. Der nächste Eintrag vom 15. November 2005, ein Gedicht:

‚Schmetterlingsreigen
Durch den Wald ging ich hinab an den Strand,
spürte deutlich schon die kleine Hand
von innen her in meinem Leib,
damals gingen wir zu zweit.
Es war ganz still, kein Möwengeschrei.
Als plötzlich mein greller Hilfeschrei
die Stille zerriss, der Sand färbte sich rot:
Du kleines Leben in mir, warst tot!
Nun lausche ich der Stille allein,
ich denk' an Dich, und tauche ein
in Deine Welt, Du bist so nah,
und so wie damals – wieder da.
Und so beisammen hören wir dann
der Vogelstimmen vertrauten Klang.
Wie viele Stunden ich so verweile,
ich weiß es nicht, ich hab keine Eile.
Kleine Hand in meiner Hand,
du bist bei mir aus dem Niemandsland.

Ich bin bei Dir,
im Jetzt und Hier.
Die Nachtigall beginnt zu singen,
mir ist, als würde ich Dich umschlingen
in einer Weise, die mir so vertraut,
unendlich leise, kein bisschen laut.
Umwoben von Liebesgedanken nur,
wie Träume an einer Perlenschnur
lass' ich mich ein, fühl mich geborgen,
in dieser Welt braucht es kein Morgen.
Plötzlich vernehme ich fröhliche Geigen,
Du tanzt dazu im Schmetterlingsreigen
den Tanz der Freiheit, befreit von Schmerz.
Nun weiß ich's: Dir geht es gut, mein Herz.
Die Geige schweigt, die Träume entschweben,
ich bin umgeben von stillem Leben,
atme die Stille und gedankenverloren
fühle ich mich wie neu geboren.
Und so getröstet bin ich unsäglich stark,
geh' langsam heim durch unseren Park.
Nehme Dich mit, den Schmerz lass ich hier
und weiß ganz genau: Du bleibst immer in mir.'

„Mann, ist das krass."

Roswitha schnäuzt sich die Nase.

„Ich bin ja nicht zimperlich, aber so was geht unter die Haut. Das kann ich nun gerade gar nicht haben."

Die junge Frau wischt sich die Tränen ab. Noch weiß niemand von ihrer Schwangerschaft.

„Bei so einem Text, da ist doch dieses ganze Ambiente ein Fliegenschiss, oder?"

Michaela legt ihren Arm um die Kollegin.

„Ja, das ist wirklich heftig. Geht's wieder? Komm, wir schauen noch mal in die anderen Zimmer."

„Ja, alles gut, danke. Hat mich gerade auf dem linken Fuß erwischt. Warte, ich gehe noch mal in die Bibliothek. An der Bücherwand hat mich irgendwas irritiert, muss ich noch mal genauer hinsehen."

Die Beamtin stellt sich an den Arbeitstisch und lässt den Blick durch die Buchreihen steifen.

„Da ist es."

In Augenhöhe überragt eine helle Mappe die in Reih und Glied stehende Psychologische Schriftenreihe. Roswitha zieht die Mappe heraus und schlägt sie auf.

‚Sieh an, noch mal das Geständnis von Verena Hagedorn. Das versteh' einer, einmal liegt's doch schon auf unserer Dienststelle.'

„Sieh mal Michaela. In der Bücherwand hab ich eine weitere Ausfertigung des Geständnisses von Verena Hagedorn gefunden. Kannste dir da einen Reim draus machen?"

„Nee, kann ich im Moment nicht. Nimm mal mit für unsere Sammlung, das Tagebuch auch. Ich glaub', das war's dann hier. Woll'n wir wieder? Als Nächstes sollten wir dem Psychodoktor einen Besuch abstatten."

„Ich ruf' ihn an und mach 'n Termin. Und dann ist für mich Feierabend."

Anders Brinckmann und Michaela Breitkreuz parken ihr Dienstfahrzeug in einer Nebenstraße und gehen zu Fuß durch den historischen Ortskern von Blankenese, dem verwinkelten Treppenviertel.

„Ganz schön verzweigt hier alles. Guck mal, da drüben muss es sein."

Anders nickt mit dem Kopf in Richtung eines weißen Mehrfamilienhauses, in dem sich die Praxis des Psychologen Doktor Berthold Kruse befinden soll.

„Mann, sieht das schnieke aus. Blick aufs Wasser, blühende Bäume vor der Tür. Ich bin gespannt auf die Couch des Herrn Therapeuten. Was meinst du, Anders, hat er lange oder kurze Haare? Ist er ein versteinerter alter Knochen oder jung und dynamisch?"

„Also, Michaela, ich tippe auf schneidiger Typ, Mitte Vierzig."

„Und wieso?", fragt die Polizeibeamtin.

„Einfach so. Der Vorname suggeriert diese Vorstellung."

„Bin gespannt. Wer klingelt?"

Beide haben gleichzeitig die Hand am Klingelknopf. Ein angenehmer tiefer Ton wie von einer Klangschale wabert durch den Flur. Gleich darauf ertönt das Summen des Türöffners. Michaela drückt die Tür auf.

„Hmm, hier riecht es aber gesund", entfährt es Anders.

„Ah, die Herrschaften von der Polizei. Pünktlich sind Sie. Das schätze ich sehr. Gestatten, mein Name ist Berthold Kruse. Kommen Sie herein. Wie Sie wissen, ist meine Zeit begrenzt."

Die Beamten tauschen einen Blick und stellen sich dem Psychodoktor vor.

‚Ganz schön attraktiver Kerl', denkt die junge Beamtin bei sich, ‚könnte mir gefallen. Die breiten Schultern, aufrechter Gang, der kurze, exakte Schnitt der dunkelblonden Haare. Ein ebenmäßiges Gesicht mit einem schönen Kinn und Augenbauen wie gemalt.'

Seinen schneeweißen, gestärkten Kittel trägt Doktor Kruse offen und Michaela registriert den edlen braunen Aigner-Ledergürtel und das hellblaue Hilfiger-Leinenhemd zur blauen Jeans, und ... seine bernsteinfarbenen Augen.

„Nehmen Sie Platz, meine Herrschaften. Ich habe mir erlaubt, etwas Wasser für Sie bereitzustellen. Bitte bedienen Sie sich. Was kann ich für Sie tun? Wie Sie andeuteten, geht es um meine Patientin Verena Hagedorn. Um es vorwegzunehmen, aus der Patientenakte ist es mir nicht gestattet, Einzelheiten preiszugeben. Wo kämen wir da hin. Das werden Sie sicherlich verstehen. Aber, was ist mit Frau Hagedorn?"

„Frau Hagedorn ist tot, Herr Doktor Kruse. Sie wurde ermordet in ihrem Haus aufgefunden. Und nun, wo sie tot ist, ist das mit der Schweigepflicht sicher nicht mehr so relevant. Hier gilt es, einen Mord aufzuklären. Also, es wäre wunderbar, wenn Sie uns eine kooperative Zusammenarbeit angedeihen ließen, da wir ansonsten bald mit einem Durchsuchungsbeschluss vor Ihrer Tür stehen könnten. Und das ist dann weitaus unangenehmer für Sie. Die Kollegen drehen jedes einzelne Blatt um, das kann ich Ihnen versichern."

Den Kripobeamten ist nicht entgangen, dass der Therapeut bei dem Wort ‚ermordet' unvermittelt zusammenzuckt. Seit dem traktiert er mit dem rechten Daumen und Mittelfinger unentwegt einen Kittelknopf.

„Wieso mit einem Durchsuchungsbeschluss? Ich habe doch nichts getan. Nur, weil sie meine Patientin ist, habe ich doch noch lange nichts mit ihrem Tod zu tun. Bis eben wusste ich ja noch nicht einmal, dass sie tot ist. Das ist ja grauenvoll. Wie ist es denn geschehen?“

Kruse schnäuzt sich die Nase. Ein gewisses Entsetzen entgeht den Beamten nicht.

„Das wissen wir eben alles noch nicht, aber wahrscheinlich wurde sie erschossen. Sagen Sie, Herr Doktor Kruse, haben Sie Frau Hagedorn mit Beruhigungsmitteln behandelt? Hat sie irgendetwas eingenommen, bekam sie Spritzen?“

„Ich bin Verhaltenstherapeut, Psychologischer Psychotherapeut. Ich verschreibe und verabreiche keine Medikamente. Ich behandle die Menschen mit psychologischen Mitteln. Will heißen, dass eine Auseinandersetzung mit den Ursachen der Erkrankung erfolgt und veränderte Verhaltensweisen geübt werden müssen. In Fällen, wo eine medikamentöse Behandlung erforderlich ist, arbeite ich mit Ärzten zusammen. Die Verhaltenstherapie ist eine reine problembezogene Therapieform.“

„Und wie war es bei Ihrer Patientin? War ein Mediziner im Spiel oder nahm Frau Hagedorn Medikamente ein, die sie sich selbst besorgte? Weswegen kam sie überhaupt in Ihre Praxis?“

„Dazu kann ich Ihnen wirklich nichts sagen.“

„Okay, dann fangen wir doch noch einmal von vorne an. Wie lange kannten Sie Frau Hagedorn?“, will Anders Brinckmann wissen.

„Ich kenne sie schon ein paar Jahre. Sie kam damals, einige Wochen nachdem ihr erster Ehemann plötzlich an einem Herzinfarkt verstorben war. Kurz darauf erlitt sie eine Fehlgeburt. Das ist vielleicht fünf oder sechs Jahre her. Genau kann ich das in meiner Kartei nachsehen. Wir haben damals ein gutes Jahr zusammengearbeitet. Verena war eine Bilderbuchpatientin. Trotz dieser tragischen Schicksalsschläge machte sie großartige Behandlungsfortschritte. Ich konnte förmlich erleben, wie eine zerbrochene Blüte ganz allmählich und behutsam sich wieder aufrichtete und zu neuem Leben erwachte."

Michaela Breitkreuz entgeht nicht, wie sich die Gesichtszüge des Psychologen bei der Schilderung seiner Patientin erhellen.

„Und das war dann alles?"

„Was meinen Sie damit, ‚das war dann alles'?"

„Na, ob es danach noch Zusammenkünfte gab, oder ob der Fall abgeschlossen war. Haben Sie sich danach noch wiedergesehen?"

„Ja, Verena kam vor etwa einem Jahr erneut zu mir in die Praxis."

„Nun lassen Sie sich doch nicht alles aus der Nase ziehen, Herr Doktor Kruse. Was war der Grund dafür, dass sie Sie noch einmal aufsuchte? Hatte sie Probleme oder einfach nur Interesse, einen Menschen zu treffen, der Verständnis für ihre Alltagsprobleme hat, der sozusagen hinter ihr steht, wenn sie fällt?"

„Mir gefällt nicht, wie Sie das so sagen, Frau Breitkreuz. Ich höre eine gewisse Provokation mitschwingen, und das bitte ich zu unterlassen. Sie haben keinen dummen Jungen vor sich."

„Entschuldigen Sie. Soll nicht wieder vorkommen und war auch nicht so gemeint. Wie war denn Ihr Verhältnis zu Verena Hagedorn, Herr Doktor Kruse?"

Der Therapeut lächelt verlegen, beinahe erleichtert, als er plötzlich den abgedrehten Kittelknopf in seiner Hand hält.

„Sind meist nur mit einer heißen Nadel angenäht, die Dinger", spricht er in Richtung seines Gegenübers. „Also, wie war das Verhältnis?"

„Welches Verhältnis, wollen Sie mir ein Verhältnis unterstellen?"

Ein wenig zu unwirsch reagiert der Psychologe auf die erneut gestellte Frage.

„Hatten Sie eins?", fragt Anders Brinckmann nach.

„Ich muss darauf nicht antworten. Frau Hagedorn war meine Patientin, und das war's. Nicht mehr und nicht weniger. Und nun entschuldigen Sie mich, ich habe zu tun."

„Gut, wenn Sie meinen, Herr Doktor Kruse. Dann kommen Sie doch bitte morgen in unser Büro. So gegen zehn. Dort können wir das Gespräch fortsetzen und auch gleich Ihre DNA und Fingerabdrücke nehmen. Vielen Dank für die Erfrischung. Einen schönen Tag noch."

Brinckmann legt seine Visitenkarte auf den Tisch und wendet sich zum Gehen.

„Wozu denn das? DNA und Fingerabdrücke? Unter welchem Verdacht stehe ich hier eigentlich? Lassen Sie mir doch einfach ein bisschen Zeit, den Tod von Verena zu verkraften! Außerdem habe ich Termine, die ich so kurzfristig nicht umlegen kann."

„Lassen Sie sich einfach etwas einfallen, Herr Doktor Kruse. Eine Frage hätte ich noch, bevor wir gehen: Wo waren Sie am neunten August?"

„Da habe ich gearbeitet. Bis neunzehn Uhr etwa habe ich gearbeitet, danach geduscht, dann bin ich eine Kleinigkeit essen gegangen. Danach das Übliche, Fernsehen und ins Bett."

„Kann das jemand bezeugen?"

„Erlauben Sie mal. Das geht mir nun doch zu weit."

„Auch gut, dann sehen wir uns morgen auf der Dienststelle. Und bringen Sie bitte eine Antwort auf unsere Frage mit, mit der wir etwas anfangen können. Bis morgen dann."

Die Beamten verlassen die Praxis.

„Das klang ja wie ein Hilfeschrei, Michaela. ‚Lassen Sie mir doch einfach ein bisschen Zeit, den Tod von Verena zu verkraften.' Wenn da nicht mehr dahintersteckt als nur ein Therapeuten-Patienten-Verhältnis, fresse ich 'n Besen."

„Für mich ist aus einem Traumbild von einem Mann in kürzester Zeit ein zerfahrenes Subjekt geworden. Der Verfall war deutlich sichtbar. Am Ende schien er wie ein alter Mann. Merkwürdig, mein erster Eindruck und mein letzter, wie zwei verschiedene Menschen", schildert die Polizistin ihrem Kollegen.

„Hattest dich ein bisschen verguckt, Michi?", scherzt Brinckmann.

„Ist das verboten? Gucken kann man doch mal."

„Da kann ich nur warnen, Michi."

Irene Krusepeter sitzt an ihrem Esstisch vor dem Küchenfenster. Es scheint eine Ewigkeit zurückzuliegen, dass sie Verena Hagedorn dort die kleinen Beete hat pflegen sehen. Jetzt ist das Nachbarhaus ein menschenleeres Bauwerk, ohne jegliche Betriebsamkeit und Charme. Einsam, ausgestorben.

Zuletzt waren die beiden Polizistinnen in der Villa gewesen. Und gestern hatte ein dunkelblauer BMW auf der Auffahrt gestanden. Das Fahrzeug hat sie schon einige Male abends hier gesehen, erinnert sie sich. Ein Mann war ausgestiegen, hatte eine Weile an der Haustür gestanden und durch die seitlichen Butzenscheiben in den Flur gesehen. Um eine bessere Sicht zu haben, hatte er die Hände an die Schläfen gelegt. Dann ging er zu seinem Auto zurück und fuhr davon.

Die Frau am Tisch überlegt, ob sie die Kommissarin Breitkreuz anrufen und ihr diese Beobachtung mitteilen soll. Es könnte die kleinste Kleinigkeit wichtig sein, hatte die Polizistin gesagt.

‚Natürlich muss ich da anrufen', nuschelt Irene Krusepeter vor sich hin, greift zum Telefon und berichtet der Polizistin ihre Beobachtung.

„Ich weiß ja nicht, ob das wichtig war, Frau Breitkreuz, aber je mehr ich darüber nachdenke, umso sicherer bin ich mir, dass ich dieses Fahrzeug schon öfter vor dem Haus der Hagedorns gesehen habe. Und dann ist es sicher besser, ich sage es Ihnen."

„Auf jeden Fall haben Sie die richtige Entscheidung getroffen, Frau Krusepeter. Sagen Sie, können Sie sich an das Kennzeichen des Fahrzeugs erinnern?"

„Warten Sie mal. Der BMW hatte ein Hamburger Nummernschild, das weiß ich genau. Dann die Buchstaben BK, ja, aber die Ziffern, die weiß ich nun wirklich nicht."

„Den BMW haben Sie gestern dort gesehen? Wann etwa war das?"

„Das muss so ungefähr neunzehn Uhr gewesen sein. Ich hatte nämlich in meiner Küche am Fenster gesessen, und als ich auf die Uhr schaute, hatte ich mich geärgert, dass ich wieder mal fünf Minuten zu spät zu den Heute-Nachrichten komme. Da habe ich das Auto gesehen. Ja, genau."

„Das war eine wichtige Information, Frau Krusepeter, haben Sie vielen Dank. Auf Wiederhören."

In wenigen Minuten erwarten Anders Brinckmann und Michaela Breitkreuz den Psychotherapeuten Kruse zur weiteren Vernehmung.

„Ich wette, dass der was mit Verena Hagedorn gehabt hat, Anders, was meinst du? Übrigens: Frau Krusepeter hat mich vor einer halben Stunde angerufen. Sie hat einen BMW mit Hamburger Kennzeichen auf der Auffahrt der Villa Hagedorn gesehen. Die Nachbarin konnte sich zwar nicht an das komplette Kennzeichen erinnern, aber an HH – BK. Und rate mal, wem diese schneidige dunkelblaue BMW-Limousine gehört? Der PC hat zwar eine ganze Liste von Autobesitzern, die mit diesen Initialen unterwegs sind, ausgespuckt, aber bei den BMWs ist eben auch Berthold Kruse dabei."

Das Telefon läutet.

„Moin Anders. Bei mir steht Herr Doktor Kruse, der bei euch einen Termin haben will. Ich bring ihn eben rauf."

„Er ist im Anmarsch, Michaela. Ich bin gespannt, was er uns heute auftischt. – Moin Herr Kruse, ich glaube, es ist ganz in Ihrem Sinn, wenn wir gleich mit der Befragung fortfahren? Fingerabdrücke und DNA nehmen wir zwischendurch. Dafür kommt dann eine Kollegin vorbei."

„Guten Morgen die Herrschaften, natürlich ist es in meinem Sinne. Sie bringen mir meine ganzen Terminierungen in der Praxis durcheinander mit Ihrer Befragung, wie Sie es nennen. Ich weiß nicht, was es noch zu befragen gibt. Ganz abgesehen von den Fingerabdrücken und der DNA. Ich habe mir nichts zu Schulden kommen lassen. Und die Speichelprobe werde ich verweigern."

„Da sind wir uns noch nicht so sicher, Herr Kruse. Zum Beispiel wüssten wir gerne, was Sie gestern nach unserem Besuch bei Ihnen vor der Villa von Verena und Leander Hagedorn gesucht haben?"

„Wieso, ich in der Villa? Das muss ein Irrtum sein. Ich war nicht in der Villa von Verena Hagedorn."

„Nicht in, Herr Doktor Kruse, sondern vor der Villa. Sie parkten ihr Auto auf der Auffahrt und drückten sich an dem verglasten Seitenteil der Haustür die Nase platt. Was suchten Sie dort? Nennen Sie uns doch mal das Kennzeichen Ihres Fahrzeugs."

„Nun ja, ich kann mir so etwas immer schlecht merken. HH - BK 1512. Ja, das ist die Nummer."

„Und um was für ein Fahrzeug handelt es sich?"

„Es ist ein blauer BMW. Wieso fragen Sie?"

„Wollen Sie uns für dumm verkaufen, Herr Doktor Kruse? Sie waren gestern vor der Villa mit eben diesem dunkelblauen BMW um kurz nach neunzehn Uhr. Das ist doch wohl präzise, und noch nicht mal vierundzwanzig Stunden her. Übrigens nicht das erste Mal, dass man Ihr Fahrzeug dort gesehen hat. Hören Sie endlich auf, uns Informationen vorzuenthalten, dann sind wir auch ganz schnell fertig."

Berthold Kruse rutscht sichtlich nervös auf seinem Stuhl vor und zurück.

„Na ja, ich war kurz dort. Ich war so geschockt von der Nachricht des Todes von Verena. Da musste ich einfach vorbeifahren und nachschauen."

„Haben Sie einen Schlüssel zum Haus? Was wollten Sie nachschauen?"

„Ich weiß es ehrlich gesagt auch nicht. Es war so eine Art Zwang, weil ich es einfach nicht glauben kann, dass sie tot sein soll."

„Hatten Sie ein Verhältnis mit Verena Hagedorn, Herr Doktor Kruse?"

Der Staatsanwalt Rüdiger Gernegroß betritt in diesem Augenblick das Vernehmungszimmer, und gleich darauf erscheint die Kollegin Breuer, um die erkennungsdienstliche Behandlung durchzuführen.

„Moin zusammen. Mein Name ist Rüdiger Gernegroß, ich bin der Leitende Staatsanwalt in der Mordsache Hagedorn. Herr Doktor Kruse, nehme ich an?"

„Moin Herr Gernegroß. Ja, mein Name ist Berthold Kruse, Doktor Berthold Kruse. Ich bin der Psychotherapeut von Verena Hagedorn. War ihr Psychotherapeut, besser gesagt. Großartig, dass Sie da sind. Sagen Sie, muss ich mir das gefallen lassen, Fingerabdrücke und DNA? Ich habe mir nichts zu Schulden kommen lassen. Der Tod von Verena Hagedorn wurde mir gestern von Ihren Polizeikollegen mitgeteilt. Mit Verenas Tod habe ich nichts zu tun."

„Nun, Herr Doktor Kruse, Ihre Fingerabdrücke müssen wir aus gegebener Veranlassung zu Vergleichszwecken abnehmen. Auf die Speichelprobe würden wir vorerst verzichten, wenn Sie sich kooperativ zeigen und uns Einblick in Ihre Patientendatei gewähren. Ist Ihnen eigentlich bekannt, dass Verena Hagedorn Tagebuch geführt hat?"

Der drahtige Psychodoktor zuckt zusammen.

„Nein, das war mir nicht bekannt. Aber das hat ja mit der Therapie nichts zu tun. Was ist, wenn ich Ihnen den Einblick in die Patientenunterlagen weiterhin verweigere?"

„Dann beantrage ich einen Durchsuchungsbeschluss und unsere Leute krempeln ohne Ihr Einverständnis ihre Praxis um. Also nur eine Frage der Einsicht."

„Aber es handelt sich doch nur um eine Befragung. Es läuft kein Verfahren gegen mich. Sie können mich zwar verdächtigen, aber ..."

„Eben."

Die Polizistin in Uniform legt das farbgetränkte Kissen vor Kruse auf den Tisch.

„Wenn ich dann bitten darf? Nacheinander, mit dem kleinen Finger beginnen, bitte."

‚Was für ein altmodisches Verfahren', denkt Kruse bei sich, erledigt aber dann mit hochrotem Kopf und verfinsterter Mine sorgfältig das Abrollen der einzelnen Fingerkuppen. Sein großes Unbehagen ist ihm anzumerken.

‚Was haben sie wohl in Verenas Tagebuch gefunden über mich?', fragt er sich. ‚Möglicherweise blufft der Staatsanwalt nur.'

„Das war's dann schon, danke, Herr Doktor Kruse."

Die Beamtin reicht dem Doktor ein Tuch zum Reinigen der Finger.

„Also gut, wenn Sie mir zusichern, dass mein Betriebsablauf durch Ihre Schnüffelei nicht gestört wird, bin ich bereit, Ihnen die Unterlagen zur Einsichtnahme zur Verfügung zu stellen, wenngleich es mir aufs Äußerste widerstrebt. Aber ich habe nichts zu verheimlichen, das erwähnte ich ja bereits mehrfach."

„Na, das ist doch mal was. Dazu brauchen wir dann auch nicht den ganz großen Bahnhof. Das können wir vier in kleiner Runde auf der Stelle erledigen."

Wenig später betreten die Polizeibeamten die Praxisräume des Therapeuten.

„Ich würde mir gerne sämtliche Räume, die Sie für Ihre Arbeit nutzen, ansehen", beginnt Michaela Breitkreuz.

„Und mir geben Sie bitte die Patientenakte mit allen Unterlagen, die Verena Hagedorn betreffen", fordert der Staatsanwalt.

„Am besten tun Sie so, als seien wir gar nicht da, Herr Kruse. Ich werde mich derweil im Anmeldebereich umsehen. Wenn Sie bitte den PC hochfahren wollen."

Anders Brinckmann nimmt Platz am Tresen.

„Das geht Sie doch nun wirklich nichts an. Das ist eine schwere Verletzung der Schweigepflicht, damit mache ich mich strafbar, Herr Brinckmann."

„Sie kennen die Alternative, Herr Doktor Kruse."

„Sagen Sie, welche Art Patientin war Verena Hagedorn? Sie erwähnten, dass sie Sie bereits vor einigen Jahren nach dem plötzlichen Tod Ihres Mannes und der erlittenen Fehlgeburt aufgesucht hat. Weswegen war sie erneut bei Ihnen? Hatte sie eine seelische Störung oder würden Sie sie als schweren psychiatrischen Fall bezeichnen?", möchte Michaela Breitkreuz wissen, die soeben ihren Rundgang durch die Praxis beendet hat.

„Frau Hagedorns Probleme rührten aus ihrer Beziehung. Sie litt unter dem Verhalten Ihres Mannes in einer Weise, die einen Suizid auf Dauer nicht ausschließen konnte."

„Was genau bereitete ihr so einen großen Leidensdruck?“

„Ihr Mann demütigte sie durch Frauengeschichten; immer wieder Affären. Ihr Selbstwertgefühl war schwer beschädigt. Sie hielt sich für unerotisch, nicht begehrenswert, lebte in ständigem Wettbewerb zu Rivalinnen, die sie nicht einmal kannte. Dabei war sie eine Göttin, ästhetisch, erotisch, wunderbar ...“

„Wie bitte?“

Wie vom Blitz getroffen zuckt Kruse zusammen und läuft rot an. „Entschuldigen Sie bitte, das war gerade der Mensch Berthold Kruse, dem diese Worte entglitten sind. Das ist mir wirklich sehr unangenehm. Vergessen Sie sie einfach. Aber um Ihre Frage nach der Art der Erkrankung zu beantworten. Verena litt an einer schweren Depression. Die Zusammenarbeit verlief äußerst fruchtbar und Frau Hagedorn machte gute Fortschritte. Sie hatte große Chancen, wieder ein gesunder, selbstbewusster Mensch zu werden.“

„Hätte sie sich dafür von Ihrem Mann trennen müssen?“ will der Staatsanwalt wissen.

„Nun ja, sein Verhalten hatte große Anteile an ihrem instabilen Gemütszustand. Durch seine Frauengeschichten legte er immer wieder den Finger in die Wunde. Auch Leander Hagedorn hätte sich meines Erachtens zu einer Therapie entschließen sollen.“

„Und, wollte er?“

„Das entzieht sich leider meiner Kenntnis.

Wenn Sie weiter keine Fragen haben, würde ich mich gerne wieder meiner Arbeit zuwenden“, drängelt Kruse.

„Ich glaube, wir haben zunächst keine Fragen mehr, Michaela, Rüdiger?“

Michaela hat soeben ein Telefonat beendet.

„Sagen Sie, Herr Doktor Kruse, haben Sie die Sitzungen mit Frau Hagedorn im Therapieraum drei abgehalten?"

„Ja, wieso? Warum fragen Sie das? Stimmt etwas nicht?"

„Nur so eine Intuition. Für mich als Außenstehende geht von diesem Raum eine besonders beruhigende Atmosphäre aus. Das weinrote Ledersofa, die warmen Farbtöne an den Wänden. Dazu der samtige Duft nach Sandelholz, da erfährt man schon beim Betreten des Raumes die pure Entspannung. Ich bin eine Frau mit Fantasie, Doktor, dazu auch leider die Polizistin, die Ihnen Fragen stellt. Was haben Sie in der Villa Hagedorn gemacht? Dass Sie dort waren, beweisen ihre Fingerabdrücke, also sparen Sie sich ein Abstreiten. Und in diesem Zusammenhang können Sie dann auch gleich zugeben, dass Sie und Verena Hagedorn eine Liebesbeziehung hatten."

Der Therapeut lässt sich auf einen Stuhl fallen und ein tiefer Seufzer entfährt dem Mann. Michaelas Blick trifft auf ihren Kollegen, dessen Mimik ihr ein ‚Bingo, Baby' auszudrücken scheint.

„Ich weiß nicht", stammelt Kruse, „sagen wir's mal so ..., ich habe mich in der Grauzone bewegt, das kann doch passieren, oder?", sagt er schnell, um sich nicht weiter zu verlieren. Dann stockt der Mann wieder.

„Wir sind hier nicht in einer Schreibwerkstatt, und hier geht es auch nicht um guten oder schlechten Stil, Mann. Antworten Sie mir einfach auf die Frage, ob Sie und Verena Hagedorn eine Liebesbeziehung hatten."

‚Eine Liebesbeziehung hatten', wiederholt Kruse die Worte still vor sich hin. ‚Eine Liebesbeziehung hatten', so ein banaler Ausdruck für etwas, das sich anfühlt, als hinge der Himmel voller Geigen und ich spiele die Stradivari.

„Herr Doktor Kruse, wissen Sie, wie man das nennt? Sexueller Übergriff in der Therapie. Es ist ein absolutes Tabu, dass ein Therapeut eine durch Nähe geprägte Beziehung für sein Bedürfnis nach Sex missbraucht. Was glauben Sie, was die Ethikkommission dazu sagt?

Ein ‚das kann doch passieren' gibt es da nicht. Eine Patientin, die sich hilfesuchend an Sie wendet, die schwer verhaltensgestört ist, missbrauchen Sie sexuell, das ist eine Ungeheuerlichkeit!

Wissen Sie, was das für Folgen für Sie hat? Das müssen Sie doch in Ihrer Ausbildung gelernt haben? Ich frage mich: Wie hat denn Frau Hagedorn darauf reagiert? Wie mag sie sich gefühlt haben? Wollte Sie möglicherweise die Therapie beenden und Sie anzeigen? Waren Sie deshalb mehrfach in der Villa, um sie …?"

„Frau Breitkreuz, Sie steigern sich da in etwas hinein", entrüstet sich der Therapeut.

Michaela beobachtet, wie Kruses Pupillen weit werden und die bernsteinfarbenen Augen dunkler erscheinen lassen.

„Es war kein sexueller Übergriff wie Sie es nennen. Es ist einvernehmlich passiert. Verena wollte es und ich wollte es, und dazwischen gab es gar nichts, es ist einfach passiert. Ich bin in die Rolle des Begehrenden, des Liebhabers geschlüpft. Da war nichts mehr von Therapeut und Patient. Und deshalb findet man auch meine Fingerabdrücke in ihrem Haus."

„So einfach können Sie es sich nicht machen, Doktor", greift Rüdiger Gernegroß in den Wortwechsel ein, „und das wissen Sie auch. Aber ich würde gerne einen Blick in Ihren Schreibtisch werfen, wenn Sie ihn bitte für mich öffnen mögen? Danach können wir die Vernehmung für heute abbrechen."

Kruse wirkt zerfahren, zieht hinter der Lichtblende einen kleinen silbernen Karabinerhaken mit dem Schreibtischschlüssel hervor und öffnet widerwillig das Schloss des Containers.

Der Staatsanwalt legt einen Stapel aus Mappen und losen Blättern auf der Glasplatte des Schreibtisches ab und beginnt akribisch, Blatt für Blatt zur Seite zu legen. Dann stutzt Gernegroß.

„Nun seht euch das an, das Geständnis von Verena Hagedorn. Das kennen wir doch. Was macht dieser Abschiedsbrief in Ihrer Schublade, Doktor? Und hier, hier auf dem Foto, ist das Verena Hagedorn?"

Der Therapeut nickt wie ferngesteuert und erschrocken zugleich, weil ihm Verena plötzlich so nah scheint.

„Wirklich eine schöne Frau, wunderschön", bemerkt der Beamte.

„Das ist alles nicht, wie Sie denken. Ich kann Ihnen das erklären", stammelt Kruse.

„Was denken wir denn, Herr Doktor Kruse? Was meinen Sie, was wir denken?", fragt der Staatsanwalt und lehnt sich auf seinem Stuhl zurück.

„Jedenfalls ist der Brief von Verena Bestandteil der Therapie. Das Foto nicht, um das habe ich sie gebeten, aber der Brief eben."

„Wieso befindet er sich nicht bei den Unterlagen in der Akte von Frau Hagedorn, sondern zwischen Ihrem allgemeinen Papierkram? Es ist doch sonst alles penibel und akkurat. Da bin ich wirklich neugierig auf Ihre Erklärung."

„Entschuldigung, ich brauche eine kurze Pause. Mir geht das alles doch sehr nah. Ich werde uns etwas zu trinken holen, und Ihnen dann alle Einzelheiten vortragen. Nehmen Sie doch Platz derweil."

Nervös öffnet Kruse den Wandschrank gegenüber des Anmeldetresens und entnimmt Gläser und Wasserflaschen. Er zieht einen Stuhl an den Schreibtisch und setzt sich dem Staatsanwalt gegenüber in die Runde.

„Ich bin ehrlich gesagt froh, dass es vorbei ist", offenbart sich der Mann.

„Was ist vorbei? Es ist doch reiner Zufall, dass wir den Brief gefunden haben. Ist Ihnen eigentlich klar, dass sich der Verdacht gegen Sie dadurch verhärtet und Ihre Position in ein sehr ungünstiges Licht rückt? Aber nun, klären Sie uns bitte auf."

Der Staatsanwalt nippt an seinem Wasserglas.

„Also, mit dem Brief hat es folgende Bewandtnis: Vor einigen Wochen rief mich Verena völlig aufgelöst an. Sie sagte zunächst nichts, war nur am Schluchzen. Schließlich brachte sie die Worte ‚ich habe Leander getötet, wie furchtbar, ich habe Leander umgebracht, ich bin eine Mörderin' hervor. Ich war so erschrocken, dachte an das Schlimmste. Ich konnte nicht verantworten, dass sie sich in diesem Zustand ans Steuer setzt und in meine Praxis kommt. Also fuhr ich zu ihr.

Verena hatte einen furchtbaren Traum gehabt. Sie hatte ihrem Mann mit einem kleinen roten Küchenmesser die Hals- und Pulsadern aufgeschnitten. Ich ließ sie ihren Traum in allen Einzelheiten erzählen, ein paarmal, bis sie sich einigermaßen beruhigt hatte. Dann riet ich ihr, ihn aufzuschreiben.

Das ist als therapeutische Maßnahme zu verstehen. Dann haben wir daran gearbeitet, ihrem Traum eine angemessene Deutung zu geben. Ihr ist klar geworden, dass im Traum das Unterbewusstsein reflektiert wird und dass sie nicht Leander als Person umbringen wollte, sondern seine sie kränkenden Eigenschaften liquidieren, sprich ermorden wollte. So sind wir Stück für Stück dem Traum auf die Spur gekommen, haben ihm seine Bedrohung genommen. Für Verena war diese Arbeit enorm wichtig. Selbstverständlich habe ich davon eine Kopie."

„Ich glaube, soweit reichen Ihre Ausführungen erst einmal", unterbricht Rüdiger Gernegroß den Therapeuten.

„Ich würde sie jedoch als Ihre Version bezeichnen, Doktor. Was aber, wenn Sie den Traum für sich genutzt haben, die Eheleute töteten und sich sicher waren, dass man dabei auf Sie niemals kommen würde?"

„Warum sollte ich meine Geliebte umbringen? Und warum ihren Mann. Das ist nicht gerade plausibel."

„Rein hypothetisch könnten Sie Leander Hagedorn umgebracht haben, weil Sie nicht ertragen konnten, dass er Verena seelisch zugrunde richtete. Da kam Ihnen das schriftliche Geständnis von Frau Hagedorn gerade recht. Sie mussten nur nach dieser Vorlage agieren. Dabei haben Sie sich dann auch die Mühe gemacht, ihn nach Husum zu transportieren. Möglicherweise hat Sie Verena sogar dorthin begleitet? Vielleicht kam es zu Unstimmigkeiten zwischen Ihnen, weil der Dame plötzlich Zweifel gekommen sind? So ein Mord am eigenen Ehemann, na ja. Wieder in der Villa angekommen, könnten Sie, auch wieder rein hypothetisch, Verena zunächst betäubt, dann per Kopfschuss getötet und ihr die Waffe, leider, in die falsche Hand gelegt haben. Und das alles aus Furcht, dass Verena Sie wegen der sexuellen Übergriffe und nun auch noch wegen Mordes an ihrem Ehemann anzeigen könnte."

„Das ist doch Schwachsinn, Herr Gernegroß. Ich verwahre mich gegen diese Anschuldigungen. Ich werde mir einen Anwalt nehmen und gegen Sie vorgehen. Verlassen Sie bitte sofort meine Praxis. Das muss ich mir nicht bieten lassen", entfährt es dem mittlerweile kreidebleichen und stark mitgenommenen Mann.

„Wie Sie meinen, Herr Doktor Kruse. Halten Sie sich bitte zu unserer Verfügung. Sie hören von uns. Auf Wiedersehen."

„Wow, Michi", schwärmt Anders Brinckmann, als er im Dienstzimmer auf seine Kollegin Michaela Breitkreuz trifft.

„Heute als Bikerbraut unterwegs! Steht dir gut, die schwarze Lederjacke mit den Zippern und die enge Jeans dazu. Absolut cool, Baby."

„Man tut, was man kann, Anders. Will schließlich nicht als alte Jungfer enden."

„Hört sich an, als seist du wieder zu haben. Ist da was dran?"

„Zu haben? Was ist das denn? Wer ist schon zu haben und wenn ja, wofür? Sind Frauen wirklich zu haben? Klar. Du kannst dich mit ihnen schmücken, sie ein bisschen ausbeuten, sie verarschen. Hab da schlechte Erfahrungen gemacht.

Wenn du als Frau nicht funktionierst, nicht in der Spur bleibst, dir erlaubst, dich zurückzuziehen, wirst du als widerborstige, auf Krawall gebürstete Zicke abgestempelt. Du verlierst, was auch immer. Wenn der schöne Schein der einstmals Klassefrau nicht mehr strahlt, wird weiter am Putz gekratzt bis er bröckelt und die Substanz Schaden nimmt. Und dann ist es eigentlich schon zum Gehen zu spät.

Wenn du das einmal hinter dir und überhaupt begriffen hast, Anders, dann ist es Zeit, sich um die Trümmer zu kümmern und die Wunden mit einer dicken Schicht Selbstbewusstsein zu versorgen, und das krieg erst mal hin. Das dauert, da ist man nicht gleich wieder zu haben, wie du es nennst, mein Bester."

Mit hoch gezogenen Schultern und gesenktem Kopf lauscht Anders dem Wortschwall seiner Kollegin.

„Mann, was ist das denn, Michaela, mit was für einem Machoar ... sorry, ich wollte dir nicht zu nahe treten. Scheint dir ja echt nicht gut zu gehen. Wenn du mal reden willst und 'ne starke Schulter brauchst? Ich kann gut zuhören."

„Nee, danke, lass mal, Anders. Steh grad nicht auf starke Schultern. Hab mich auch schon abreagiert. Aber danke für das Kompliment, was meine Jacke betrifft. Und was ist mit dir?"

„Mir geht's prima. Scherbenhaufen beseitigt, kaputte Seele repariert. Ja wirklich, mir geht's gut.

Aber mal ganz im Ernst, Michi, ich glaub, bei unserem Beruf sind wir nur bedingt beziehungsfähig. Von dem, was wir an Brutalität, Scheußlichkeit und Verbrechen jeden Tag erleben, davon wird immer auch ein bisschen mit nach Hause genommen. Das muss der Partner erst mal aushalten. Jedenfalls stand mein Beruf zwischen Tine und mir, immer wieder. Irgendwann wollte sie nicht mehr. Ungünstige Dienstzeiten, ewig ist die Arbeit wichtiger, irgendwas war immer."

Der Staatsanwalt betritt das Büro.

„Moin zusammen. Was Beziehungen auszuhalten vermögen, das geht auf keine Kuhhaut. Was sagt ihr? Leute, was sich die Partner gegenseitig so unterschieben. Hier ein bisschen rumvögeln, da ein bisschen schwarze Kohle nebenbei und sich dabei einen Heiligenschein umlegen, der heller nicht sein kann und in bester Gesellschaft verkehren. Herr des Himmels."

„Moin Rüdiger, da hast du recht. Aber der eine so, der andere so", pflichtet Brinckmann Rüdiger Gernegroß bei, denkt, ob er vielleicht an der Tür gelauscht haben könnte, und wirft seiner Kollegin einen vielsagenden Blick zu.

„Ihr guckt so bedeppert, ist was?"

„Wir stellten auch gerade fest, was Beziehungen alles aushalten und was nicht, Rüdiger."

„Ah, verstehe. Kleine Selbsthilfegruppe unter sich, was? Kleiner Scherz, nichts für ungut, ihr beiden.

Aber zurück zu unserem Freund Kruse. Was meint ihr. War er's?"

„Der Mord an Leander Hagedorn, würde ich sagen, wäre nachvollziehbar, könnte man verstehen, aber die Geliebte? Ich hab damit so meine Schwierigkeiten", spekuliert Michaela.

„Das seh' ich ähnlich", pflichtet Anders bei, „schließlich hat er kein Alibi, das ihn als Täter ausschließt. Obwohl, wenn ich deiner Theorie von gestern folge, Rüdiger, könnte ich mir vorstellen, dass er zuerst sie betäubt hat, dann ihn. Danach hat er sie erschossen und ihm, gemäß Vorlage, die Adern aufgeschlitzt und ihn nach Husum transportiert. Wenn er wirklich Schiss gehabt hat, dass Verena ihn anzeigt, hätte er ein Motiv, sie auch zu töten. Die Schweinerei mit dem Kopfschuss und den Pulsadern mag ich mir gar nicht vorstellen. Da muss doch alles, was Verstand heißt, in dir ausgeschaltet sein. Zu Berthold Kruse passt das aber irgendwie nicht."

„Ich werde einen Haftbefehl beantragen. Gegebenenfalls können wir ihn gleich wieder außer Vollzug setzen, mit Auflagen selbstverständlich. Aber sicher ist sicher", erwidert Rüdiger.

„Gute Idee. Michaela und ich werden die Ermittlungen in der Klinik weiterführen. Mal schauen, was uns an Kooperation entgegengebracht wird. Eine Krähe hackt der anderen bekanntlich kein Auge aus.

Danach schauen wir bei der Bethmann Bank vorbei. Hagedorn hat dort ein Konto und ein Depot unterhalten."

„Dann lasst euch nicht aufhalten. Ich bin gleich bei Gericht. Viel Erfolg euch und haltet mich auf dem Laufenden."

„Alles klaro, Rüdiger, bis dahin."

Annette kann die Zeit kaum abwarten, um zu Lenchen Bergmanns Geburtstagsfeier nach Halebüll aufzubrechen und ihre Freundin Meike und Torge zu treffen.

Zu Hause angekommen, springt sie unter die Dusche. Schnell haben die heißen und kalten Wechselgüsse die Gedanken an die Klinik verscheucht. Sie schlüpft in das leichte, kurze Esprit-Sommerkleid und knetet die halblangen blonden Haare, so dass die Locken frech ins Gesicht springen.

Kurze Zeit später lässt sie sich in den Sitz ihres quietschgrünen Ford Ka fallen.

‚Siehst gut aus, Baby', entfährt es ihr nach einem kurzen Blick in den Rückspiegel, es folgt ein Lächeln, dann gibt sie Gas und stellt das Radio an. Mit ‚Applause' macht Lady Gaga ihr große Lust aufs Tanzen.

Bester Laune kommt sie wenig später in Halebüll am Haus der Bergmanns an. Sie drückt auf den Klingelknopf, woraufhin der kraftvolle Klang des Gongs durch das Haus schallt.

„Wow, du siehst ja toll aus, komm rein, Annette", empfängt sie ihre Freundin. Zur Begrüßung umarmen sich die Frauen.

„Meine Mutter telefoniert gerade. Kannst mir in der Küche helfen!"

Schnatternd gehen die jungen Frauen in die Küche, entkorken Flaschen und füllen Salzgebäck in Kristallschalen.

„Ich glaub, meine Mutter hat aufgelegt, sie ist in der Bibliothek."

„Wo ist eigentlich dein Bruder?“, will Annette wissen.

„Torge ist in seinem Zimmer, schreibt an der Doktorarbeit. Der Arme, kommt immer ziemlich spät aus dem Büro, und nutzt vom Ehrgeiz geplagt jede freie Minute, die Promotion abzuschließen. Geh doch gleich bei ihm vorbei und überrede ihn, uns heute Abend ein bisschen Gesellschaft zu leisten.“

„Mach' ich.“

Annette stapft die Treppenstufen empor. Lenchen Bergmann öffnet just in dem Moment die Tür der Bibliothek, als Annette die Hand zum Anklopfen hebt.

„Lenchen, alles Gute zum Geburtstag und vielen Dank für die Einladung.“

„Danke. Entschuldige, ich muss nach unten, mich um meine Gäste kümmern. Wir sehen uns später.“

Lenchen Bergmann eilt die Treppe hinunter.

Annette nutzt die Gelegenheit, mit Torge unter vier Augen zu sprechen. Sie klopft an die Zimmertür und öffnet, nachdem ein muffiges ‚wer stört?‘ zu hören ist.

„Haben wir aber schlechte Laune“, begrüßt sie Torge, legt ihm freundschaftlich die Hand auf die Schulter und drückt ihm einen Kuss auf die Wange.

„Ich denke, das wird sich gleich ändern. Hier, ein kleiner Gruß von einer guten Bekannten von dir, sie ist zurzeit Patientin in unserer Klinik. Ich hoffe, sie kann deine Laune ein wenig aufbessern.“

Annette legt den kleinen Umschlag auf den Bücherstapel vor Torges Nase.

„Was du nicht sagst, wer ist es denn? Entschuldige, hallo erst mal, Annette. War gerade tief in meiner Arbeit versunken.“

„Schau' selber nach“, entgegnet die Krankenschwester verschmitzt.

„Oh, Britta. Das ist eine Überraschung. Danke."

Schlagartig erhellen sich die Gesichtszüge des Mannes.

Dann wandert der dicke Umschlag mit den Kopien der Krankenakte ebenfalls auf seinen Schreibtisch.

„Was, hat sie mir ein ganzes Buch geschrieben?" scherzt der junge Mann.

„Spaß beiseite, Torge. Sieh dir das bitte in Ruhe an, ich bin sehr gespannt auf deine Einschätzung. Bin ehrlich gesagt ein wenig besorgt, was Britta Jeute angeht. Der, der sie bei uns eingewiesen hat, weilt nämlich nicht mehr unter uns. Er wurde ermordet aufgefunden. Du hast sicher gelesen oder gehört von der Leiche hinter dem Knick in Schobüll. Das war der Onkel von Britta, der zusammen mit ihrem Mann Jonas dafür gesorgt hat, dass sie zu uns in die Klinik kam. Aber schau mal unvoreingenommen in die Unterlagen. Mir kommt das Ganze vor wie ein Fall für die Polizei, aber topsecret bitte, sonst bin ich meinen Job los.

Und jetzt, wo ich dich schon mal aus deiner Arbeit herausgerissen habe, komm mit runter, leiste deiner Schwester und mir ein bisschen Gesellschaft. Ganz abgesehen davon, wird sich deine Mutter freuen, wenn du dich auf ihrer Geburtstagsfeier sehen lässt."

„Überredet, Annette, mach' mich eben noch ein bisschen frisch. Den großen Umschlag hebe ich mir für später auf. Geh schon mal vor, ich bin in zwei Minuten unten, versprochen."

Kurz nach Mitternacht macht sich Annette nach einem kurzweiligen Abend auf den Heimweg. Torge hatte sich nur kurz auf der Feier blicken lassen. Seine Freude über die Grüße seiner heimlichen Liebe war Annette nicht verborgen geblieben. Genau genommen, hatte er ihr dreimal aufgetragen, sie zu erwidern.

Die Krankenschwester freut sich auf das Ausschlafen. Heute hat sie Spätschicht und vor der Arbeit wird sie Herrn Mertens von der Husumer Kripo aufsuchen.

Torge Bergmann starrt auf die Mappe, die er für die Kopie der Akte Britta Jeute angelegt hat. Das Gutachten, erstellt von Doktor Leander Hagedorn, ist an Ungeheuerlichkeit nicht zu überbieten, denkt er bei sich. ‚Was hier über Britta zu lesen ist, kann teilweise vorab schon von mir widerlegt werden', sinniert der junge Anwalt.

Inszenierte Begegnungen und Zwischenfälle mit provozierten Handlungen. Was hier geschrieben steht, ist eine Dreistigkeit ersten Ranges. Das passt nicht zu Britta, das ist nicht sie, nie und nimmer.

Seiner ersten Einschätzung nach wird hier eine Straftat mit großer krimineller Energie eingefädelt und verfolgt. Der Seelenheilkundler Hagedorn diagnostiziert Depression mit Suizidgefahr, kognitive Störungen und überdies lässt er Britta noch eine maßgeschneiderte Geisteskrankheit angedeihen.

Seiner heimlich angebeteten Britta.

Das Gemeine an der Sache: dass die Behandler mit ihrem Konzept gute Aussicht auf Erfolg haben würden, wäre nicht die Akte in seine Hände gelangt.

Der Mann bebt innerlich vor Erregung. Das Ableben eines Menschen billigend in Kauf nehmen, so muss man es wohl nennen. Diagnosen berechtigen nicht nur, sondern fordern medikamentöse Behandlung, wenn man sie einmal bescheinigt hat. Wenn der Patient nun aber diese Symptome gar nicht aufweist? Dieser Gedanke treibt Jonas fast zum Wahnsinn.

‚Der schnöde Mammon lässt die Menschen in ihrer Gier Grenzen überschreiten, lässt sie lügen, betrügen und sogar töten', denkt er sich in Rage.

Der Mann schließt den Aktendeckel und beginnt im Zimmer auf- und abzulaufen. In seiner Betroffenheit kann er kaum einen klaren Gedanken fassen. Eigentlich ist die ganze Sache ein Fall für die Polizei. Aber persönliche Gefühle und Vermutungen reichen nicht aus.

Britta muss in ein normales Leben zurückkehren. Ihm wird etwas einfallen, da ist er sich sicher. Morgen will er seinen alten Bekannten Willi Mertens von der Kriminalpolizei um Rat fragen.

Willi Mertens hat für zehn Uhr in der Psychiatrischen Privatklinik von Professor Zuber in Breklum einen Termin. Am Telefon hatte er der Dame mitgeteilt, dass er Frau Jeute einen Besuch abstatten wolle.

„Frau Jeute hat absolutes Besuchsverbot, davon ausgenommen sind ihr Ehemann und Doktor Hagedorn. Alles, was Frau Jeute angeht, läuft ausschließlich über den Chef. Da kann ich leider keine Ausnahme machen, Herr ..."

„Mertens, Kriminalhauptkommissar Willi Mertens von der Mordkommission. Dann möchte ich doch bitte sofort mit dem Chef sprechen, gnädige Frau Erichsen", hatte Willi die Dame etwas unwirsch wissen lassen.

„Mordkommission? Ja, sofort, ich verbinde Sie mit Professor Zuber. Moment bitte."

„Geht doch."

Zuber hatte sich zunächst wenig kooperativ gezeigt, jedoch nach kurzem Zaudern zugestimmt, dass Mertens die Patientin für maximal eine halbe Stunde besuchen dürfe. Länger gehe auf keinen Fall, weil es der Zustand von Britta Jeute nicht erlaube. Im Übrigen sei er der Meinung, dass Frau Jeute schlechte Nachrichten nicht sehr tangierten. Sie sei mit Medikamenten ruhig gestellt und ihre Wahrnehmung sehr eingeschränkt.

Vollgepumpt haben sie sie, hatte Mertens bei sich gedacht, vollgepumpt, damit sie friedlich ist und minimalen Arbeitsaufwand erfordert. So läuft das doch, ihr Schweinebacken.

„Moin Frau Erichsen. Willi Mertens von der Kripo Husum."

„Moin Herrn Mertens. Nichts für ungut, aber Chefsache ist Chefsache. Ich bringe Sie zu Professor Zuber, einen Augenblick bitte."

Frau Erichsen wählt eine Telefonnummer.

„Wir sind auf dem Weg, Professor."

„Was hat denn die Patientin, dass so strenge Regeln gelten?"

„Wenn Sie das bitte mit dem Chef besprechen, wir sind zur Verschwiegenheit verpflichtet. Da möchte ich keine Ausnahme machen. So, da wären wir. Darf ich Ihnen etwas zu trinken bringen, Kaffee oder Tee oder etwas anderes?"

„Ach, ein Wasser wäre schön. Vielen Dank, Frau Erichsen."

Die Dame vom Empfang führt Willi Mertens in das Büro von Professor Zuber. ‚Eine sehr luxuriöse Ausstrahlung, dieses Büro', denkt der Beamte bei sich, als er den Raum betritt. Die Sitzgruppe in weißem Leder und der Zedernholztisch, nicht von schlechter Qualität, hier wird richtig Kohle verdient. Verdient? Na ja, lassen wir das.

Die großen Fensterfronten ermöglichen den Blick in einen Garten. Vor dem Fenster ein gläserner Schreibtisch. An den Wänden farbenfrohe Gemälde moderner Künstler. Vom ganzen Raum geht eine kühle Eleganz aus. Ein wenig zu steril, wie es Mertens scheint. Sogar die Luft zum Atmen kommt ihm ein bisschen dünn vor.

„Nehmen Sie doch Platz, der Professor wird gleich hier sein", fordert Frau Erichsen den Besucher auf und serviert ihm ein Glas und die Wasserflasche.

„Ich gehe dann mal zurück zu meinem Arbeitsplatz."

‚Der hat sicherlich eine Stelle mehr vor dem Komma in seiner Lohntüte als unsereins. Aber nach meinem

Geschmack ist das Ganze hier nicht', denkt Mertens vor sich hin.

„Guten Tag Herr Mertens, ich bin Professor Zuber, der Chef dieses Hauses. Was kann ich für Sie tun? Ich hörte, dass Sie für die Patientin Jeute schlechte Nachrichten haben? Was ist geschehen?"

„Ja, leider. Der Onkel von Herrn Jeute und dessen Frau sind ermordet aufgefunden worden. Das will ich Frau Jeute mitteilen und in diesem Zusammenhang habe ich dann noch ein paar Fragen an sie."

„Was Sie nicht sagen, ermordet? Beide? Das ist ja entsetzlich. Ich nehme an, wir sprechen von Doktor Hagedorn und seiner Frau? Haben Sie schon Einzelheiten oder einen Verdacht, wer der Täter sein könnte?"

„Nein, bislang tappen wir leider noch völlig im Dunkeln. Sie haben den Toten gekannt, nicht wahr?"

„Ja, das habe ich. Er hat sich rührend um Frau Jeute gekümmert, hat ihren Mann moralisch unterstützt, wenn es ihm schlecht ging. Wissen Sie, psychische Geschichten belasten meist auch die nahen Angehörigen immens und so ist es auch bei den Eheleuten Jeute. Doktor Hagedorn war eine großartige Stütze für Britta und ihren Mann Jonas.

Leider ist meine Patientin in einem nicht besonders guten Zustand. Sicher müssen Sie Ihre Arbeit machen, aber einer Befragung kann ich nicht zustimmen. Dazu ist die Patientin zu instabil."

„Sagen Sie, Professor, wann etwa wird Frau Jeute nach Ihrer Einschätzung die Klinik verlassen können?"

„Mein lieber Herr Mertens, wir stehen ganz am Anfang der Behandlung. Im Augenblick ist noch nicht der Ansatz einer Besserung in Sicht. Im Gegenteil.

Realistisch betrachtet müssen wir mindestens noch zwei Monate ansetzen, um zu beurteilen, ob die Medikation, die wir ausgewählt haben, anschlägt. Wir probieren bei Frau Jeute Mittel aus, die neu auf den Markt kommen. So war es mit Herrn Doktor Hagedorn abgesprochen und von den Eheleuten Jeute akzeptiert. Wir haben Risiken und Nebenwirkungen besprochen und hoffen auf einen günstigen Therapieverlauf.

Aber kommen Sie, ich bringe Sie zu Frau Jeute. Wundern Sie sich bitte nicht, sie ist nämlich nicht sehr gesprächig. Möglicherweise sagt sie gar nichts. Aber verstehen wird sie alles, da können Sie sicher sein."

Die Männer gehen den langen Flur entlang. Der Professor klopft an die Tür und betritt das Patientenzimmer.

„Guten Tag Frau Jeute. Hier ist Besuch für Sie, Herr Mertens von der Kriminalpolizei Husum. Er wird Ihnen zu Leander Hagedorn einige Fragen stellen.

Ich lasse Sie jetzt mal allein. Wenn etwas sein sollte, Herr Mertens, drücken Sie einfach auf den Klingelknopf rechts auf dem Nachttisch."

Willi Mertens zieht sich einen Stuhl an das Bett von Britta Jeute.

„Hallo Frau Jeute, darf ich neben Ihrem Bett Platz nehmen? Wie geht es Ihnen?"

Die junge Frau sieht den Beamten schweigend an. Sie sieht blass und schwach aus in der weißen Krankenhausbettwäsche. Ihr Blick wandert zur Decke. Sie schweigt.

„Frau Jeute, ich muss Ihnen leider mitteilen, dass Leander und Verena Hagedorn etwas zugestoßen ist. Sie wurden ermordet aufgefunden", beginnt der Beamte erneut.

„Leander Hagedorn hat man in Schobüll hinter einem Knick gefunden und seine Frau lag tot in ihrer Villa in Hamburg. Mein Beileid, Frau Jeute. Können Sie mir zu den Eheleuten Hagedorn etwas sagen? Sie schweigen?"

Die Patientin dreht ihren Kopf in Richtung Fenster, weg von Willi Mertens, und ihr entfährt ein tiefer Seufzer. Als sie den Blick Mertens wieder zuwendet, schaut dieser in ein Gesicht voller Angst, in weit aufgerissene Augen, wie ein gehetztes Tier sieht sie ihn an. Ihre plötzliche Unruhe entgeht ihm nicht.

„Frau Jeute, wissen Sie, weswegen Sie hier in der Klinik sind?", wagt Mertens erneut einen Versuch, die Frau zum Sprechen zu bringen. Statt einer Antwort zieht sich die junge Frau die Bettdecke über den Kopf.

„Wissen Sie, keine Antwort ist auch eine Antwort. Ich bin kein Therapeut. Ich habe zwei Morde aufzuklären. Wenn Ihnen etwas einfallen sollte, das Sie mir mitteilen möchten, entweder zu den beiden Toten oder auch in eigener Sache, dann lassen Sie es mich wissen. Meine Karte lege ich auf Ihren Nachttisch. Ich wünsche Ihnen gute Besserung, Frau Jeute. Auf Wiedersehen."

Der Beamte verlässt das Krankenzimmer. Er ist ärgerlich. Nicht auf Britta Jeute, sondern auf die Situation. Er ist sich gewiss, dass hier etwas nicht stimmt.

Mertens kratzt sich den Kopf. Dann schnippt er mit Daumen und Mittelfinger der rechten Hand im Takt seiner Schritte. Eine Angewohnheit, die ihn schon so manches Mal auf die richtige Spur gebracht hat.

„Da hol mich der Teufel, wenn ich das nicht rauskriege. Ich kenn' mich mit psychisch Kranken zwar nicht so aus, aber das ganze Drum und Dran hat was Sonderbares. Könnte mir Spaß machen, hier ein bisschen herumzuschnüffeln", nuschelt er vor sich hin, gerade, als er am Schwesternzimmer vorbeigeht.

Hier scheint die große Heiterkeit beheimatet. Die Schwesternschar erscheint ihm wie ein Hühnerhaufen, in dessen Mitte ein männlicher Gockel die Damen in seinen Bann zieht.

‚Das funktioniert ja ausgezeichnet', denkt Mertens bei sich. Er macht Halt und bleibt vor der großen gläsernen Scheibe stehen. Als man ihn gewahr wird, sinkt der Geräuschpegel. Eine Schwester kommt heraus auf den Flur.

„Der Arzneimittelvertreter bespaßt uns ein bisschen", erklärt die Schwester die Situation und nickt in Richtung Dienstzimmer, wo der Mann sein Hokuspokus fortzusetzen scheint.

„Kann ich Ihnen behilflich sein, suchen Sie jemanden?"

„Nein, vielen Dank. Mein Name ist Willi Mertens. Ich bin von der Kripo Husum und habe Frau Jeute einen kurzen Besuch abgestattet."

„Hat sie geredet? Ich meine, hat sie Ihnen was gesagt? Ich bin übrigens Schwester Annette."

„Hätte sie denn etwas zu sagen, was meinen Sie?"

Annette schaut sich unsicher nach ihren Kolleginnen um. Aber niemand scheint sie zu vermissen. Der gut aussehende Arzneimittelvertreter hat die Truppe mit seinen Späßen wieder voll im Griff.

„Nee, ich mein' nur so. Eigentlich spricht sie ja auch gar nicht. Liegt einfach nur so da, die Arme. Eine Schande, so eine hübsche junge Frau."

Noch einmal wirft die Schwester einen Blick hinüber zu den Kolleginnen.

„Ich habe das Gefühl, Sie wollen mir etwas sagen, stimmt's? Hier ist meine Karte. Rufen Sie mich an oder kommen Sie vorbei. Auf der Dienststelle können wir ungestört miteinander reden. Schönen Tag noch, Schwester Annette."

„Ja, Tschüss dann. Ihnen auch einen schönen Tag."

Ende der Frühbesprechung auf der Husumer Polizeidienststelle. Mertens, Lüders und Brandt wollen im kleinen Kreis die weitere Vorgehensweise im Fall ‚Knickleiche' besprechen.

„Ich hol' mal eben die Unterlagen aus meinem Büro, komm dann gleich rüber, Nane", sagt Mertens und schließt sein Dienstzimmer auf. Bereits vom Flur aus hat er das Telefon läuten hören. Als er den Hörer abnimmt, hat der Anrufer aufgelegt. Er schaut auf die Nummer im Display.

„Das könnte interessant sein", murmelt der Hauptkommissar vor sich hin, „da ruf' ich doch gleich mal zurück."

„Annette Meier", meldet sich die Frauenstimme.

„Kripo Husum, Willi Mertens, guten Morgen Frau Meier. Ich war eine Sekunde zu spät am Apparat. Was kann ich für Sie tun?"

„Ich bin Schwester Annette von der Psychiatrischen Klinik. Sie gaben mir Ihre Karte. Ich möchte gern persönlich mit Ihnen über unsere Patientin Britta Jeute sprechen. Heute habe ich Spätschicht und würde gleich vorbeikommen können. Es gibt ein paar Dinge, die ich gerne loswerden möchte."

„Ich freu' mich, dass Sie sich melden, Schwester. Machen Sie sich auf den Weg, dann könnten Sie gegen zehn, halb elf hier sein. Ich bin in meinem Büro. Die Zimmernummer steht auf der Karte. Bis später dann."

„Ahnte ich's doch. Ich wusste, dass sie sich meldet, weil da was nicht stimmt", sagt Mertens zu sich selbst, während er sein Dienstzimmer wieder abschließt und sich zu Nane Lüders Büro auf den Weg macht.

Lüders telefoniert.

„Rate mal, wer sich bei mir gerade angekündigt hat, Oke“, wendet sich Willi Mertens an seinen Kollegen Brandt.

„Schwester Annette von der Psychiatrie. Sie kommt gleich vorbei, will zum Fall Britta Jeute was sagen. Bin sehr gespannt.“

„Ist gut, Herr Bergmann, ich richte es ihm aus. Tschüss.“

„Ihr glaubt nicht, wer gerade angerufen hat. Wollte eigentlich mit dir sprechen, Willi, aber du warst besetzt.“

„Und, wer war's?“

„Torge Bergmann.“

„Sagt mir nichts“, meint Oke Brandt.

„Torge Bergmann, den kenn' ich von früher. Wir haben zusammen mal Judo gemacht beim TSV Husum. Der ist heute Anwalt, in einer Kanzlei in der Brinckmannstraße. Was wollte er?“

„Sehr spannend, Leute. Der will einen Rat von dir, Willi. Es geht um eine junge Frau, die er aus dem Studium kennt. Sie wurde offensichtlich mit gefälschten Befunden in die Private Psychiatrische Klinik in Breklum eingewiesen. Bergmann möchte mit dir einen Termin vereinbaren.“

„Passt ja gut in unser Programm. Aber wie kommt er zu dieser Annahme? Gut, ich rufe ihn nachher an. Mach' mir doch bitte 'ne kurze Notiz, Nane.

Nun zu unserer ‚Knickleiche'. Was haben die Ermittlungen ergeben? Lasst uns noch mal zusammenfassen: Fundort Schobüll, Visitenkarte von der Pension Hinterm Deich.

Der Bauer Peters kommt für mich als Mörder nicht infrage. Der hat den Hagedorn zwar beim Klotstockspringen mal so richtig vorgeführt und sich darüber geärgert, dass er seiner Frau Komplimente gemacht hat, aber deshalb bringt er ihn nicht um, was meint ihr?"

„Das würde ich nicht ausschließen, Willi. Aus Eifersucht sind schon viele Morde passiert. Lass mal so einen an sich ruhigen Vertreter richtig in Rage kommen. Er ist ein kräftiger Mann. Aber ich gebe dir recht, zuerst betäuben, dann aufschlitzen. Nee, das passt wirklich nicht zu Hinnerk Peters", nimmt Oke Brandt sich zurück.

„Dann haben wir ein paar Reifenspuren und einige Fußabdrücke, Schuhgröße 44. Bei den Reifenspuren handelt es sich tatsächlich um das Fahrzeug von Leander Hagedorn, so wie es Verena Hagedorn in ihrem Geständnis beschrieben hat. Wie drückte sie sich aus? ‚Traten wir unsere letzte gemeinsame Reise in deinem geliebten Auto an' oder so ähnlich.

Bei Schuhgröße 44 würde ich mal behaupten, dass es sich um Herrenschuhe handelt. Da wurde aber der Besitzer noch nicht gefunden.

Im Fahrzeug selbst hat die Spusi Hamburg außer den Fingerabdrücken von Verena und Leander Hagedorn noch andere gefunden. Die konnten aber noch niemandem zugeordnet werden und auf dem Beifahrersitz befanden sich Tierhaare, vermutlich von einem Hund. Die Hagedorns hatten aber keinen Hund.

Sicher ist, dass Hagedorn nicht am Fundort gestorben ist und dass die aufgeschlitzten Adern nicht die Todesursache sind.

Weil auch Verena Hagedorn vor dem Kopfschuss ein Betäubungsmittel verabreicht bekommen hat, können wir davon ausgehen, dass der Mörder ein und dieselbe Person ist.

Ein Stück weit scheint die Vorgehensweise sich anzulehnen an das Geständnis. So auch, dass er in etwas eingerollt gewesen sein muss. Spuren eines Wollteppichs oder einer langhaarigen Wolldecke konnten an seiner Kleidung und auch im Kofferraum des Wagens sichergestellt werden. Dort wurden auch Blutspuren von der Leiche gefunden. Nur den Teppich oder die Decke haben wir noch nicht gefunden.

Nun kommt der Neffe des Toten ins Spiel und mit ihm einige Ungereimtheiten, was dessen Frau betrifft. Aber über sie werden wir wohl gleich mehr erfahren, wenn Schwester Annette eintrifft. Es wäre mir lieb, wenn ihr während Frau Meiers Aussage dabei seid. Und von dem, was Torge Bergmann auf dem Herzen hat, lass' ich mich auch mal überraschen.

Ja, das war's von meiner Seite. Hat einer von euch noch was? Ansonsten warten wir einfach mal auf Frau Meier."

„Nee, Willi, ich hab nicht den Ansatz einer Idee, wo wir sonst noch nachhaken könnten, wenn nicht in der Psychiatrie.

Ich setz' mal 'ne Kanne Kaffee auf. Die Krankenschwestern, die ich kenne, trinken Unmengen starken Kaffees.", weiß Nane Lüders und begibt sich in die Teeküche.

Auch Oke Brandt verlässt das Büro.

„Klingelst du kurz durch, wenn Frau Meier da ist, Willi?"

Mertens nickt und nutzt die Zeit, um Torge Bergmann anzurufen. Die Männer vereinbaren ein Treffen kurz vor Mittag im Büro von Willi Mertens.

Kurze Zeit später sitzen die Beamten und Annette Meier um den Besprechungstisch von Mertens. Lüders schenkt Kaffee ein, lehnt sich zurück und schlürft geräuschvoll einen Schluck von der heißen Flüssigkeit.

‚Herr des Himmels' denkt er bei sich. ‚Der zieht einem ja die Schuhe aus.' Schnell schaufelt er zwei Löffel Zucker in die schwarze Brühe.

„Nun, Frau Meier, dann schießen Sie mal los", beginnt Mertens das Gespräch, „was bereitet Ihnen bei Ihrer Patientin Britta Jeute Bauchschmerzen?"

„Die ganze Art und Weise wie Frau Jeute in unser Haus kam war schon außergewöhnlich. Dann wurde der Therapieplan nicht offen im Team besprochen. Es hieß lediglich, dass der Chef und die Nachtschwester sich um die Medikamentengabe kümmern. Es gibt da ein paar Dinge, die anders laufen als bei den übrigen Patienten. Ich bin mir ziemlich sicher, dass da etwas nicht mit rechten Dingen zugeht."

„Wie kam denn die Patientin in Ihre Klinik, Frau Meier?"

„Praktisch in einer Nacht- und Nebelaktion."

„Was, sie wurde tatsächlich nachts eingeliefert?"

„So ist es. Zu diesem Zeitpunkt soll sie bereits von ihrem Verwandten Doktor Hagedorn etwas zur Beruhigung bekommen haben. Sie sei zu Hause ausgeflippt, sagt man. Der Chef hat ihr ein weiteres Beruhigungsmittel gespritzt. Am Nachmittag wurde sie dann Station auf Station in ihr Zimmer gebracht. So wurde es uns jedenfalls in der Besprechung mitgeteilt, und so ist es auch dokumentiert."

„Ist denn der Chef normalerweise auch zur Nachtzeit in der Klinik, Frau Meier?"

„Nein, eigentlich nie, das macht das Ganze ja so Ungewöhnlich. Die Nachtschwester hat ihn über den

Notfall informiert. Daraufhin ist er dann in die Klinik gekommen. Es erweckt den Anschein, als sei in diesem Fall eine Absprache getroffen worden. In unserm Haus gibt es normalerweise keine Notfälle, schon gar nicht in der Nacht.

Und vor ein paar Tagen, als ich einmal zufällig in das Zimmer von Frau Jeute kam, hatte ich das Gefühl, dass der Chef und der Ehemann etwas vor mir verheimlichen wollten. Ich hatte den Eindruck, als hätte ich sie bei etwas ertappt."

„Haben Sie?"

„Nein, ich weiß nicht. Ich hatte nur das Gefühl, dass die beiden nicht wollten, wenn ich mich gemeinsam mit ihnen im Zimmer von Frau Jeute aufhalte und mitkriege, was sie besprechen. Auf jeden Fall war der Chef gerade dabei, Frau Jeute eine Spritze zu verpassen. Er hat mich recht forsch aufgefordert, zu gehen, und sie kämen allein zurecht. Daraufhin habe ich den Raum verlassen. Weil mir das ein bisschen suspekt vorkam, habe ich mich kurzerhand entschlossen, die Krankenakte einem Freund zu geben, damit er sie sich einmal genau ansehen kann. So habe ich sie kopiert und sie ihm überlassen."

„Das könnte Sie Ihren Arbeitsplatz kosten, ist Ihnen das bewusst, Frau Meier? Wie heißt der Freund, dem Sie die Unterlagen gegeben haben?"

„Schon, aber ich kann mich auf ihn verlassen. Er ist der Bruder meiner Freundin, ist Anwalt hier in Husum und heißt Torge Bergmann. Er und Britta kennen sich aus dem Studium und ich weiß, dass er Britta Jeute sehr mag."

Die Beamten sehen sich an und Willi Mertens räuspert sich.

„Frau Meier, ich will keine falschen Hoffnungen in Ihnen wecken, denn unsere Möglichkeiten einzugreifen, wenn noch nichts passiert ist, sind gering. Das klingt jetzt blöd, aber so ist es nun mal. Ich versichere Ihnen, dass ich und meine Kollegen die Augen und Ohren offen halten. Sollte sich ansatzweise die Möglichkeit zum Eingreifen bieten, werden wir sie nutzen, das verspreche ich Ihnen. Das mag Sie jetzt nicht gerade zufriedenstellen, aber es war eine sehr gute Entscheidung, uns zu informieren. Vielen Dank.

Haben Sie Doktor Hagedorn eigentlich persönlich kennengelernt?"

„Ja, das habe ich. Ich habe selten einen so charismatischen Mann gesehen, sehr sympathisch und freundlich. Habe so bei mir gedacht, dass eine Frau, die mit ihm liiert ist, ihn niemals für sich allein hat. Und nun ist er tot.

Ich bin wirklich sehr erleichtert, dass ich zu Ihnen gekommen bin. Mit wem sonst hätte ich darüber sprechen sollen?"

„Das war eine gute Entscheidung, Frau Meier. Wie geht es den anderen Kolleginnen, es sind doch meist Kolleginnen im Team? Können Sie dazu etwas sagen?"

„Nein, bei uns in der Klinik hat jeder seinen Part abzuarbeiten, Besprechungen und Übergaben finden statt, und über Frau Jeute wird sowie über andere Patienten auch gesprochen. Getuschelt wird schon mal, aber im Grunde interessiert sich auch niemand wirklich dafür. Was die Medikamente angeht, behält sich der Chef vor, diese zu verabreichen. Darüber wird dann im Kollegium schon mal mit der Schulter gezuckt, aber Zuber hat das Sagen, sei's drum. Die Nachtschwester Kordula, die arbeitet eng mit dem Chef zusammen. Mit ihr hat er wahrscheinlich Absprachen bezüglich Frau Jeute getroffen, aber inhaltlich wissen wir anderen davon nichts. Insbesondere haben sie die Angelegenheit mit den Medikamenten unter sich aufgeteilt. Doch Kordula hat sich zu Frau Jeute im Kollegenkreis nicht geäußert. Was genau sie mit dem Chef unter vier Augen bespricht, das entzieht sich meiner Kenntnis."

„Sie halten es also für möglich, dass Professor Zuber mit der Nachtschwester inoffiziell Absprachen trifft, wovon das Team nichts mitbekommt, dass sie sozusagen unter einer Decke stecken? Ich spreche jetzt lediglich von der Möglichkeit, Frau Meier, nicht davon, dass es so ist."

„Na ja, möglich wäre das schon. Wenn die beiden etwas absprechen, was nicht dokumentiert wird, dann geht es an den übrigen Mitarbeitern vorbei. Ich möchte mal sagen, dass ich es theoretisch für möglich halte, mehr nicht."

„Gut, Frau Meier. Sie haben uns eine ganze Menge Informationen geliefert. Wenn Ihnen noch etwas einoder auffallen sollte, können Sie jederzeit Kontakt mit uns aufnehmen. Soweit erst mal vielen Dank, dass Sie gekommen sind."

„Ja, dann will ich mal wieder. Vielen Dank für den köstlichen Kaffee. Ich wusste gar nicht, dass auch Polizisten derart starken Kaffee lieben."

Die Beamten sehen sich an. Annette Meier verlässt das Büro.

„Wir haben nichts in der Hand, leider", bricht Mertens das Schweigen.

„Gleich kommt Torge Bergmann vorbei. Er kennt Frau Jeute persönlich und ich kann mir die Kopien der Krankenakte ansehen. Warten wir's ab, vielleicht finden wir ja einen kleinen Aufhänger, der würde ja schon reichen. Lasst uns nach dem Mittag noch mal zusammensitzen, dann wissen wir mehr."

Willi Mertens kratzt sich den Kopf, nachdem Torge Bergmann ihm seine private als auch juristische Einschätzung zum Fall Britta Jeute vorgetragen hat.

„Donnerlüttchen, Torge. Wenn es das ist, wonach es aussieht, dann gute Nacht, Marie. Aber du weißt selbst, wir können uns nur auf Vermutungen stützen. Wo sollen wir die Beweise hernehmen? Und, was ich gar nicht verknusen könnte, wenn mich jemand ins offene Messer laufen ließe. Ich würde gerne auf Nummer sicher gehen."

„Hast du eine Idee, Willi?"

„Vielleicht ist die gar nicht so schlecht, die Idee, die mir im Kopf herumspukt.

Du kennst bestimmt einen Privatdetektiv, oder?"

„Ja, kenn ich. Einen ziemlich kompetenten sogar. Ist ein sportlicher junger Mann, der eigentlich Polizist werden wollte. Hat dann aber doch dem Wunsch seines Vaters nachgegeben und ein Medizinstudium angefangen. Im Augenblick hat er Semesterferien. Ich habe ihn gestern zufällig in der Stadt getroffen und wir haben uns ein bisschen unterhalten. Manchmal arbeitet er als Detektiv. Die Idee ist gar nicht so dumm, Willi. Den könnte ich fragen. Der ist bestimmt nicht abgeneigt, für eine gewisse Zeit in die Geschlossene zu gehen.

Aber Spaß beiseite. Ich ruf' ihn an und frag', ob er sich das vorstellen kann."

„Die Sache hat bloß einen Haken, Torge. Was, wenn der Professor keinen Praktikanten will? Würde mich nicht wundern, wenn er ablehnt."

„Dann müssen wir ihm die Sache eben von Anfang an auf eine Weise schmackhaft machen, dass er gar nicht auf die Idee kommt, abzulehnen. Mir fällt da schon was ein."

„Ich wünsch' dir viel Glück, Torge, und melde dich, wenn du die Sache eingetütet hast, dann können wir gucken, wie wir weiterkommen."

„Mach ich, Tschüss Willi."

Ein Praktikant auf der Station

Im Schwesternzimmer der Station B der Psychiatrischen Privatklinik von Professor Zuber herrscht rege Betriebsamkeit. Es gibt zwei Neuzugänge und der Praktikant, der seit zwei Tagen den Schwestern über die Schultern schauen darf, ist nicht wirklich eine Hilfe. Genau genommen, behindert er den reibungslosen Tagesablauf, anstatt das Personal zu entlasten. Professor Zuber hatte auf Anfrage der Uni Kiel einem vierwöchigen Praktikum von Sven Richardsen zugestimmt.

Am Hals hat ihn nun das Pflegepersonal, das ohnehin mit der knapp bemessenen Zeit bei voll ausgelastetem Haus seine Not hat. Sven Richardsen, ein schlaksiger junger Mann Ende zwanzig, erheitert zwar Belegschaft und Patienten auf gediegene Art, hat aber leider Gottes null Ahnung von dem straff organisierten Arbeitsablauf einer psychiatrischen Klinik.

„Der Neue ist ganz schön schnuckelig", schwärmt Swantje, die kleine rothaarige Schwesternschülerin mit den vielen Sommersprossen, „kurze blonde Locken, blaue Augen, Knackarsch und auch sonst soo gut gebaut, hmm."

„Wo du immer gleich hinguckst", handelt sie sich sogleich einen Rüffel von der älteren Kollegin ein.

„Überall da, wo du schon lange nicht mehr hinguckst, da, wo sich noch was regt zum Beispiel", grummelt Swantje schlagfertig vor sich hin.

„Ich hab dich nicht verstanden."

„Ich hab auch nichts gesagt."

Nach der Frühbesprechung soll Sven Richardsen die Frühstückstabletts aus den Patientenzimmern abräumen und in den Rollwagen schieben. Danach Medikamente verteilen, Blutdruck und Fieber messen und die Werte auf den Krankenblättern notieren. Ganz schön anspruchsvoll für den Anfang.

„Mensch, Sven, mach hinne", stubst ihn Schwesternschülerin Dorothea an, als er umständlich das Geschirr ineinanderstapelt, „hast du das überhaupt schon mal gemacht?"

„Nee, du? Aber davon mal abgesehen, hast du hier auch schon was zu sagen?", kontert der junge Mann und zwinkert dabei seiner Kollegin aus dem Augenwinkel zu.

„Nicht wirklich", entgegnet Dorothea.

„Siehst du, und ich auch nicht wirklich. Also haben wir doch was gemeinsam, oder? Trinken wir 'nen Cappuccino in der Mittagspause zusammen? Drüben in der kleinen Café-Bar gibt's einen wahrhaft göttlichen. Ich lad' dich ein."

„Sehr gern, bis später dann", antwortet die junge Frau. ‚Der geht ja ganz schön ran', denkt Dorothea bei sich und wendet sich wieder ihrer Arbeit zu.

Nach dem kleinen Flirt geht Richardsen die Arbeit deutlich geschmeidiger von der Hand. Macht sogar ein bisschen Spaß, der alten Dame vom Zimmer zehn die Thrombosespritze in den welken Oberschenkel zu drücken. Im vorigen Sommer war er beim Tennisspielen mit dem Fuß umgeknickt und hatte sich selbst das Anti-Thrombosemittel spritzen müssen. Das war um einiges schwieriger gewesen, jedenfalls die ersten Piekser.

Die schlechte Luft im Zimmer der Patientin erinnert ihn an die Besuche bei seiner Großmutter.

„Du musst öfter lüften, Omchen", hatte er ihr immer gesagt und die Fenster und Türen in ihrem Haus aufgerissen.

Die Patientin nimmt kaum Notiz von dem jungen Mann im weißen Kittel. Richardsen öffnet das Oberlicht. Die unteren großen Fensterteile sind aus Sicherheitsgründen feststehend.

„Kommen Sie, Frau Hagenow, ich helfe Ihnen bei der Einnahme Ihrer Tabletten. Hier, halten Sie mal das Wasserglas."

Richardsen richtet die alte Frau ein wenig auf und reicht ihr nacheinander die bunten Pillen. Als sie die letzte Tablette geschluckt hat, sieht sie ihn mit ihren großen trüben Augen an.

„Habe ich es bald geschafft?", scheinen sie ihn zu fragen.

„Alles wird gut, Frau Hagenow", sagt der Mann und schüttelt der alten Dame das Kopfkissen zurecht.

„Ich komme später noch einmal bei Ihnen vorbei, vielleicht können wir dann ein bisschen an die frische Luft gehen."

Das Zimmer von Britta Jeute ist das letzte in seiner Runde. Richardsen schaut auf die Uhr. Beeilung ist angesagt, in zehn Minuten beginnt die Teambesprechung.

„Guten Morgen Frau Jeute. Mein Name ist Sven Richardsen. Ich bin Medizinstudent und Praktikant für vier Wochen hier im Haus. Hat Ihnen das Frühstück nicht geschmeckt? Sie haben kaum etwas angerührt. So können wir aber nicht zu Kräften kommen. Wollen wir gemeinsam ein bisschen schlemmen? Machen wir einen Deal: Ich zaubere Ihnen ein paar Kanapees, und Sie tun so, als würden sie Ihnen schmecken, einverstanden?"

Britta Jeute ist nicht zu begeistern. Selbst die herzerfrischende Art des Praktikanten und sein Bemühen, sie zum Essen zu bewegen, erreicht sie nicht. Die junge

Frau liegt mit starr zur Decke gerichtetem Blick in ihrem Bett und schweigt.

„Na dann, wenn nicht heute, dann vielleicht morgen. Aber bedenken Sie, wir haben nur vier Wochen Zeit, uns anzufreunden."

Richardsen lässt sich nicht verdrießen und schickt sich an, Temperatur und Blutdruck zu messen. Er notiert gewissenhaft die Werte auf dem Krankenblatt und begibt sich, das Frühstückstablett auf der linken Hand balancierend, auf den Weg zum Schwesternzimmer, wo er sich bei der Weiblichkeit mit lockeren Sprüchen interessant macht.

Zuber sinniert auf dem Weg zur Teambesprechung über seine Patientin Jeute. Er stellt sich an eines der Fenster und schaut in den parkähnlichen Garten.

‚Nach Hagedorns Tod muss ich mir für die Frau Jeute etwas einfallen lassen.' Eine Art Checkliste läuft vor dem Auge des Professors ab.

‚Die Medikamente reichen noch für eine Weile, die Frage ist nur, ob ich so weitermache. Seitdem ich mich selbst um Frau Jeute kümmere, hat sich alles gut ineinandergefügt. Ihr apathisches Verhalten, die Bewegungen wie die eines ferngesteuerten Roboters, ihr leerer Blick. Was wollen wir mehr? Widerstand haben wir von ihr nicht zu erwarten, und Schmerzen verspürt sie auch keine. Die Medikamente scheinen von Hagedorn gut ausgewählt. Nicht zu verachten, die nicht unbedeutende Summe, die für mich dabei herausspringt, heraussprang besser gesagt. Kordula einzubeziehen war eine weise Entscheidung. Sie ist wirklich zuverlässig, was den allabendlichen Austausch der Medikamente betrifft. Auf diese Weise haben wir uns weitere Mitwisser vom Hals gehalten.

Die vorläufige Vormundschaft liegt beim Ehemann, aber daran wird sich nun bald etwas ändern.

Was soll ich die Patientin weiterhin mit modernen Mitteln füttern und riskieren, dass die Sache auffliegt. Hagedorn fehlt als Glied in der Kette, und das ist nicht gut. Woher kriege ich künftig meinen finanziellen Anteil? Da rollt kein Rubel mehr. Mit Hagedorn ist die Quelle versiegt.

Also: ich werde die Medikation umstellen, ganz sicher werde ich das.'

Ein dicht am Fenster vorbeifliegender schwarzer Vogel reißt den Professor aus seinen Gedanken. Er lockert seine verspannten Muskeln und steuert mit forschem Schritt das Schwesternzimmer an, aus dem fröhliches Gelächter durch den offenen Türspalt dringt. Offenbar bringt der männliche Praktikant seine weiblichen Kollegen gut in Stimmung.

‚Nicht das Schlechteste für das allgemeine Betriebsklima', denkt Zuber sich.

Das Gelächter verstummt, als der Chef den Raum betritt.

„Lassen Sie mich teilhaben an Ihrer guten Laune. Nur zu, was gibt es Erquickendes, das Ihre Gemüter derart erheitert?"

„Gute Laune zu verbreiten, fällt halt in die Zuständigkeit von uns Männern", gibt Sven Richardsen selbstbewusst zu verstehen.

„Ich habe den Damen ein wenig aus der Gerichtsmedizin berichtet. Zum Beispiel, wie einige Hartgesottene während einer Obduktion genüsslich ihr Frühstücksbrot verspeisen und ähnliche Geschichten."

„Was solche Dinge angeht, sind wir hier eher etwas wie ein Altenheim. Da kommen so delikate Ereignisse nicht vor. Hier können Sie allenfalls einer alten Dame mal die Windeln wechseln. Darüber können Sie ja im Zusammenhang mit Ihrem Frühstücksbrot einmal nachdenken, junger Mann", entgegnet der Professor schmunzelnd, „aber schön zu sehen, meine Damen, dass Sie sich so gut amüsieren."

Die große Wanduhr zeigt fast Mittag, als der Chef die Dienstbesprechung beendet. Dorothea zwinkert Sven Richardsen zu.

„Bis gleich dann, Dorothea. Ich schau' nur noch mal kurz nach der Patientin in Zimmer fünf. Frau Jeute macht einen teilnahmslosen Eindruck. Ich habe das Gefühl, dass sie leidet."

„Ach, du Neunmalkluger, du kennst sie doch gar nicht", wendet sich Schwester Annette an Richardsen. ‚Gerade angekommen und schon eine Extraportion an Zuwendung an die Patientin verteilen? Wie soll das gehen, leiden? Die kriegt doch von nichts etwas mit, bekommt schließlich keine Smarties verabreicht, und der Spritzencocktail besteht auch nicht aus Zuckerlösung. Ist alles ein bisschen merkwürdig um die hübsche junge Frau', brummelt Schwester Annette leise vor sich hin.

„Was ist es denn, was die Sache merkwürdig macht?", hakt Richardsen nach, der den halblauten Nachsatz dennoch gehört hat.

„Aber wirst schon recht haben. Bei Chefarztbehandlung wird alles seine Richtigkeit haben, oder nicht? Ich habe heute Morgen nur bemerkt, dass sie so gar nichts an sich ranlässt. Ich wollte sie bespaßen und sie hat darauf nicht angebissen. Ist wahrscheinlich meine verletzte Eitelkeit, weswegen ich mir einbilde, die Patientin müsse leiden."

‚Verdammt', denkt Richardsen, ‚das wäre beinahe in die Hose gegangen.'

„Guck an, kannst ja richtig selbstkritisch sein."

Die Schwester zieht die Brauen hoch und stößt einen kaum hörbaren Seufzer aus, und auch das ist dem aufmerksamen Praktikanten nicht entgangen.

In der italienischen Café-Bar sitzen sich Dorothea und Sven gegenüber.

„Du bist ja ein Meister, was das Flirten angeht. Machst du das immer so?", wendet sich die Schwesternschülerin an ihr Gegenüber.

„Klar, kommt doch gut an bei euch, oder? Aber zum Cappuccino trinken verabrede ich mich nur mit den Schönsten der Schönen sozusagen."

„Du alter Charmeur."

„Sag mal, was meinte eigentlich Annette, was so merkwürdig ist an der Patientin Jeute? Ich finde, sie unterscheidet sich nicht von den anderen Kranken. Die sagen ebenfalls nichts, geben vielleicht mal einen tierischen Laut von sich, aber da ist ja nichts sagen vielleicht sogar besser, als animalisch grunzend im Bett zu liegen."

„Na ja", räuspert sich Dorothea, „man munkelt da so was hinter dem Rücken vom Chef, aber ich bin das kleinste Licht im Laden und weiß am wenigsten. Kriege nur mit, dass ihr Mann und dessen Onkel sie manchmal besuchen. Ihre Auftritte, so muss man es wohl nennen, unterscheiden sich allerdings schon von den Besuchen, die andere Patienten bekommen. Die meisten Angehörigen informieren sich, in welcher Form sie die Behandlung unterstützen können. Was ich von Herrn Jeute und Herrn Hagedorn neulich mitbekommen habe, ist, dass sie fragten, wie lange es noch dauert, wie lange sie noch durchhält.

Sie zeigen keine Anteilnahme, und mit uns Schwestern reden sie gar nicht. Das finde ich seltsam. Meist ziehen sich die Männer mit Professor Zuber auch zurück, um keine Zuhörer zu haben. Ich habe ein merkwürdiges Gefühl. Eigentlich war Frau Jeute für ein Langzeitprogramm vorgesehen, aber die rasche Verschlechterung ihres Zustandes gibt schon Rätsel auf. Sie liegt ja nur im Bett. Außerdem ist der Hagedorn vor ein paar Tagen tot aufgefunden worden. Schade eigentlich, das war so 'n richtiger Schönling, ziemlich freundlich, auch zu mir."

„Ach, weißt du, Dorothea, ich finde, es gibt Besseres, als sich in der Mittagspause über die Arbeit zu unterhalten. Hast du eigentlich einen Freund?"

„Nö, ich bin gerade mal wieder bedient von euch Männern. Wer bei mir landen will, muss ganz schön Überzeugungsarbeit leisten. Aber ein Cappuccino in der Mittagspause ist schon okay. Und was ist mit dir?"

„Ich bin viel zu beschäftigt, als dass ich dem Anspruch einer Frau, was die Freizeitgestaltung angeht, gerecht werden könnte. Ich lass' mir Zeit, muss den ganzen Stress nicht haben, aber ein Cappuccino in der Mittagspause ist bei mir auch okay."

Die jungen Leute grinsen sich an.

‚Ganz schön sympathisch der Bursche', denkt Dorothea bei sich.

„Übrigens, ich habe Karten für ‚Parsifal' am Donnerstag, hast du Lust mitzukommen? Eigentlich sind es die Karten meiner Eltern, aber mein Vater muss geschäftlich nach München und meine Mutter begleitet ihn. Die Kultur ist bei mir im letzten Jahr ganz schön auf der Strecke geblieben. Ich werde mir die Aufführung nicht entgehen lassen. Eine Mammutvorstellung übrigens, viereinhalb Stunden. Bist du dabei?"

Die junge Frau überlegt kurz: „Da sehe ich mich gerade einer schwierigen Entscheidung gegenüber gestellt. Ich habe die Wahl zwischen viereinhalb Stunden Wagner und zwei Stunden Anatomie des menschlichen Körpers, Vortrag von Professor Doktor Habenicht. Wirklich sehr verlockend, dein Angebot, aber ich glaube, ich wähle die Anatomie."

Damit hat Richardsen nicht gerechnet. Er dünkte sich sicher beim Vorpreschen, zumal er selten erlebt, dass ihm jemand einen Korb gibt.

„Na ja, du wirst deine Gründe haben, der Anatomie eine so große Bedeutung beizumessen, aber schade finde ich es allemal."

Die jungen Leute winken den Ober heran, und Sven Richardsen bezahlt die Rechnung.

„Vielen Dank für die Einladung, Sven", sagt die junge Frau, als sie auf die Straße tritt, und dabei Professor Zuber beinahe in die Arme gelaufen wäre. Der Professor begleitet von Jonas Jeute.

„Ah, sieh an, meine Mitarbeiter wissen auch, wo man den besten Cappuccino bekommt", entfährt es dem Chef.

„Ja, ist wirklich der beste, den ich je getrunken habe", entgegnet Sven Richardsen. Dann schieben sich die Herren durch die Drehtür ins Innere der Café-Bar, während die jungen Leute die Straße überqueren, um zur Klinik zurückzukehren.

Britta Jeute schaut dem Polizeibeamten ins Gesicht. Sie will ihm etwas sagen, bringt aber kein Wort über die Lippen. Ihr Kopf ist heiß und pocht wie verrückt.

Der Beamte hat das Zimmer verlassen und sie hat nichts gesagt, dabei wäre es so wichtig gewesen.

Vor den geschlossenen Augenlidern flimmern Bilder in wildem Durcheinander, tosender Lärm betäubt ihre Ohren. Ein Karussell dreht sich, wird schneller, immer schneller. Sie entdeckt Leander auf dem Karussell hinter dem Steuer eines Polizeiautos, sie sitzt gefesselt neben Jonas auf dem Rücksitz. Das Auto löst sich aus der Verankerung und wird aus der Bahn geworfen. Es rast eigenständig in einem Affenzahn durch die Straßen. Leander setzt ein Blaulicht aufs Dach; die Fanfare des Martinshorns heult durch die Nacht, Bremsen quietschen.

Sie wird aus dem Auto gestoßen über die Straße und in einen Hauseingang bugsiert. Jonas legt ihr eine Augenbinde an. Nach ein paar Treppenstufen abwärts versetzt er ihr einen Stoß in den Rücken, eine schwere Eisentür fällt ins Schloss. Beängstigende Stille. Weggesperrt.

Außer ihrem eigenen Atem hört sie nichts. Von Panik ergriffen reißt sie sich die Augenbinde herunter. Schnell gewöhnen sich die Augen an das Tageslicht. Britta sieht sich um.

Der Raum ist kahl, winzig klein und seine in hässlichem Grün getünchten Wände sehen kalt und nackt aus. An einer Wand auf einer Pritsche ein mit rotweiß karierter Wäsche bezogenes Bett, ein Waschbecken, ein Klo. An der Stirnseite ein kleines Fenster, das Tageslicht hereinlässt. Dicke gelbe

Sonnenstrahlen laden ein, auf ihnen emporzuklettern und auszusteigen, hinaus in die Freiheit. ‚Noch nicht', sagt die junge Frau, ‚ich warte auf Jonas'.

Brittas Atmung geht schnell. Sie schwitzt, die Muskeln schmerzen von der Anspannung.

‚Ich werde herausfinden, warum ich hier eingesperrt bin', hört sie sich sagen, dann nehmen die Bilder wieder Fahrt auf.

Sie tritt an das Fenster. Die Eisenstäbe davor entlocken ihr ein Lächeln, erinnern an schwedische Gardinen. Vermitteln ein bisschen was von IKEA, aber auch von Absurdität und Irrwitz.

Sie wendet den Kopf, weil sie einen warmen Atem an ihrer linken Gesichtshälfte spürt, aber da ist niemand. Als sie auf die Tür zugehen will, sind ihre Beine wie gelähmt, keinen Schritt kann sie sich von der Stelle bewegen. Der Schrei um Hilfe bleibt ihr in der Kehle stecken. Wild schlägt sie mit den Armen um sich, sieht sich in einem Bett liegen. Neben dem Bett sitzt ein Mann, Jonas ist es. Er nimmt ihre Hand.

„Beruhige dich, Schatz, du träumst, alles ist gut", sagt er. Seine Stimme scheint aus weiter Ferne zu kommen. Die kleine Zelle ist verschwunden, und endlich eine vertraute Stimme zu hören.

„Ja, alles ist gut, Jonas. Bald werde ich dieses Gefängnis verlassen", kommt es ihr über die Lippen. Ihre Zunge ist schwer wie Blei und die Muskeln schmerzen.

„Du bist nicht im Gefängnis, Schatz. Du bist in der Klinik."

„Du hast mich in diesen Kerker geworfen, die Treppen hinuntergestoßen, ich habe die schwere Tür ins Schloss fallen hören. Lass' uns nach Hause gehen, bitte. Du weißt genau, alles ist ein Irrtum, eine Intrige."

„Eine Intrige, wieso sagst du so etwas?"

„Nimm mich mit nach Hause, Jonas. Ich will hier raus", bringt sie mühevoll hervor.

„Sei vernünftig, Britta. Wir haben alles genau besprochen, du warst einverstanden, wirst einige Monate hierbleiben und an einem Pilotprojekt teilnehmen."

„An was? Ich will nach Hause, verstehst du das nicht?! Welches Pilotprojekt?"

„Für an Borderline erkrankte Personen. Du erinnerst dich an den peinlichen Zwischenfall am Abend, als Leander bei uns zu Gast war. Borderline-Kranke haben große Schwierigkeiten mit zwischenmenschlichen Beziehungen. Dein Ausraster war ein typisches Beispiel dafür."

„Na und?? Ihr habt mich provoziert, nicht umgekehrt. Das hat mit mir nichts zu tun. Ich habe nur reagiert. Sag mir, was ich in diesem Gefängnis verloren habe. Hol mich hier raus, Jonas!", schreit die Frau ihren Mann an.

Im Halbschlaf schlägt sie um sich. In Jonas Stimme lag etwas Bedrohliches. Seine Hand umschließt fest ihren Unterarm. Sie will sie fortschlagen, aber da ist nichts. Jonas nicht und auch sonst niemand, der ihren Unterarm quetscht. Nur ein Traum. Dann ist Jonas' Stimme wieder da:

„Du bist in der Privatklinik von Professor Zuber in einer geschlossenen Abteilung für psychisch kranke Menschen", dringt seine Stimme an ihr Ohr.

„Du wirst mit neuesten Medikamenten behandelt. So haben wir es mit Leander besprochen. Medikamente, die in der Erprobung sind und viel besser als alle bisherigen. Nach Abschluss der Therapie wird ein Gutachter entscheiden, ob eine Entlassung in deine bisherige Umgebung sinnvoll erscheint oder nicht und dann werden wir darüber reden, ob und wann du nach Hause zurück kannst. Beruhige dich,

komm, nimm diese Tablette, sie wird deine konfusen Gedanken vertreiben und du kannst ein bisschen entspannen."

Jonas nimmt die Statur eines Riesen an. Er trägt einen langen durchsichtigen Mantel. Mit knöchernen Fingern drückt er eine Pille aus dem Vorrat und hält sie ihr zusammen mit einem Glas Wasser vor die Nase. Seine Stimme scheint aus weiter Ferne zu kommen und hallt durch den Raum. Sie klingt hämisch und bedrohlich.

Angst und Panik brechen wie ein Blitzgewitter über Britta herein. Im nächsten Augenblick beschert ihr Verstand ihr einen klaren Kopf und eine grandiose Idee. ‚Ich werde den Riesen überlisten'. Schweißgebadet richtet sie sich auf.

„Du hast recht, ich sollte mich beruhigen. Ich bin völlig irritiert und unglaublich müde", hört sie sich kleinlaut sagen und nimmt Jonas die Tablette aus seiner riesigen Hand und das Wasserglas aus der anderen. Die Pille lässt sie in der Tasche ihres Schlafanzugjäckchens verschwinden und trinkt mit großen Schlucken das Glas leer.

„Ich bin dir so dankbar, Jonas. Ich weiß, du wirst mich hier herausholen. Ich werde keine Schwierigkeiten machen, ganz bestimmt nicht. Leander hatte recht: wem derartige Ausrutscher passieren, der muss sich in Behandlung begeben. Ich werde alles für meine Genesung Notwendige zulassen und konstruktive Mitarbeit leisten. Ich verspreche es. Bald werden wir wieder zusammen sein."

Dann fällt sie in die Kissen zurück und beobachtet mit geschlossenen Augen, wie der Riese in dem langen Mantel aus dem Zimmer schwebt.

Schemenhaft kehren die Bilder von der Gefängniszelle zurück. Noch einmal setzt sich Britta in ihrem Bett auf und versucht sich zu erinnern, was genau geschehen ist. Jonas hatte gesagt, sie sei nicht im Gefängnis. Aber der dumpfe Knall der Zellentür, sie hatte ihn deutlich gehört.

Bilder aus Traum und Wirklichkeit vermischen sich. Sie fühlt sich furchtbar elend. Das kleine Fenster und die hereinfallenden Sonnenstrahlen sind verschwunden. Die Panik treibt sie aus dem Bett. Sie zittert vor Kälte und der nasse Schlafanzug klebt an ihrem Körper. Sie steht vor dem großen Fenster mit Blick in den Garten. Ein bisschen frische Luft, nur ein bisschen frische Luft. ‚Oh Gott, wie kriege ich nur das Fenster auf? Wo ist der Griff?' Sie schlägt mehrmals mit der flachen Hand gegen die Scheibe, bis sie schmerzt.

‚Klapsmühle statt Gefängnis', sagt sie zu sich selbst und geht zum Bett zurück und liest die Beschriftungen: Fernbedienung, Fernseher, Rufknopf, Krankenschwester, Bedienteil für Kopf- und Fußende vom Bett. ‚Sag ich doch, Langzeitprogramm in der Klapse. Bei meiner Einlieferung muss ich völlig benebelt gewesen sein.'

Schüttelfrost lässt ihre Zähne heftig aufeinander klappern.

„Guten Abend Frau Jeute, ich bin Schwester Kordula, die Nachtschwester. Ich bringe Ihnen Ihre Medikamente für die Nacht."

Kordula stellt ein Brett mit bunten Pillen auf das kleine Nachtschränkchen. Die aufgemalten Fratzen auf den runden Kugeln grinsen sie an, während die länglichen weißblauen Kapseln sich wie Raupen auf sie zubewegen. Eklig behaarte Raupen mit kleinen Stacheln.

„Die eine Tablette stabilisiert Ihre Psyche, damit der Freudefunken wieder überspringt, die andere sorgt für einen ruhigen erholsamen Schlaf. Morgen fangen wir dann mit

dem richtigen Programm an. Man wird Ihnen eine ganz besondere Behandlung angedeihen lassen, und Sie werden bald sehr glücklich sein."

„Wie lange bin ich schon hier?"

„Heute Nacht wurden Sie eingeliefert, waren aggressiv und verwirrt. Professor Zuber musste ihnen etwas zur Beruhigung geben. Der Behandlungsraum des Chefs liegt ein Stockwerk tiefer im Kellergeschoss. Er ist klein, das Fenster mit Gitterstäben versehen, erinnert ein bisschen an eine Gefängniszelle. Die schwere Eisentür tut ein Übriges, um einem das Gefühl vom ewigen weggesperrt sein zu vermitteln. Niemand mag diesen Raum dort unten. Glauben Sie mir, Kindchen, Sie können von Glück sagen, dass man Sie heute Nachmittag hierher verlegt hat."

‚Das Beruhigungsmittel muss mir diesen Albtraum beschert und den Behandlungsraum im Kellergeschoss in eine Gefängniszelle verwandelt haben. Jonas und Leander wollen mich aus dem Weg schaffen. Sie haben mich hierher gebracht.'

„Du musst dich von Jonas trennen", wispert eine Stimme an Brittas Ohr.

„Du hast dich meilenweit von ihm entfernt, jetzt wird er sich rächen. Du bist der Klotz an seinem Bein, solltest ihm seine Freiheit zurückgeben. Das wäre anständig."

„Aber Jonas und Leander sind auch nicht anständig, sie wollen mich loswerden. Nein, um Gottes willen, Jonas gehört mir, niemand anders soll ihn für sich haben."

Ihre Finger krallen sich in der Bettdecke fest.

„Immer und ewig soll er mir gehören. Ich liebe ihn. Ohne Jonas komme ich nicht zurecht, er soll nicht gehen, mich nicht verlassen. Ich habe Angst! Ich werde mich nicht von dir trennen, Jonas Jeute, und du dich nicht von mir, ich

werde es nicht zulassen. Du musst zurück in die Schublade, die ich für dich angelegt habe. Eine andere Möglichkeit gibt es nicht. Hast du verstanden, Jonas? Spring schon!", sie streckt die Hand aus, aber es ist niemand da. „Du hast mich also wieder nicht verstanden."

Nur für einen kurzen Moment erschlaffen ihre Muskeln, bis ein schriller Klingelton ihr in die Glieder fährt.

Es ist die Haustürklingel, die sie zusammenzucken lässt. Sie öffnet die Tür. Der Postbote hat ein Einschreiben, dessen Empfang sie durch ihre Unterschrift bestätigen soll. Ein Brief von einem Anwaltsbüro.

„Die Nachricht wird Ihnen den Tod bringen, junge Frau", widerhallt die Stimme des Briefträgers. Dann verschwindet er mit schallendem Gelächter. Als sie den Brief gelesen hat, schlottern ihr vor Aufregung die Knie. Sie ist Erbin eines Hotels an der französischen Mittelmeerküste. Ihre alte Tante Claire hat es ihr vermacht. Alle anderen Begünstigten haben bereits das Zeitliche gesegnet. Jetzt ist sie Alleinerbin. Außer sich vor Freude ruft sie sofort Jonas an. Ein regelrechter Redeschwall, gespickt mit der Euphorie, dass endlich ihre Geldnot ein Ende haben wird, und dass sie nach Frankreich übersiedeln können, sprudelt aus ihr heraus. Jonas und sie als Chef und Chefin eines renommierten Hotels. Sie überschüttet ihn mit ihrer Begeisterung darüber, wie dieser Brief fortan ihr Leben verändern wird und empfindet einen Taumel des Glücks wie lange nicht mehr.

Die zurückhaltende Reaktion ihres Mannes kann sie nicht verstehen und ist verdutzt, dass er ihre unbändige Freude über die alles in ihrem Leben verändernde Mitteilung nicht teilt. Er bremst sie regelrecht aus und meint, dass sie sich erst einmal darum kümmern soll, wie sie ihre Krankheit in den Griff bekommt. In seinem Tonfall liegt etwas Unnahba-

res, beinahe Böses. Ihrem kurzen Gefühl des Rausches wird schnell ein Ende bereitet, indem Jonas das Telefonat einfach beendet.

Sie hält sich bereits im Schlafzimmer auf, als Jonas sehr spät von der Arbeit nach Hause kommt. Sie hört ihn unten in der Diele telefonieren.

„Leander, ich verlass' mich auf dich", sind die Worte, die sie gerade noch aufschnappt, bevor ihr Mann auflegt.

„Hallo Schatz, wollen wir auf die erfreuliche Nachricht anstoßen?"

Sie eilt die Treppe hinunter und drückt ihrem Mann einen Kuss auf die Wange. Als sie ihm die Arme um den Hals legen will, wehrt er ab.

„Bitte lass mich, ich bin hundemüde. Mir gehen so viele Gedanken durch den Kopf. Lass uns morgen über die Angelegenheit sprechen. Übrigens: ich habe Leander morgen zum Abendessen eingeladen. Ist es dir recht?"

Ohne ihrem Mann eine Antwort zu geben, geht sie enttäuscht die Treppe nach oben und ins Bett. Noch lange hört sie Jonas in seinem Arbeitszimmer rumoren. Dann wird es Nacht.

Noch einmal fährt ihr das schrille Läuten der Haustürglocke in die Glieder. Sie öffnet. Leander kommt ins Haus, zwei riesige Flaschen Champagner im Arm. ‚Lass uns feiern, Britta', ruft er ihr zu. ‚Komm, lass uns feiern.'

Sie schätzt Leander sehr. Das große Verständnis, das er als Facharzt für ihre Stimmungsschwankungen aufbringt, tut ihr wohl. Außerdem hat er meist auch das passende Medikament, um ihre tristen Gedanken zu vertreiben.

Leanders Bild verblasst.

‚Leander, wir wollen feiern. Wo bist Du hin? Leander!'

Das heftige Zähneklappern will nicht enden. Noch einmal zieht sich Britta die Bettdecke bis ans Kinn.

Die Zimmertür weht auf und in einer mächtigen Seifenblase schwebt eine Frau ins Zimmer. Sie hat eine Vase mit einem riesigen Strauß roter und champagnerfarbener Rosen im Arm. Zwischen den Blüten funkelt ein kleiner Briefumschlag mit Glitzersternen.

„Der wurde soeben für sie abgegeben. In meinem ganzen Leben habe ich nicht so wunderschöne Rosen bekommen", sagt die Frau und stellt die Vase mit den Blumen auf den Nachttisch.

„Und wo ich schon mal hier bin, können wir auch gleich ihren Blutdruck und die Temperatur messen."

Britta ist gerührt und überwältigt. Wieso schickt ihr Jonas jetzt zur Nacht Rosen? Sie würde einen wunderbaren Schlaf haben. Jonas ist ein Schatz.

„Wer sind Sie und woher kommen Sie? Ich habe Sie noch nie gesehen", wendet sich Britta an die Frau in der Seifenblase.

Die Blase platzt und sie erkennt die Schwester, die ihr die Manschette des Blutdruckmessgerätes anlegt. Der Ring beginnt sich fest um den Oberarm zu schnüren. Unangenehm, als wenn jemand einem die Luft abschnürt. Durch den Spalt der nur angelehnten Zimmertür ist Stimmengewirr zu hören, das sich innerhalb von Sekunden zu einem lauten handfesten Krach entwickelt. Kurz darauf hört sie ein dumpfes Geräusch, so, als ob jemand gegen eine Wand prallt. Mit den Worten ‚ich bin gleich wieder bei Ihnen', lässt die Schwester Blutdruckgerät, Thermometer und Krankenakte auf der Bettdecke zurück und eilt in den Flur. Aus dem grünen Aktendeckel gleiten die einzelnen Blätter auf den Boden und verteilen sich dort. Die Zimmertür fällt mit einem gedämpften Stoß ins Schloss. Bevor Britta sich dem Kärtchen in dem Rosenstrauß zuwendet, wird sie aufstehen und die verstreuten Blätter vom Boden aufheben, die im selben Augenblick vor ihren Augen zu tanzen beginnen. Just als sie die Unterlagen zusammenfügen will, sticht ihr beim Aufklappen des Aktendeckels ein Papier mit dem Briefkopf. ‚Leander Hagedorn, Facharzt für Psychiatrie, Gutachter' ins Auge. Mit einem hämischen Gesichtsausdruck grinst Leander sie an. Das Gesicht gleicht einer Fratze, deren Lippen zu sprechen beginnen: „Guten Tag meine liebe Britta, wie du siehst, bin ich stets in deiner Nähe, aber verrate mich nicht", flüstert die Fratze.

Dann ist sie verschwunden. Britta ringt nach Luft.

Mit zittrigen Fingern greift sie nach weiteren einzelnen Blättern. Worte wie ‚Vorsorgevollmacht' und ‚Entmündigung' tanzen in Riesenlettern vor ihren Augen, springen vom Blatt, um sich nach einer Pirouette durch die Luft wieder an ihren Platz zu begeben.

Die Knie versagen ihr den Dienst, sie greift nach der Bettkante und hält sich am Nachttisch fest, um den Schwankungen des Gleichgewichts entgegenzuwirken. Schwindel und Wut machen sich breit. Was hat er sich dabei nur gedacht, die Schilderung des Zwischenfalls von dem Abend, als er zu Gast bei ihnen zu Hause war, alles war ein abgekartertes Spiel.

‚Er hat mich provoziert, hat gewusst, wann und womit sich Wunden aufreißen lassen und wozu Impulsivität fähig ist, wenn Grenzen überschritten werden. Sie wollen meine Entmündigung, das ist das Ziel.'

Die Hände der jungen Frau zittern und dicke Tränen laufen ihr an den Wangen herunter. Bei der Suche nach einem Taschentuch, fällt ihr Blick auf das kleine Kärtchen inmitten der Blütenpracht. Sie greift danach. ‚Auch wenn er mich hier reingebracht hat, Jonas Worte werden mir jetzt gut tun.'

Vor Fassungslosigkeit bibbernd, setzt sie sich auf die Bettkante, öffnet den kleinen Umschlag und liest: „Meine liebe

Britta, Jonas und ich haben gemeinsam diese wunderbaren Rosen für Dich ausgesucht. Leider hatte es Dein Mann eilig, zu seiner Verabredung zu kommen. Er bat mich, dem Blumengruß ein Kärtchen mit ein paar lieben Worten beizulegen. Sorge Dich nicht, liebe Britta, Du kannst Dich auf uns verlassen. Ich hoffe, Du hast Freude an Deinen Lieblingsrosen. Leander."

Sie ringt nach Luft, ihr Körper bebt. Mit allerletzter Kraft wischt sie die Vase mit den Rosen vom Nachttisch und sinkt in die Kissen. Der gläserne Krug zerspringt mit einem lauten Knall in Abertausende Scherben, das Wasser spritzt hoch und die Rosen verteilen sich in wildem Durcheinander auf dem Boden.

Schwester Kordula eilt herbei.

„Ich habe Professor Zuber und Doktor Hagedorn meine Bedenken mitgeteilt, Ihnen schon heute die starken Medikamente zu geben. Aggressionen lösen sie aus im Zusammenwirken mit Beruhigungsmitteln. Der Mensch ist nicht mehr kalkulierbar und jetzt haben wir den Salat. Aber auf mich hört ja niemand. Leider muss ich jetzt die Gitter an ihrem Bett anbringen. Ich bin für die ganze Station verantwortlich und wer weiß, was noch alles passiert. Es tut mir leid. Sie bereiten mir ganz schönen Ärger, Kindchen. Und die schönen Rosen, ach je."

Das kleine Kärtchen verschwindet zwischen Matratze und Bettrahmen. Widerstandslos sieht sie zu, wie die Schwester Gitterstäbe um ihr Bett herum anbringt. Dann verlässt Kordula vor sich hin schimpfend das Zimmer und Bilder von dem gemeinsamen Abend mit Leander flimmern vor Brittas Lider.

Sie hat ein köstliches Essen bereitet, Leander Champagner und sündhaft teuren Rotwein spendiert. Es herrscht allerbeste Stimmung. Sie trinken und lachen und prosten einander immer wieder zu. Dann kommt als Thema ‚Tante Claires

Testament' auf den Tisch und das Blatt wendet sich. Leander scheint begeistert von Brittas Idee, nach Frankreich umzusiedeln und das Erbe anzutreten.

Beiläufig fragt er Jonas, ob er ihr schon von seiner Trennungsabsicht erzählt hat. Sie traut ihren Ohren nicht. Abrupt geht die Stimmung gegen null.

„Entschuldigung, wenn ich da etwas lostrete, was noch nicht oder unter diesen Umständen nicht mehr Thema ist. Es geht mich ja auch nichts an. Also vergiss es einfach, Britta. Das war ungeschickt von mir. Tut mir leid."

Die Äußerung trifft sie wie ein Schlag, und obwohl sie einige Gläser Wein getrunken hat, fühlt sie sich stocknüchtern. Hysterisch und schrill schreit sie die Männer an: „Was sagst du da? Sag, dass es nicht wahr ist, Jonas! Bitte, sag, dass es nicht wahr ist!"

Ohne auf Antwort zu warten, schleudert sie ihr Rotweinglas in Richtung Jonas und trifft ihn damit am Kopf.

„Beruhige dich doch", hört sie Jonas sagen und beide Männer stürzen sich auf sie, um sie festzuhalten.

„Fasst mich nicht an!", schreit sie und schlägt wild mit beiden Fäusten um sich.

„Nun tu doch was, Leander!" Leander zerrt eine Spritze aus seinem Jackett und entfernt ein Plastikteil. Beide Männer haben sie jetzt fest im Griff. Dann erreicht sie die Nadelspitze und um sie herum wird es dunkel.

„Ich verlass' mich auf dich, Leander", klingt es in ihren Ohren.

„Ich verlass' mich auf dich, Jonas!", bringt die fiebernde Frau mit einem Kloß im Hals hervor.

„Kein Zweifel, die Männer haben sich gegen dich verbrüdert, Kindchen. Sie wollen dich außer Gefecht setzen. Jonas und Leander machen sich ohne dich ein schönes Leben in

Frankreich in Tante Claires Hotel", hallt eine Stimme durch ihren Kopf.

„Ordne deine Gedanken, lerne eins und eins zusammenzuzählen. Erinnere dich an Leanders Äußerung, die Trennungsabsichten von Jonas betreffend. Sie wollten dich provozieren. Der Ideenreichtum der Männer ist beeindruckend. Aber sie haben sich überschätzt. Du wirst ihr kriminelles Ansinnen aufklären. Das kleine Kärtchen inmitten der Rosen ist ein wichtiges Indiz. Das war sehr unvorsichtig von den beiden. Was du jetzt brauchst, sind starke Nerven und eine Person, der du vertrauen kannst. Nur nicht durchdrehen und auf keinen Fall Tabletten schlucken", die Stimme verstummt. Auch das Bild der alten Frau mit den weißen Haaren, die am Fußende des Bettes gestanden hat, ist verschwunden.

In Brittas Kopf brummt und dröhnt es.

„Hilfe, Schwester, helfen Sie mir!", versucht sie herauszuschreien, doch kein Ton will aus der Kehle heraus. Dann hört sie Stimmen, die ihr bekannt vorkommen und sie zusammenzucken lassen.

„Kannst du nicht vorsichtig sein, du Trampel, du weckst sie noch auf!"

Es ist Jonas Stimme, die aus der Dunkelheit kommt.

„Von den Medikamenten wacht niemand so schnell auf, mach dir bloß nicht in die Hosen."

„Hab dir doch gleich gesagt, dass die dämliche Karte mehr schadet als nützt. Aber du warst dir ja so sicher, dass dein Gruß sie außer Kontrolle geraten lässt."

„Wer hatte denn die blöde Idee? Sie schläft wie ein Stein, keine Spur von Exzess, leider auch nicht von dem Rosenstrauß, geschweige denn von dem Kärtchen. Das ist

aber jetzt dumm, hatte mir richtig Mühe gegeben. Nichts wie weg hier, sonst ertappt uns noch die Nachteule."

Was war das? Jonas und Leander des Nachts auf der Suche nach einem kleinen Kärtchen. Was für ein infantiles Unternehmen. Haben alle guten Geister sie verlassen?

Das Bild der Männer verblasst, sie werden kleiner und kleiner und bleiben schließlich als zwei dicke schwarze Mistfliegen an der Wand kleben.

„Macht, dass ihr fortkommt!", schreit sie hinter ihnen her, „lasst mich in Ruhe, ich will hier raus!"

Vom Flur fällt für einen kurzen Moment schummriges Licht durch den Türspalt ins Zimmer, dann ist es wieder dunkel.

Die große Wanduhr zeigt halb eins.

Professor Zuber und Schwester Annette eilen in Britta Jeute's Zimmer.

„Frau Jeute, hören Sie mich?"

Schwester Annette versucht, die Patientin anzusprechen. Sie klatscht mit der flachen Hand an die rechte, dann an die linke Gesichtshälfte.

„Frau Jeute, wachen Sie auf!"

Die im Schüttelfrost bibbernde Frau öffnet einen spaltbreit die Augen.

„Ich habe einen Film gesehen, Annette, er hat mir Angst gemacht", flüstert die Patientin kurzatmig. Mit weit aufgerissenen Augen krallt sie sich am Revers von Annettes Kittel fest.

„Leander ist tot und Verena auch. Der Polizist hat mich gerettet. Wohin ist er gegangen?"

Annette umfasst die Handgelenke der Patientin und die Finger lösen sich langsam vom Stoff der Jacke. Die Augenlider sind wieder geschlossen und der Mund ist stumm.

„Sie haben geträumt, Frau Jeute. Haben Sie keine Angst, wir sind bei Ihnen."

„Temperatur einundvierzigzwei. Wir geben ihr ein fiebersenkendes Mittel, intravenös, und wechseln Sie die Bettwäsche. Bitte beeilen Sie sich", ordnet Zuber an, während Annette weiter beruhigend auf die Patientin einredet und ihr den Schweiß von der Stirn tupft.

Anders und Michaela melden ihrer Zentrale per Funk, dass sie zum Bankhaus Bethmann unterwegs sind.

„Gib mal bitte ins Navi ein, Anders, Harvestehuder Weg 8. Ich weiß nicht so hundert pro, wie wir da am schnellsten hinkommen."

„Gut, weiß ich auch nicht. Ach guck', ist gar nicht so weit. Achtzehn Minuten sagt das Navi. Schauen wir mal, was der Verkehrsfluss hergibt. Das Konto, das Hagedorn bei der Bethmann Bank hat, ist übrigens nicht sein Gehaltskonto, das hat er laut Arbeitgeber bei der Hamburger Sparkasse gehabt. Da können wir im Anschluss dann noch vorbei."

Im Kreisverkehr auf der Oderfelder Straße folgt Michaela der Anweisung ‚nehmen Sie die vierte Ausfahrt, das Ziel liegt rechts.'

Als die Beamten das Bankhaus betreten, sind keine weiteren Kunden in der Halle.

Eine Angestellte in dunkelblauem Kostüm und weißer Bluse erkundigt sich, wie sie den Herrschaften behilflich sein kann.

„Wir sind von der Mordkommission Hamburg", sagt Brinckmann und stellt sich und seine Kollegin vor, „und hätten gerne ein paar Auskünfte zu den Konten von Doktor Leander Hagedorn."

Der Polizist zieht seinen Dienstausweis und einen Depotauszug Leander Hagedorns aus der Brusttasche seines Hemdes und legt beides auf den Tresen.

„Da müssen Sie mit dem Chef der Vermögensberatung sprechen. Haben Sie einen Termin bei Herrn Dormann?“ , entgegnet die Dame, vor der das Schild ‚Frau Binge‘ auf der Arbeitsplatte steht.

„Nee, haben wir nicht.“

„Dann schau‘ ich mal in den Kalender, wann ich Ihnen den nächsten freien Termin anbieten kann.“

„Wir würden gerne sofort mit ihm sprechen, wenn sie ihm das bitte ausrichten wollen.‘“

„Das wird nicht gehen, meine Herrschaften. Ohne Anmeldung ist leider nichts zu machen“, lächelt Frau Binge selbstsicher in Richtung Polizisten.

„Sagen Sie“, beginnt Brinckmann energisch, „wo ist denn das Büro von Herrn Dormann, Frau Binge?“

Die Dame zeigt auf eine der drei gegenüberliegenden Türen.

„Danke Ihnen.“

Brinckmann und Breitkreuz schlängeln sich quer durch die Schreibtische hindurch und gehen zielstrebig auf die besagte Tür zu.

„Aber Sie können nicht ohne ...“, versucht die überrumpelte Dame die Beamten aufzuhalten.

„Doch wir können“, entgegnet Michaela Breitkreuz.

Forsch klopft Brinckmann an der Tür mit dem Namen ‚Dormann‘ und öffnet gleich darauf, ohne eine Antwort abzuwarten. Ein Mann im blauen Anzug und großer dunkler Hornbrille sitzt hinter seinem Schreibtisch und schaut verdutzt in Richtung Besucher.

„Sie wünschen?“

„Guten Tag Herr Dormann“, beginnt Brinckmann, nennt nochmals seinen Namen und den Grund des Besuches.

„Sicher haben Sie von dem Mord an dem Ehepaar Hagedorn aus Blankenese aus den Medien erfahren.

Herr Hagedorn hat bei Ihrer Bank ein Konto und ein Depot unterhalten. Wir hätten gerne Einblick in diese Unterlagen."

„Ja, ich habe davon gelesen. Eine schreckliche Tat. Ist der Täter schon gefasst?"

„Nein, unsere Ermittlungen sind noch nicht abgeschlossen. Darf ich Sie um die Nachweise bitten?"

„Sie haben keinen Termin, Herr Brinckmann. Bis die Kontoinformationen zusammengestellt sind, wird es dauern."

„Ich bitte Sie, Herr Dormann", meldet sich Michaela zu Wort, „Sie wollen uns doch nicht weismachen, dass Sie in Ihrem Computer nicht mit einem einzigen Klick sämtliche auf den Namen Hagedorn laufenden Geschäftsbeziehungen aufrufen können?"

„Na ja," windet sich der Banker.

„Dann möchten wir doch darum bitten. Uns interessieren die Kontobewegungen der letzten vierundzwanzig Monate, wenn Sie uns das Ganze bitte ausgedruckt zur Verfügung stellen wollen."

Dem Vermögensberater ist seine Unwilligkeit ins Gesicht geschrieben, aber er schweigt.

„Hier ist zunächst der Depotauszug. Es ist nur ein Posten vorhanden. Dreißig Stück Lehman-Zertifikate, Wertstellung null."

„Sagen Sie, Herr Dormann, seit wann war Leander Hagedorn Kunde Ihrer Bank?"

„Moment, da schau' ich mal nach, hab ich gleich. Hier: Kontoeröffnung am 15. Juli 2007. Depoteröffnung am gleichen Tag."

„Hat Herr Hagedorn bei der Kontoeröffnung einen Betrag überwiesen, eingezahlt oder haben Sie Geld für ihn eingezogen?"

„Etwas Geduld, bitte."

Dormann klickt mit der Maus einige Male und der Drucker beginnt einige Seiten Papier auszuspucken.

„Also, die Sache ist ganz einfach: Leander Preuss, so hieß er damals, hatte seinen Wohnsitz in Husum. Im Juli 2007 hat er das Konto und das Depot eröffnet. Er zahlte einunddreißigtausend Euro in bar ein und orderte dreißig Stück Lehman-Zertifikate, die ja bekanntlich inzwischen wertlos sind. Danach sind keine Eingänge auf dem Konto mehr verbucht, außer drei Zuflüsse aus der Insolvenzmasse von Lehman. Der Kontostand auf dem Girokonto beträgt: 3.413,20 Euro."

„Ich möchte wissen, wer die Beratung damals durchgeführt hat. Und die Unterlagen dazu, Risikoprofil und so weiter, würde ich mir gerne ansehen. Juli 2007, das war ein gutes Jahr vor der Pleite der Lehman Bank, oder? Da passt Hagedorn irgendwie altersmäßig gar nicht in das Beuteschema als Lehman-Anleger. Da haben sich die Banken doch im großen Stil auf die A & D's gestürzt", sinniert Brinckmann.

Dormann nickt.

„Sie stimmen mir zu, Herr Dormann? A & D steht für alt und doof, das wissen Sie natürlich, aber mit dem ..." Dormann unterbricht den Beamten.

„Ich bestätige, dass Hagedorn ein gutes Jahr vor der Pleite die Zertifikate orderte, mehr nicht. Der Kollege, der ihn beraten hat, ist leider nicht mehr in unserem Haus beschäftigt. Damals waren wir noch die Delbrück Bank."

„Sagen Sie, hat Doktor Hagedorn die Delbrück Bank wegen Falschberatung verklagt?"

„Das müsste ich nachschauen. Ist mir nicht bekannt. Unser Bankhaus hat im Übrigen nur geringfügig Geschäfte mit Klagen wegen Lehman-Zertifikaten gemacht."

„Ja, dann schauen Sie doch bitte nach. Meines Wissens sind etliche Klagen auf Schadenersatz gegen die Delbrück Bank geführt worden. So hat beispielsweise das Oberlandesgericht Hamburg Ihre Bank im Mai 2012 verurteilt, einem geschädigten Ehepaar eine Summe von 7,4 Millionen Euro Erstattung zu zahlen. Diese Dinge lassen sich im Internet recherchieren, Herr Dormann. Nennen Sie das ‚geringfügig Geschäfte mit Lehman-Zertifikaten gemacht'?", konstatiert Brinckmann, als der Bankberater ihm einen erstaunten Blick zuwirft.

„Ja, gewiss, dieses Urteil ist ein herber Schlag für unser Haus gewesen. Ob Herr Doktor Hagedorn Klage eingereicht hat, ist mir nicht bekannt. Allerdings hat er uns als Bank schriftlich ermächtigt, alle Forderungen aus dem Insolvenzverfahren gegenüber der Lehman-Insolvenzverwaltung für ihn geltend zu machen, weswegen auch die Zahlungseingänge dem Konto gutgeschrieben wurden. So, hier wären dann die gewünschten Unterlagen. Den ganzen Papierkram hefte ich Ihnen in eine Mappe, dann ist alles chronologisch geordnet und nichts geht verloren. Ich hoffe, dass Sie den Mörder bald überführen können. Wenn Sie weiter keine Fragen haben, würde ich gerne mit meiner Arbeit fortfahren."

„Doch. Eine Frage habe ich noch", meldet sich Michaela Breitkreuz zu Wort.

„Wenn Doktor Hagedorn alias Leander Preuss damals in Husum seinen Wohnsitz hatte, wieso richtete er in Hamburg in Ihrem Bankhaus ein Konto ein, macht eine Bareinzahlung, legt diese in Zertifikate an, und das war's dann. Hätten Sie als Bank eine Einzahlung in dieser Höhe nicht melden müssen? Haben Sie es getan? Wissen Sie, bei so etwas komme ich immer mächtig ins Spekulieren."

„Zu diesem Zeitpunkt war ich noch nicht Mitarbeiter dieses Hauses. Es entzieht sich auch meiner Kenntnis, ob eine Meldung erfolgt ist oder nicht."

„Gut, Herr Dormann, das können wir auch auf andere Weise klären. Dann wollen wir nicht länger Ihre kostbare Zeit in Anspruch nehmen. Sollten wir noch Fragen haben, melden wir uns wieder bei Ihnen. Schönen Tag noch."

„Mann, Michi, einunddreißigtausend in bar. Das ist schwarze Kohle gewesen, jede Wette. Vielleicht noch aus seiner Heidelberger Zeit? Ein warmer Regen von einer Pharmafirma für kleine Gefälligkeiten? Wir werden's wahrscheinlich nicht erfahren. Lass' uns mal direkt zur Hamburger Sparkasse fahren. Bin gespannt, wie hoch das monatliche Einkommen von so einem Krankenhaus-Doc ist."

Brinckmann und Breitkreuz sind auf dem Weg zum Universitätsklinikum Eppendorf, der ehemaligen Arbeitsstätte von Leander Hagedorn. Hier hat er als Neurologe in der Neurologischen Klinik gearbeitet. Der Chef, Professor Doktor Harald Gramm, erwartet die Beamten in seinem Büro.

Nachdem sich die Polizisten vorgestellt und alle Platz genommen haben, beginnt der Professor das Gespräch.

„Der Tod der Eheleute Hagedorn geht mir sehr nahe, müssen Sie wissen. Verena ist, war eine langjährige Freundin und Leander einer meiner besten Mitarbeiter. Dass sie beide nicht mehr sind, will einfach nicht in meinen Kopf."

Sichtlich gerührt ist der Mediziner. Bevor er fortfährt, wischt er sich mit der rechten Hand über die Augen.

„Aber Sie sind hier, um zu erfahren, inwieweit Leander Hagedorn dazu beigetragen hat, dass das Thema Organspende auf der Station großes Aufsehen erregt hat. Gott sei Dank, kam die Sache nicht an die ganz große Glocke. Für mich war es eine menschliche Enttäuschung, die mich sehr getroffen hat."

„Ich erinnere mich, dass von zwei Fällen die Rede war", wirft Michaela Breitkreuz ein.

„Ja, das ist richtig, aber die zweite Sache hat sich Gott sei Dank als unrichtig erwiesen, was sich im Nachhinein herausstellte. Da haben die Kollegen hypersensibel reagiert. Vielleicht wissen Sie, wie es ist, wenn jemand erst einmal unter Beobachtung steht, wird jeder Schritt genau überwacht. Ich habe mich persönlich um die Klärung oder auch Aufklärung gekümmert und die Angelegenheit im Team besprochen. Jetzt ist sie aus der Welt. Wir reden derzeit von Benjamin, einem 25-Jährigen, der mit dem Motorrad verunfallte. Er hatte schwere innere Blutungen, Brüche und Kopfverletzungen. Doktor Hagedorn hat ihn auf der Intensivstation mit Schmerzmitteln und Infusionen versorgt. Nach einigen Tagen schwand die Hoffnung, dass er überleben würde. Der junge Mann war nicht im Besitz eines Organspendeausweises. Leander als ein Befürworter der Transplantationsmedizin, trat also an die Mutter von Benjamin heran mit der Frage, ob sie sich für den Fall des Todes ihres Sohnes Gedanken über Organspende machen möchte. Das ist in der Situation für einen nahestehenden Angehörigen eine unglaublich sensible Fragestellung, wie Sie sich denken können. Die Hoffnung auf Genesung zu zerstören, durch die Beantwortung der Frage einer Organspende zuzustimmen oder nicht, eine Gratwanderung der nervlichen Belastung. Die Mutter hatte sich Bedenkzeit erbeten."

„Erlauben Sie mir eine Frage, Professor Gramm: Ein Mensch, der als Hirntod diagnostiziert wird, ist doch lediglich, als Laie möchte ich es einmal ‚tot im Hirn, aber ansonsten nicht' formulieren. Ist das so?", wendet sich Anders Brinckmann an den Mediziner.

„Mein lieber Herr Brinckmann, da gibt es mittlerweile sehr unterschiedliche Auslegungen, aber sie haben recht. Tod und Hirntod sind zweierlei. Darauf beruhen auch die Forderungen an den Gesetzgeber, hier endlich für klare Verhältnisse zu sorgen. In unserem Land gilt nach wie vor die Definition, dass mit dem Ausfall des Gehirns kein im Einklang stehendes

Ganzheitliches mehr vorhanden ist. Doch lassen Sie mich kurz erläutern. Es ist durchaus denkbar, dass trotz Hirntoddiagnose einige Körperfunktionen noch erhalten sind. Ist also eine Organentnahme vorgesehen und der Hirntod festgestellt worden, bekommt der Patient Schmerzmittel und Muskelentspannungsmedikamente, um eine optimale Explantation durchführen zu können. Aber kommen wir zurück zum Fall. Benjamins Mutter hat sich für die Organspende entschieden. Als nun für Doktor Hagedorn die Anzeichen für den Hirntod von Benjamin sichtbar wurden, entschied er sich, die erforderliche Diagnose durchzuführen. Und hier kommen wir zu dem Punkt, wo die Angelegenheit einen für Hagedorn ungünstigen Verlauf genommen hat. Wie Ihnen sicher bekannt ist, bedarf es zweier Ärzte, die unabhängig voneinander die Tests auf Hirntod durchführen müssen. Obwohl in unserem Haus strenge Verfahrensregeln gelten, hat Leander Hagedorn einen Mitarbeiter der Deutschen Stiftung Organspende, kurz DSO, kommen lassen. Ein Verstoß nach dem Gesetz lag nicht vor. Insofern auch kein Thema für die Öffentlichkeit, aber damit hat er sich, wie Sie sich denken können, auf der Station keinen guten Dienst erwiesen. Wie gesagt, er hätte jemanden aus dem Kollegium hinzuziehen können. So ist es auch üblich. Es kam zu Spekulationen, zu Unstimmigkeiten bis hin zu der Forderung, ich möge ihn aus dem Team ausschließen. Vorwürfe von Vertrauensmissbrauch wurden laut. Das Ganze ging sogar so weit, dass man ihm unterstellte, er habe zu früh die Explantationen bei Benjamin favorisiert, um einem Empfänger seine Leber implantieren zu können. Das waren ungeheuerliche Vorwürfe. Doktor Hagedorn hat an seinem Verhalten nichts Verwerfliches gefunden. Er gab vor, den

Mitarbeiter der DSO zu kennen und ihn für die Diagnose bestellt zu haben. Punkt. Ich als Chef konnte diese Handhabung selbstverständlich keineswegs gutheißen und habe ihm eine Rüge erteilt. Meine Mitarbeiter habe ich gebeten, den Ball flach zu halten. Es ist unschwer zu erkennen, was passiert wäre, wenn der Name unserer Klinik in die anderenorts laufenden Diskussionen hinsichtlich eines Organspendeskandals aufgetaucht wäre. Ob nun etwas dran ist oder nicht, ihr guter Ruf nimmt Schaden, so oder so. Insofern bin ich froh, dass die Kollegen sich beruhigten, aber Leander hatte seitdem eine Außenseiterposition. Genau genommen, kann man ihm nichts vorwerfen. Aber es ist nicht ausschließlich Geschmackssache, und da hat er in den großen Bruder des Fettnäpfchens getreten."

„Sie erwähnen das alles, als handelte es sich mal gerade um eine Blinddarmoperation, Herr Professor Gramm. Es waren schwerste Vorwürfe, die man Hagedorn gemacht hat. Wieso konnten Sie sie mit einer Rüge aus der Welt schaffen? Was machte Sie so sicher, dass nicht möglicherweise ein Skandal zutage treten würde, wenn Sie der Sache weiter auf den Grund gegangen wären? Immer wieder steht doch im Fokus, dass sich Ärzte bewusst, aber das sei im vorliegenden Fall nun mal dahingestellt, empfängerorientiert verhalten. Das bedeutet doch, dass daraus resultierend die Frage auftaucht, wer steht als Empfänger auf der Liste auf Platz eins und wie kommt er dahin? Schon die Aktualität der Thematik hätte Sie weiter recherchieren lassen müssen. Stattdessen erteilen Sie Ihrem Mitarbeiter eine Rüge und beruhigen das Team. Es tut mir leid, aber ich kann mir sehr gut ausmalen, dass Sie Ihre Scheuklappen tragen, weil Sie gar nicht sehen wollen, dass möglicherweise doch etwas an der Sache nicht korrekt ist. Vielleicht haben Sie sogar davon gewusst", provoziert Michaela Breitkreuz.

Der Professor lässt sich nicht aus der Ruhe bringen. „Sie sind Polizistin, Frau Breitkreuz, deshalb sehe ich Ihnen die schweren Unterstellungen nach. Ich will sie einfach mal nicht gehört haben. Doch wenn Sie einverstanden sind, kehren wir zurück zu Hagedorn. Er war ein absolut kompetenter und zuverlässiger Kollege. Nach unserem Vieraugengespräch war ich hundert prozentig überzeugt, dass lediglich ein Sich-beweisen-wollen das Motiv für sein Verhalten war. Benjamin wurde ins Transplantationszentrum verlegt. Die Explantation der Leber und Nieren wurden durchgeführt, dann nahmen die Dinge ihren Lauf. Die DSO ist für die Organisation der Spenden zuständig, von da aus gehen die Daten an Eurotransplant. Was dann damit geschieht, wird von uns aus in der Regel nicht weiter verfolgt. So auch in diesem Fall. Die Mutter von Benjamin hat sich kurze Zeit später noch einmal mit schweren Vorwürfen an unsere Klinik gewandt. Sie habe sich auf die Schnelle entscheiden müssen, habe geglaubt, wenn schon ihr Sohn sterben müsse, jedenfalls dem Empfänger der Organspende das Leben verlängern zu können. Welche Qualen aber ihr Sohn möglicherweise hat erleiden müssen, darüber sei sie nicht aufgeklärt worden."

„Was meinte sie mit ‚Qualen erleiden'?", will Michaela wissen, „hat Benjamin Schmerzen erleiden müssen durch die Explantation oder gar durch den Hirntodtest?"

„In den Medien stand die Thematik groß und breit immer wieder im Brennpunkt. Und Sie wissen selbst, wenn die Presse beginnt, ein Thema auszuschlachten, dann gibt es kein Halten. Und so hat auch die Mutter von Benjamin erfahren, dass man, wenn der Hirntodtest durchgeführt wird, lediglich davon ausgeht, dass der Patient tatsächlich hirntot ist. Deshalb bekommt er vor dem Test keine Schmerzmittel, weil diese das Ergebnis verfälschen würden. Das hat Spekulationen und Zweifel bei der Frau ausgelöst und sie auf die Barrikaden steigen lassen."

„Ist ja eine Schweinerei", entfährt es der Beamtin.

„Ich kann Sie verstehen, Frau Breitkreuz, aber so ist das allgemein angewandte Verfahren. Zu bedienen sind die Begriffe biologischer und neurologischer Befund. Die Hirntoddiagnose bei Benjamin war weder ungesetzlich noch befand sich der Kollege in der Grauzone. Sie können auf andere Weise keine Gewissheit herbeiführen. Aber ich kann nachvollziehen, wenn man als Laie betroffen ist und hinterher mit mehr oder weniger schlimmen Aussagen aus den Medien konfrontiert wird oder wie Sie jetzt als Ermittler in einer Sache über diese Dinge etwas erfährt."

„Ich meine nicht, dass das Verfahren eine Schweinerei ist, sondern dass man die Frau nicht darüber aufgeklärt hat, wie die Tests möglicherweise von ihrem Sohn erlebt werden, sollte er wider Erwarten nicht hirntot gewesen sein. So eine Frau hat ein Recht darauf, aufgefangen und unterstützt zu werden. Man hätte sie an die Ethik-Kommission verweisen können, die es hier im Haus gibt. In dieser Gruppe von Sachkundigen hätte sie alle ihre Fragen beantwortet bekommen. Aber dann hätte sie sich vermutlich gegen eine Organspende entschieden und deshalb verzichtet man darauf? Es ist unglaublich. Stellen Sie sich nicht manchmal die Frage nach der Ethik, Professor? Selbst wenn Sie nicht aufklären müssen, Sie könnten es tun. Das ist doch keine Frage des Geschmacks! Hoch lebe die Organspende!" Michaela Breitkreuz verbirgt ihre Erregung nicht.

„Wenn Sie keine Fragen mehr haben, würde ich gerne meiner Arbeit wieder nachgehen."

„Ich möchte wissen, ob Sie privat Kontakt zu den Eheleuten Hagedorn pflegten, Herr Professor Gramm", will Anders Brinckmann wissen.

„Ja, wir hatten gelegentlich privaten Kontakt, zumal meine Frau und ich viele Jahre mit Verena befreundet waren. Das machte die Sache für mich natürlich nicht einfacher. Allerdings haben wir uns nach diesem Vorfall privat nicht mehr getroffen. Ich habe mit meiner Frau eine sechswöchige Fernreise gemacht, danach hatte Leander Urlaub. Und nun, na ja. Es ist alles sehr bedauerlich."

„Ich denke, dass wir im Augenblick keine weiteren Fragen haben. Danke, dass Sie sich Zeit genommen haben. Hast du noch was, Michaela?"

„Nee, ich bin bedient. Sollten noch Fragen auftauchen, melden wir uns bei Ihnen, Professor. Schönen Tag noch."

Die Beamtin wirft den Kopf in den Nacken und geht Richtung Tür.

Anders dreht noch einmal um.

„Beinah hätte ich es vergessen. Schildern Sie doch bitte kurz, wie es dazu kam, dass Leander Hagedorn in Ihrer Klinik eine Anstellung erhielt."

„Vor einigen Jahren lernte ich auf einer Kreuzfahrt im Mittelmeer einen Kollegen von den Fachkliniken Nordfriesland in Bredstedt kennen. Im Laufe der drei Wochen haben wir uns angefreundet und sind seit der Zeit im Kontakt geblieben. Einmal habe ich in den Fachkliniken Bredstedt an einer Fortbildung zum Thema Sucht teilgenommen. Ist ja von hier aus nur ein

Katzensprung dorthin. Eines Tages rief mich der Kollege an und machte mir Leander Preuss, so hieß er ja zu der Zeit noch, als einen sehr guten Mitarbeiter schmackhaft. Das war kurz bevor Leander seine Therapie in Bredstedt beendet hatte. Ich war nicht abgeneigt, zum einen schätzte ich die Meinung von Doktor Braun, zum anderen hatte meine Station Bedarf. Eine Ausschreibung für die Stelle eines Neurologen hatte es schon gegeben. Aber lange Rede, kurzer Sinn: Einige Wochen später wurde Leander zu einem Vorstellungsgespräch eingeladen. Und nach einer engeren Auswahl hat er bei einem weiteren Gespräch das Rennen gemacht. Die Entscheidung war einstimmig auf ihn gefallen. Er hat uns davon überzeugt, dass wir es mit einem tadellos pflichtbewussten Mitarbeiter und einer außerordentlich beeindruckenden Fachkompetenz zu tun haben. Ebenso hat seine präzise, beinahe leidenschaftliche Motivation das Team überzeugt. Das führte dann dazu, dass er eingestellt wurde. Nach seiner Entlassung in Bredstedt ist er nach Hamburg gezogen, und ich habe mich ein wenig um seine Eingliederung, wenn man so will, gekümmert. Mit meinem Dazutun ist er später auch mit Verena zusammengekommen."

„Sie haben schon gewusst, dass Hagedorn seinen Arbeitsvertrag mit dem Husumer Krankenhaus im beiderseitigen Einvernehmen aufgelöst hat? Haben Sie mit ihm über die Gründe gesprochen?"

„Ja, sicher habe ich das gewusst. Sehr offen hat er mit mir seine damalige Situation geschildert. Zu seiner Husumer Zeit steckte er tief in der Sucht, war ein völlig anderer Mensch, angetrieben vom Zwang, den nächsten Rausch zu erleben. Rausch in jeder Hinsicht, ob nun Frauen oder Alkohol. Damit war es nach der

Therapie vorbei. Er hatte seinem Leben eine andere Struktur gegeben. Für mich klang seine Haltung plausibel und glaubhaft. Trotzdem habe ich nach dem Gespräch Rücksprache mit Doktor Braun vom Fachkrankenhaus Bredstedt gehalten, der meinen guten Eindruck von Leander absolut bestätigen konnte."

„Haben Sie vielen Dank, Professor. Ich hätte dann im Augenblick auch keine weiteren Fragen mehr. Schönen Tag noch."

„Warst ganz schön widerborstig unterwegs bei der Befragung", wendet sich Anders an seine Kollegin, als er sie auf dem Flur vor der Stationstür erblickt.

„Der hat mich fast zum Überkochen gebracht. Bin sowieso auf Kriegsfuß mit der ganzen Thematik Organspende und so. Ich wäre gerne Organspenderin, weil ich auch den Bedarf sehe, aber die Schweinereien, von denen man immer wieder liest, da will ich einfach nicht mitmachen, verstehst du? Da bin ich sicher nicht die Einzige."

„Ich versteh' dich, Michi. Zum Runterkommen brauchen wir jetzt erst mal 'n Kaffee. Klein, schwarz und süß. Machst du mit?"

„Klar mach' ich mit, bin total auf Entzug nach dem Zeug."

Es ist Freitagnachmittag, somit Wochenende für die Kripobeamten der Husumer Polizeidienststelle.

„Bis morgen dann, Nane", ruft Oke seinem Kollegen zu, als dieser gerade sein Büro abschließt, „und bring' den großen Hunger mit. Gerlinde hat sich ein opulentes Programm überlegt."

„I will do my very best, Oke. Bis morgen und Grüße."

Der Hauptkommissar schwingt sich auf sein Fahrrad.

‚Jetzt gönn' ich mir am Hafen erst mal ein Stremellachsbrötchen', denkt er bei sich und radelt Richtung Hafenstraße. Das Wetter zeigt sich von der besten Seite und so soll es auch das Wochenende über bleiben.

„Ach, du liebe Zeit", entfährt es Nane, als er von der Hafenstraße um die Ecke biegt und die lange Menschenschlange vor dem Fischhaus Loof entdeckt.

‚Ist eben Hochsaison und Touriwetter', murmelt er vor sich hin und stellt sich hinten an.

„Moin Nane, Feierabend?", begrüßt ihn der Fischhauschef, als er an der Reihe ist.

„Ja, und dazu noch Wochenende. Wohlverdientes Wochenende. Mach' mir doch 'nen richtig feistes Stremellachsbrötchen und 'ne Cola dazu."

„Habt ihr den Mörder von der ‚Knickleiche' schon gefasst?"

„Nee, noch nicht, Dirk. Wir sind am Ball, aber konkret gibt's nur das, was du eh schon aus den Husumer Nachrichten weißt."

„Lass' dir das Brötchen schmecken, Nane, und schönes Wochenende."

Der Beamte erwischt einen freien Platz auf einer Bank vor dem Haus und beißt genussvoll in das knackfrische Brötchen.

Auf dem Nachhauseweg kauft er ein paar Lebensmittel für das Wochenende ein.

‚Wenn ich am Wochenende abschalten will, muss ich mir gleich noch mal den Fundort der Leiche genauer ansehen. Das Ganze lässt mir einfach keine Ruhe. Danach fahr' ich zu meinem Lieblingsplatz vor der Mauer am Kirchlein am Meer und genieße dann später von da aus den Sonnenuntergang. Ein schöner Einstieg für das Wochenende.

Ach herrje, der Rasen. Schreit ja zum Himmel, wie der aussieht. Irgendwie malträtiert ein ungepflegter Rasen stets mein Gewissen, wieso eigentlich? Wenn meine Haare doch auch so ein nachwachsender Rohstoff wären, aber da ist Schicht im Schacht. Na ja, wat mutt, dat mutt.'

Kurze Zeit später steht der Rasenmäher wieder an seinem Platz und Nane schwingt sich auf seinen Drahtesel. Er nimmt den Weg über die Alte Landstraße zum Tykisberg, wo man die Leiche vor einigen Tagen fand. Beim Blick über die Koppeln kann man am Horizont die Getreidesilos am Husumer Hafen erkennen. Eine Weile genießt er den freien Blick nach Husum rüber.

‚Ob nun schöne Aussicht oder nicht, hier ist ein Mord aufzuklären und die nüchterne Betrachtungsweise gefragt.

Genau an dieser Stelle wollen Verena und Leander Hagedorn einander mal ewige Treue geschworen haben. Das ist lange her. Und wie wir inzwischen wissen, sind ewige Treue und Leander Hagedorn nicht wirklich kompatibel. Treu bis in den Tod war der jedenfalls nicht. Verena kommt als Racheengel nicht infrage, das steht auch fest.

Ist mir alles noch ein bisschen schleierhaft, das Ganze. Wem hat Hagedorn so Fürchterliches angetan, dass er dafür sterben musste? Angenommen, es handelt sich um ein und denselben Täter, warum wurde auch Verena Hagedorn umgebracht?

Man kann es drehen und wenden wie man will, im Augenblick bleibt nur die wirklich schöne Sicht auf die Skyline von Husum und zwei unaufgeklärte Morde an einem kinderlosen Ehepaar.

Verflixt und zugenäht, kinderlos. Ich muss noch mal mit dem Neffen reden! Der hat doch verlauten lassen, dass es ein Testament gibt. Das mach' ich gleich am Montagmorgen. Wenn Jonas Jeute in Hagedorns Testament zum Kreis der Begünstigten gehört, hätte der das stärkste Motiv überhaupt.

‚So, und jetzt ist Schluss, jetzt ist wirklich Wochenende', ruft sich Nane zur Ordnung und radelt weiter Richtung Campingplatz. Er überquert an der Ecke zur Nordseestraße den großen Parkplatz von Blumen Höfer. Der Seniorchef räumt gerade die Kisten mit den prächtigen gelben Sonnenblumen in den Laden zurück.

„Noch immer kein Feierabend, Hartmut?", ruft Nane ihm zu.

„Moin Nane, wenn man selbstständig ist, gibt's keine geregelte Arbeitszeit so wie bei dir. Für uns fängt der Arbeitstag vor dem Aufstehen an, und wie du siehst, ist er immer noch nicht zu Ende.

Gibt's was Neues von der ‚Knickleiche'?"

„Kann ich nix zu sagen, Hartmut, hab gerade Wochenende gemacht. Aber guck' in die Husumer Nachrichten, mehr weiß ich auch nicht. Kannst mir für morgen 'ne Schale mit mediterranen Kräutern bepflanzen, vielleicht noch 'ne schöne Flasche Olivenöl dazu? Bin zum Grillen eingeladen. Wär' doch 'n schönes Mitbringsel, was meinst du?"

„Gute Idee. Mach' ich dir fertig. Kannst sie gegen Mittag abholen."

„Danke. Schönen Feierabend, bis morgen."

Kurze Zeit später verzehrt Lüders auf einer Bank gegenüber des Campingplatzes genüsslich ein Eis und genießt den schönen Blick auf die Nordsee.

Er entschließt sich, dem Sonnenuntergang vom Badesteg aus zuzusehen und dabei die Seele ein bisschen baumeln zu lassen. ‚Die Brücke ist was für Romantiker', brummelt er vor sich hin, ‚trotzdem mag ich sie. Hier kannst du den Schlick bei Ebbe so richtig inhalieren und bei Flut ein Bad nehmen oder die Füße im Wasser erfrischen.'

Am Samstag gegen siebzehn Uhr radelt Nane in Husum Richtung Woldsenstraße. Der Minikräutergarten für Gerlinde steht gut befestigt im Fahrradkorb. In Folie gewickelt und mit buntem Kräuselband versehen macht er ordentlich was her. Er drückt den Klingelknopf, über dem ein tönernes Schild hängt. ‚Hier leben, lieben und streiten ...'

Gerlinde öffnet die Tür.

„Grüß' dich, Nane, schön, dass du da bist. Komm rein", begrüßt ihn herzlich die Gastgeberin.

„Hier, für dich, Gerlinde. Vielen Dank für die Einladung. Hab mir gedacht, dass bei deiner Leidenschaft fürs Kochen dir so 'n paar Kräuter Freude bereiten."

„Dank' dir, Nane. Das ist wunderbar. Ich liebe frische Kräuter, kann davon gar nicht genug bekommen. Rosmarin, Salbei, Bohnenkraut, Thymian und dann noch das Olivenöl. Toll, wirklich sehr originell. Geh mal durch zur Terrasse. Einige Gäste sind schon da. Oke wird dich mit ihnen bekanntmachen. Ich komm' gleich nach."

Als Nane aus dem Wohnzimmer in den Garten tritt, trifft ihn der Schlag.

‚Donnerschlag, wo bin ich denn hier gelandet?', entfährt es ihm. Überwältigt von dem Ambiente, das die Gastgeber mit viel Liebe durch kleine Laternen, winzige Sträußchen von Sommerblumen und langen weißen Tischtüchern auf den Stehtischen gezaubert haben.

An einem großen Grill im hinteren Teil des Gartens entdeckt er den Gastronomen, der in der Nähe des Husumer Rathauses sein Hotel betreibt.

„Moin Reinhard," ruft er zu ihm hinüber. Doch Reinhard entgeht der Gruß, weil er seinen Servicekräften, den Mädels in weißen Blusen und weinroten langen Schürzen, Anweisung gibt.

„Das ist ja 'ne richtige Gourmetmeile da hinten", brummelt Nane vor sich hin, gerade in dem Moment, als Oke ihn gewahr wird.

„Moin Nane. Mensch, schön, dass du da bist."

„Ich freu' mich auch, Oke. Aber was ist das denn hier für 'ne Veranstaltung?"

„Hatte ich dir nicht gesagt, dass Gerlinde eine große Feier mit Catering geplant hat? Freu' dich einfach und genieß' den Abend."

„Das werde ich, Oke. Das werde ich ganz bestimmt."

„Komm, ich stell dich den Gästen vor. Was willst du denn trinken?"

„Gib mir mal 'ne Apfelschorle."

Oke führt seinen Kollegen herum und stellt ihn den anderen Gästen vor. Gerlinde kommt mit einem weiteren Gast aus dem Haus. Nane stutzt: die Frau hat er irgendwo schon mal gesehen.

„Darf ich euch miteinander bekanntmachen, Frauke? Das ist Nane, ein Kollege von Oke."

„Das glaub' ich jetzt nicht. Frauke? Die Frauke vom Amt für Land- und Wasserwirtschaft? Genau. Die schmucke Deern aus dem Vorzimmer vom Chef, die ich so gerne leiden mochte, die aber leider vergeben war damals."

„Genau die Frauke. ‚Landesbetrieb für Küstenschutz, Nationalpark und Meeresschutz Schleswig-Holstein' heißt der Laden übrigens heute. Mensch, Nane, wie lange ist das denn her?"

„Ich glaub' das war in den Siebzigern. Watt löpt de Tied."

„Hab gar nicht gewusst, dass du ein Kollege von Oke bist. Wie geht's dir denn, wo ..."

Verwundert sehen sich Gerlinde und Oke an und überlassen die beiden ihrer begeisterten Wiedersehensfreude. In kürzester Zeit sind Nane und Frauke der Wirklichkeit entrückt und nehmen Platz auf der weißen Friesenbank vor dem Rosenbeet.

„Erzähl mir von dir, Frauke. Was hast du die ganzen Jahre gemacht, wo wohnst du?"

„Ich glaub', das willst du gar nicht wissen, Nane. Aber eins verrate ich dir: Ich hab ein Haus auf Nordstrand und da wohn' ich auch. Eine kleine Ferienwohnung, vermiete ich als Zubrot zu meiner Rente und bin gut zufrieden mit allem wie es ist."

„Wieso bist du Rentnerin?"

„Ist 'ne lange Geschichte, Nane. Ich hatte Krebs, Brustkrebs, und als der weg war, war auch mein Mann weg. Dann bekam ich schwere Depressionen. Das waren Jahre, die ich nicht noch mal mitmachen möchte. Aber heute geht's mir wirklich gut. Ich lebe allein und das ist wunderbar so. Kann es mir anders auch gar nicht mehr vorstellen und ich weiß genau, was ich will und was nicht. Ich muss mich nicht mehr verbiegen, um gemocht zu werden. Und was ist mit dir? Als Kollege von Oke bist du bei der Kripo, aber was machst du sonst? Hast du Familie?"

„Weißt du, Frauke, in meinem Leben gab es auch so eine Art Wendepunkt. Früher hab ich ziemlich viel gesoffen, und bis ich begriffen hatte, dass ich da dran was ändern muss, war meine Frau mit ihren Kindern weg. Ich selber hab keine Kinder, aber die von Erna waren mir sehr ans Herz gewachsen. Leider hab ich keinen Kontakt zu ihnen. Dafür hat Erna gesorgt. Sie hat kein gutes Haar an mir gelassen. Aber ich will mich nicht beklagen. War bestimmt kein schönes Leben mit mir als Säufer. Heute geht es mir prima. Ich wohn' in meinem Haus in Hockensbüll. Mein Privatleben verläuft moderat, spannend ist es manchmal im Dienst und das reicht mir an Trubel. Ich liebe mein Haus und den kleinen Garten, fahre viel mit dem Rad. Und ich schreibe Tagebuch."

„Wie bist du da denn draufgekommen? Das ist ja für einen Mann ganz ungewöhnlich."

„Meine nasse Zeit, die Trennung und alles was damit zusammenhing, wie Schulden abzahlen und das Leben insgesamt wieder auf die Reihe kriegen. Da hat die Therapie in Bredstedt nicht ausgereicht. Ich musste den ganzen Kram für mich klarhaben und da hab ich angefangen alles aufzuschreiben und mich davon zu verabschieden. So 'ne Art Schreiben als Therapie. Hat mir gut getan, kann ich nur empfehlen. Auf dem Papier kannst du viel lassen und du kannst sicher sein, es bleibt auch da. So einer alten Kladde kannst du alles anvertrauen."

„Mensch, Nane, das klingt ziemlich philosophisch, fast ein bisschen sentimental. Ich freu' mich schrecklich, Dich hier zu treffen", sprudelt es aus Frauke heraus. Spontan drückt sie dem Mann einen Kuss auf die Wange.

„Ich freu' mich auch, Frauke."

Inzwischen sind die Gäste vollzählig und Gerlinde eröffnet das Buffet.

„Lasst es euch schmecken, Freunde. Reinhard ist für das Grillen zuständig und seine Mädels werden euch mit Getränken versorgen. Also, wir wünschen allen einen guten Appetit. Prost zusammen, auf einen schönen Abend."

Beim Essen an der langen Tafel sitzen Nane und Frauke nebeneinander.

„Das ist ja alles vom Feinsten. Ich hab lange nicht mehr so vorzüglich gespeist", bemerkt Nane, nachdem er seinen Teller zum dritten Mal mit Fleisch und Salat gefüllt hat."

Nach dem Essen sorgt ein Double von Marlene Jaschke für Unterhaltung. Danach darf das Tanzbein geschwungen werden.

Die Frau mit der Hornbrille und der roten Handtasche über dem Arm wendet sich an Frauke mit der Frage: „Is' das etwa Ihrer?", dabei zeigt ihr Finger ungeniert auf Nane.

„Noch nicht", hört man Gerlindes Zwischenruf aus der hinteren Ecke, was die Gäste sehr zu amüsieren scheint. Nane und Frauke schmunzeln.

Die Sonne ist längst untergegangen, der Nachthimmel sternenklar. Die bunten Lichterketten setzen den Garten ganz zauberhaft in Szene. Es herrscht Partystimmung wie sie besser nicht sein könnte. Gerlinde fordert ihre Gäste auf, das Tanzbein zu schwingen.

„Tanzt du gerne, Frauke?", will Nane wissen, bevor er sich traut, Frauke zum Tanzen aufzufordern.

„Früher ja, aber mein Exmann hat mir den Spaß am Tanzen so richtig vergrault. ‚Lerne erst mal richtig tanzen', hat er mir immer vorgehalten. Er war nämlich Tango-Tänzer, weißt du. Ich kann ja einiges, aber Tango hab ich nie hingekriegt. Da haben wir einfach nicht zusammen harmoniert. Dann ist er alleine Tango tanzen gegangen. Na ja, und was dabei rausgekommen ist, kannst du dir denken. Aber warum fragst Du, woll'n wir mal?"

‚That same old feeling' ertönt aus dem Lautsprecher.

‚Nich weit davon wech', denkt Nane, legt Frauke seine rechte Hand in die Taille und sie beginnen sich im Rhythmus der Musik zu bewegen.

„Bist ganz schön flott drauf, Nane. Ich bin begeistert."

„Bin selber begeistert. Woll'n wir mutig auf der Fläche bleiben, egal was kommt?"

„Klar, sind wir Schisser?"

„Sind wir nicht, Frauke."

‚Schenk mir noch eine Stunde' ist das nächste Stück, nach dem das Paar sich auf der kleinen Fläche etwas näher kommt. Nur der Durst treibt sie gelegentlich an die Theke, ansonsten scheinen sie das Tanzen für sich entdeckt zu haben.

Inzwischen ist es eng auf der Tanzfläche geworden. Es scheint, als hätten Frauke und Nane die übrigen Gäste angesteckt.

„Sieh mal die beiden, Gerlinde", stubst Oke seine Frau an und nickt in Richtung seines Kollegen.

„Sieht aus, als würden sie sich gut verstehen. Das freut mich für Nane. Wird Zeit, dass er mal aus seinen vier Wänden rauskommt."

Es ist beinahe drei Uhr früh, als Nane und Frauke Hand in Hand in Schobüll auf dem Badesteg in Richtung Nordsee gehen.

„Ich kann's nicht glauben, Nane. Wenn mir jemals jemand gesagt hätte, ich würde irgendwann in meinem Leben noch mal mit einem Mann Hand in Hand gehen, dem hätte ich ziemlich zügig den Vogel gezeigt."

Nane legt Frauke seinen Arm um die Schultern und zieht sie ein Stückchen weiter zu sich heran. Sie erwidert seine Annäherung, indem sie von hinten seine Taille umfasst.

„Hast schon gesehen, Frauke, wir haben Hochwasser und warm ist es auch. Wir sollten uns eine kleine Abkühlung gönnen. Lass uns 'ne Runde schwimmen."

„Du bist verrückt, Nane."

„Das hättest du mal zu mir sagen sollen. Aber im Ernst: ich geh' auch als Erster rein."

Frauke schweigt.

Am Ende des Stegs angekommen, setzen sie sich dicht beieinander auf die oberste Treppenstufe und schauen schweigend auf das wellenlose Wasser. Nane zieht Schuhe und Strümpfe aus und hält die Füße ins Wasser.

,„Ist ganz warm, Frauke, den ganzen Tag über hat die Sonne den Schlick erwärmt."

Zügig legt der Mann die Kleidung ab und lässt seinen Körper ins Wasser gleiten. Mit ein paar Schwimmzügen entfernt er sich vom Steg.

„Das solltest du dir nicht entgehen lassen, Frauke. Komm rein, ich guck' auch nicht!", ruft er ihr aus ein paar Metern Entfernung zu, ohne sich dabei umzudrehen. Im nächsten Moment hört er ein Platschen und mit wenigen Zügen ist Frauke an seiner Seite. Wortlos schwimmen sie nebeneinander her. Zug um Zug hinein in den neuen Morgen. Lautlos die Stille, nur ihre Schwimmbewegungen erzeugen ein gleichmäßiges leises Rauschen.

„Es ist fantastisch, Nane. Ich dank' dir", flüstert Frauke, als sie an den Holzstufen der Treppe wieder ankommen.

„Ja, das ist es."

Schweigend steigen sie aus den Fluten und brausen unter der Frischwasserdusche das Salz von ihrer Haut. Nane legt liebevoll sein T-Shirt um Fraukes Oberkörper und beginnt mit zärtlich kreisenden Bewegungen, ihren Rücken abzutrocknen.

Frauke dreht sich zu ihm hin. Als ihre Blicke sich treffen, zieht Nane sein Gegenüber dicht zu sich heran, und als ihre Körper auf der schmalen Bank sich finden, scheint nichts mehr wichtig. Selbstlos geben sie sich dem anderen hin, flüstern zärtlich, leise, um schließlich vom Sog der Gefühle sich mitreißen zu lassen und schwerelos darin zu ertrinken.

Lange verweilen sie schweigend aneinander gekuschelt auf der kleinen Bank. Die Nordsee zieht sich zurück, gibt hier und da ein Stückchen wellengeschliffenes Watt frei. Der Himmel im Osten erhellt sich.

Ein verliebtes Paar tritt den Rückweg an. Der Mann hat den Arm um die Taille der Frau gelegt. Niemand sagt ein Wort, jeder genießt die Stille des Augenblicks auf seine Weise.

Vor Nanes Haus stellt Frauke den Motor ab. Er schaut sie an.

„Es war ein wunderbarer Abend, Frauke. Darf ich dich mal anrufen?"

Frauke nickt und Nane bemerkt, dass ihre strahlenden Augen einen feuchten Glanz haben.

„Komm' gut nach Hause."

Er winkt ihr nach, als sie vom Hofplatz fährt, geht ins Haus und lässt sich in Großmutters Ohrensessel fallen.

„Was für eine Nacht, was für eine wunderbare Nacht. Danke."

Montagmorgen Punkt sieben Uhr betritt Nane fröhlich pfeifend das Dienstgebäude.

„Moin Nane", grüßt der Kollege Fritz Hansen, „so gute Laune am Montagmorgen? Hattest ein gutes Wochenende?"

„Moin Fritz. Kann man so sagen. Ich hatte ein ausgezeichnetes Wochenende, war zum Grillen eingeladen. Und Du?"

„Na, ging so. Eigentlich wie immer, nichts Aufregendes. Ich wünsch dir 'ne schöne Woche, Nane."

„Auch so."

In Nanes Kopf herrscht immer noch ein ziemliches Durcheinander, ständig muss er an den Grillabend und an Frauke denken. Gestern schon spukte sie ihm den ganzen Tag über im Kopf herum. Der Abend mit Frauke hatte ihn ganz schön auf Trab und ein bisschen auch auf eine andere Spur gebracht. Nicht unangenehm, aber ungewohnt irgendwie. Frauke hatte in ihm etwas geweckt, das er längst verloren geglaubt aber auch nicht wirklich vermisst hatte. Er spürte Leichtigkeit.

‚Nun ist aber Schluss mit sentimental', ruft er sich zur Ordnung, ‚schließlich bin ich zum Arbeiten hier und nicht zum Träumen.'

Über sich selbst schmunzelnd bricht er auf, um Jonas Jeute die Freigabe der Leichen zur Bestattung mitzuteilen. ‚Das wird ein guter Tag', sagt er zu sich selbst, als er die Bürotür abschließt. Auf dem Weg zu Frau Hansen fällt ihm ein, dass er zu Fuß gehen und keinen Dienstwagen nehmen sollte. ‚Ein paar Kilo weniger auf der Waage würden mir nicht schlecht zu Gesicht stehen', motiviert er sich selbst. Also macht er kehrt und verlässt durch den Vordereingang das Dienstgebäude. Zehn Minuten später ist er schon in der Theodor-Storm-Straße, an dem Haus, in dem Jonas Jeute in der Suchtberatung arbeitet. An der Information erfährt er, dass Herr Jeute eine Woche Urlaub hat.

„Na, das is' ja 'n Ding", meint Nane, „wissen Sie zufällig, ob er verreist ist?"

„Heute dürften Sie ihn wohl noch zu Hause antreffen, soweit ich weiß. Er wollte aber in einer privaten Angelegenheit nach Hamburg."

„Danke für die Auskunft. Dann versuch' ich's mal zu Hause, vielleicht habe ich ja Glück. Schönen Tag noch."

‚Nun wär'n Dienstwagen doch ganz nützlich gewesen. Zu Fuß in die Osterhusumer Straße ist 'n bisschen weit und wer weiß, was noch alles kommt.'

Also geht Nane zunächst zur Dienststelle zurück, besorgt sich einen Autoschlüssel und parkt wenig später auf der Auffahrt neben Jonas Jeutes Haus.

Er drückt auf den Klingelknopf und gleich darauf öffnet Jeute die Tür.

„Moin Herr Lüders. Was für eine Überraschung. Ich hatte eigentlich jemand anders erwartet. Kommen Sie rein. Ich treffe gerade Vorbereitungen für Hamburg. Muss einige Dinge in Sachen Bestattung und Testament erledigen. Sicher haben Sie noch Fragen oder was hat Ihr Besuch zu bedeuten?"

„Herr Jeute, moin erst mal. Ich möchte Ihnen mitteilen, dass die Leichen von Verena und Leander Hagedorn zur Bestattung freigegeben wurden. In diesem Zusammenhang taucht natürlich die Frage auf, wer kümmert sich um die Angelegenheit?"

„Das muss ich ja wohl machen, Herr Lüders. Als Erbe der Verstorbenen fühle ich mich dafür verantwortlich, dass sie ordentlich unter die Erde kommen, oder? Ich habe telefonisch schon einige Dinge geregelt."

„Aber Sie konnten nicht wissen, dass die Leichen freigegeben sind."

„Ich konnte aber wohl davon ausgehen, dass sie nicht ewig und drei Tage in der Kühlung der Rechtsmedizin herumliegen. Und, sicher kennen Sie den Spruch ‚Was du heute kannst besorgen, das verschiebe nicht auf morgen'. Na ja, Spaß beiseite. Wegen des Testaments habe ich mich mit dem Gericht in Verbindung gesetzt. Ohne Geld kann ich natürlich keine Trauerfeier mit Urnenbestattung, Trauerredner und Leichenschmaus ausrichten. So haben die beiden es nämlich testamentarisch festgelegt. Das kostet und ich hab nicht das Geld. Mit dem Friedhof Blankenese hab ich mich schon in Verbindung gesetzt. Wir werden dort an einem noch zu bestimmenden Termin die Trauerfeier in der Kapelle zelebrieren. Sie soll wunderschön sein, die Kapelle, und eine großartige Orgel soll es dort auch geben. Aber Leander wollte bei seinem Begräbnis keine Orgelmusik. Einzig und allein das Lied ‚Die weißen Tauben sind müde' von Hans Hartz soll gespielt werden. Weiß der Geier, was er an diesem Song findet. Aber nun, ist Teil seines letzten Willens. Er ist wohl auch nicht davon ausgegangen, dass sein Tod so nah sein würde. Im Übrigen stimmen die Willenserklärungen der beiden überein. Verena hat, außer, dass Olaf Schrader, den sie einmal in Husum kennengelernt hat, als Trauerredner zu beauftragen ist, weiter nichts bestimmt. So hat mir Leander das jedenfalls gesagt, als wir über das Testament und so weiter gesprochen haben. Aber es ist alles schriftlich festgehalten. Die von der Friedhofsverwaltung sind sehr freundlich und entgegenkommend, auch das mit dem Lied von Hans Hartz geht klar. Das Bestattungsunternehmen Seemann in Blankenese habe ich beauftragt, die Leiche von Leander von der Rechtsmedizin Kiel zu überführen, sobald sie freigegeben ist. Auch dort ist man sehr zuvorkommend und freundlich."

„Na, da waren Sie ja richtig rührig. Wie sieht es aus, wird Ihre Frau bei der Trauerfeier dabei sein?"

„Das weiß ich noch nicht. Ich werde mit Professor Zuber besprechen, ob sie dazu in der Lage sein wird. Wenn er keine Einwände hat, soll sie selbstverständlich teilnehmen."

„Und die Sache mit dem Testament, hat man es Ihnen schon zugeschickt?"

„Nein, es ist ein notarielles Testament. Das Gericht schickt es an den Notar von Verena und Leander, mit dem ich in den nächsten Tagen einen Termin habe. Leander hat darauf bestanden, dass es so gehandhabt wird."

„Da sind Sie ja ziemlich gut vorbereitet für das, was auf Sie zukommt. Sagen Sie, hatte ich Sie eigentlich schon mal nach Ihrem Alibi für die Tatzeit gefragt?"

„Das ist jetzt nicht Ihr Ernst, Herr Lüders. Nach meinem Alibi, wozu brauche ich ein Alibi? Wir waren Freunde, Leander und ich. Wir hatten Pläne und arbeiteten an deren Umsetzung. Und Sie fragen nach meinem Alibi? Das kann nicht Ihr Ernst sein."

„Ja, genau deshalb, weil Sie so dicke Freunde waren, wobei die Betonung auf ‚waren' liegt. Und ich frage nicht aus Spaß an der Freude danach. Wir befinden uns auch nicht in einer Quizsendung, Herr Jeute. Und wenn ich Sie schon gefragt haben sollte, sagen Sie es einfach noch einmal. Nach einer knappen Woche werden Sie sich noch erinnern können. Also, ich höre."

„Ich werte die erneute Frage nach meinem Alibi mal als einen Test Ihrerseits. Aber ich bleibe dabei, dass ich am Tag des Mordes an Leander Hagedorn an meinem Arbeitsplatz gesessen und gearbeitet habe. An diesem Tag war ich sogar besonders lange im Büro. War mit einer Statistik beschäftigt, die alljährlich für die Deutsche Hauptstelle für Suchtfragen zu erstellen ist. Immer dieser Schwachsinn mit den Fallzahlen, die alles und doch nichts belegen. Und am nächsten Tag habe ich dann auch wieder lange daran weitergearbeitet. Zwei Tage vor seinem Tod habe ich mich mit Leander zu einem Herrenabend im kleinen Kreis getroffen, nur er und ich. Da waren die beiden noch in der Bauernhofpension in Schobüll im Urlaub. Habe mich am nächsten Tag mächtig über meinen Brummschädel geärgert, weil ich mich nicht auf meine Arbeit konzentrieren konnte. Und wenn Sie mich jetzt nach Zeugen fragen? Es gibt außer der Stechuhr, die meine Arbeitszeiten aufzeichnet, keine. Zufrieden?"

Es klingelt an der Haustür. Jonas kommt mit einer jungen Frau ins Wohnzimmer.

„Darf ich Ihnen Marion Petereit vorstellen, Herr Lüders. Marion, das ist Hauptkommissar Lüders von der Kripo Husum. Er ermittelt im Mordfall von Leander und Verena. Marion ist eine Kollegin von meiner Frau."

„Guten Tag Frau Petereit, so schnell sieht man sich wieder", sagt Nane erstaunt und an Jonas gewandt: „Ich erinnere mich, Herr Jeute. Quasi Ihre Nachhilfeschülerin in Sachen Sucht, wenn ich mich recht erinnere. Frau Petereit und ich hatten bereits das Vergnügen, kurz miteinander ins Gespräch zu kommen."

„Nachhilfeschülerin? Was soll das denn heißen, Jonas?", entrüstet sich Marion.

„Ich erklär' es dir später, Marion. Hier ist der Autoschlüssel, kannst dein Gepäck schon in den Kofferraum bringen. Ich bin hier gleich fertig."

„Dann will ich mal nicht länger stören, Herr Jeute. Wenn noch was sein sollte, melde ich mich. Gutes Gelingen in Hamburg. Doch eine Frage hätte ich noch: Welche Schuhgröße haben Sie?"

„Fünfundvierzig, wieso ist das wichtig?"

„Danke. Ich finde alleine raus. Auf Wiedersehen. Auf Wiedersehen, Frau Petereit. Sagen Sie, fahren Sie und Herr Jeute in Urlaub?", wendet sich Nane an die junge Frau, die ihren Koffer soeben in Jonas' Auto verfrachtet.

„Urlaub gerade nicht, aber Jonas hat in Hamburg zu tun. Muss sich um die Beisetzung und den ganzen Nachlasskram kümmern. Das hängt ja jetzt alles an ihm. Ich begleite ihn, damit er zwischendurch ein bisschen auf andere Gedanken kommt."

„Das ist sehr nett von Ihnen, Frau Petereit. Eine schöne Zeit denn. Tschüss."

Marion Petereit geht ins Haus zurück.

„Sag' mal, was war das denn für 'ne Nummer? Ich deine Nachhilfeschülerin? Was erzählst du den Leuten für 'n Mist? Ich glaub's nicht!"

„Soll ich der Polizei vielleicht sagen, dass du meine Geliebte bist, mit der ich mich vergnüge, während meine Frau in der Psychiatrie vor sich hindämmert?"

„Denkst du, die sind blöd, Jonas? Wenn du ihnen solche Lügen auftischst, haben sie allen Grund, deine Aussagen noch ein bisschen genauer zu überprüfen. Mann, was sind die Männer bloß hirnrissig, ja, das ist der richtige Ausdruck. Ein Riss im Hirn, durch den das kleine bisschen Verstand sonst wohin rieselt. Apropos ‚sonst wohin': Keine leidenschaftliche Begrüßung heute?"

Marion wechselt das Thema und schlingt ihre Arme um Jonas Hals. Ihren schlanken Körper presst sie dicht an seinen.

„Wie wär's mit ein bisschen Nachhilfe in Sachen Körperbeherrschung?", flüstert sie dicht an seinem Ohr und schiebt ihn in Richtung Sofa.

Bevor Nane zur Dienststelle zurückfährt, macht er einen Abstecher über die Suchtberatung in der Theodor-Storm-Straße.

„Ich hatte Glück, habe Herrn Jeute zu Hause noch erwischt. So konnten meine Fragen schnell beantwortet werden. Nur, Herr Jeute erwähnte, dass ich bei Ihnen einen Ausdruck über seine Anwesenheitszeiten bekomme, ist das richtig?"

„Ja, das ist kein Problem, Herr Lüders. Ich kann die Zeiten direkt von meinem PC ausdrucken. Um welchen Tag handelt es sich?"

„Wenn's keine Umstände macht, drucken Sie am besten die ganze letzte Woche aus."

„Das krieg' ich hin. Aber sagen Sie, stimmt etwas nicht mit Jonas Jeute, hat er was angestellt?", fragt die Frau mit neugierigem Unterton.

„Nein, alles in Ordnung, Frau Hansen, reine Routine. Sie kennen das sicher aus dem Fernsehen. Wenn etwas passiert ist, wird jeder erst einmal nach seinem Alibi gefragt. Und wenn man das anhand eines Computerausdrucks belegen kann, umso besser. Also, keine Gedanken machen."

„Na, dann ist ja alles gut. Kann mir auch gar nicht vorstellen, dass Jonas etwas angestellt haben könnte."

Frau Hansen reicht Nane den Zeiterfassungsbogen über den Tresen.

„Haben Sie vielen Dank, Frau Hansen."

„Gerne. Einen schönen Tag noch."

Auf dem Weg zum Auto wirft Nane einen Blick auf die Zahlen.

„So ein alter Sausack! Ganz schön abgebrüht, der Junge. Hat es einfach drauf ankommen lassen. ‚Hab den ganzen Tag an der Statistik gearbeitet'. Frei hat er gehabt. Einen ganzen Tag Zeitausgleich. Na, das nenn' ich dreist. Warte Bürschchen, hast mich ein bisschen unterschätzt. Jetzt aber nichts wie noch mal hin. Unter diesen Umständen werde ich ihn nicht nach Hamburg fahren lassen."

Mit verschwitzten Haaren öffnet Jonas Jeute die Tür.

„Haben Sie was vergessen?", fragt er in barschem Ton den Beamten.

„An Ihrer Stelle würde ich mir jetzt genau überlegen, was ich sage, Herr Jeute. Was haben Sie sich denn dabei gedacht, mir einfach ins Gesicht zu lügen, Sie hätten Überstunden gemacht, am Tag als Leander Hagedorn starb. Lassen Sie sich also was einfallen, sonst nehme ich Sie vorläufig fest."

Lüders beobachtet durch den Türspalt, wie die junge Frau im Wohnzimmer sich ihren Pulli überstreift und die Sofakissen zurechtschüttelt.

„Kommen Sie rein, Herr Lüders. Es tut mir leid. Sie können sich nicht vorstellen, wie peinlich mir das Ganze ist."

„Da haben Sie recht, Herr Jeute. Das kann ich mir wirklich nicht vorstellen. Ist schon ein bisschen geschmacklos, was ich hier gerade so mitkriege. Aber Anstand ist wohl aus der Mode gekommen. Geht mich ja auch alles nichts an. Also, was tischen Sie mir als Nächstes auf?"

„Ich war den ganzen Tag auf Sylt. Die Wettervorhersage war so günstig, da haben wir gleich morgens einen frühen Zug genommen. Sind dann erst spät wieder in Husum angekommen. Es war ein unvergesslich schöner Tag. Flaniermeile, Strand, Fisch Gosch. Wir haben es uns richtig gut gehen lassen und sogar noch ein paar Klamotten gekauft. Die Kassenzettel müsste ich eigentlich noch haben. Warten Sie mal, ich hole grad mal die Fahrkarte und suche nach den Quittungen. Gott sei Dank wurden wir auf der Hin- und Rückfahrt kontrolliert."

„‚Wir' heißt Sie und Frau Petereit, nehme ich an."

„Ja, ich und Marion."

Nane nimmt die Belege und steckt sie in seine Jacke.

„Können Sie bei Gelegenheit zurückkriegen. Auf Wiedersehen und viel Spaß noch."

Kopfschüttelnd verlässt er das Grundstück in der Osterhusumer Straße.

Es ist Zeit für die Mittagspause. Im Café Tine bestellt Nane das Tagesgericht und sucht sich draußen einen freien Tisch. Von hier aus genießt er den Blick auf den Hafen mit dem dahinter liegenden Rathaus.

‚Immer wieder ein schöner Anblick. Mir hat dieses neue Rathaus von Anfang an gefallen, auch von innen. Hell und freundlich durch das viele Glas, nicht das typische Behördenhaus mit dunklen Fluren und miefiger Luft. Da hat der damalige Bürgermeister sich schon was getraut.'

Er schaut auf die Uhr.

‚Mist, um vierzehn Uhr ist Konferenz mit Flensburg und Hamburg. Das hätte ich beinahe versemmelt', schießt es ihm durch den Kopf.

Er zahlt seine Rechnung und geht zur Dienststelle zurück. Auf dem Flur trifft er die Flensburger Kollegen Hinrichs und Gregersen.

„Moin zusammen. Na, kleinen Betriebsausflug von der Ostsee an die Nordsee organisiert bei dem schönen Wetter?"

„Du sagst es, Nane. Aber davon ab, so weit ist es ja von Flensburg nicht. Und die Konferenz ist echt entspannter, wenn wir bei euch vor Ort sind, als bei einer Dreierschaltung. Das nervt irgendwie."

„Seh' ich aus so. Ich mach' dann mal 'n leckeren Kaffee. Geht doch schon in das Büro von Willi. Ich komm' gleich nach."

Nach einigen Minuten steht die Leitung zum Austausch mit den Hamburger Kollegen.

Willi Mertens eröffnet die Konferenz mit der Neuigkeit, dass in der Psychiatrischen Klinik seit zwei Tagen ein Privatdetektiv als Praktikant unterwegs ist.

„Leander Hagedorn hatte bei der Einweisung von Britta Jeute seine Finger im Spiel und sich bis zu seinem Tod zusammen mit dem Ehemann um dessen Frau gekümmert. Einzelheiten, die ein Eingreifen unsererseits rechtfertigen, konnten wir noch nicht erfahren. Aber Sven Richardsen ist ein guter Mann. In ein paar Tagen sind wir schlauer."

„Jonas Jeute ist heute mit seinem Liebchen nach Hamburg unterwegs, um sich um Trauerfeier, Erbschein und so weiter zu kümmern. Als Täter scheidet er allerdings aus. War nachweislich zur Tatzeit mit seinem Schätzchen auf Sylt", ergänzt Lüders den Sachstand.

Der Hamburger Kommissar berichtet von dem Besuch bei der Bethmann Bank und der Hamburger Sparkasse.

„Hagedorn unterhielt bei der Hamburger Sparkasse sein Gehaltskonto. Ein Geldeingang auf diesem Konto über sechstausend Euro von der Bank of Scotland brachte ans Tageslicht, dass er eben dort ein Tagesgeldkonto unterhielt. Kontostand sechsundneunzigtausend Euro. Die sechstausend Euro wurden von Hagedorn mittels Überweisung diesem, seinem Referenzkonto bei der Hamburger Sparkasse gutgeschrieben. Das Gesamtguthaben gelangte durch mehrere Überweisungen zwischen fünf- und sechstausend Euro von einem Konto bei der Husumer Volksbank auf das Tagesgeldkonto von Hagedorn. Allerdings war dieses nicht sein Gehaltskonto. Weiterhin wurden dreimal zwanzigtausend Euro, also sechzigtausend Euro, von verschiedenen Banken dem Tagesgeldkonto gutgeschrieben. Zweimal von der Deutschen Bank Heidelberg, einmal von der Sparkasse Tönning in Nordfriesland. Auf jedem dieser Geldeingangsbelege stand als Verwendungszweck ‚wegen Kontoauflösung'. Die Konten sind geschlossen beziehungsweise aufgelöst. Die darüber hinausgehenden Guthaben hat Hagedorn in bar abgehoben. Hierbei handelte es sich um kleinere Beträge, so um die tausend Euro jeweils. Die Transaktionen haben im Mai vor zwei Jahren stattgefunden. Die Guthaben bei der Deutschen Bank Heidelberg und bei der Sparkasse Tönning sind überwiegend durch Bareinzahlungen zustandegekommen. In drei Fällen wurden Überweisungen von Pharmafirmen verzeichnet, die keinerlei Grund zur Beanstandung geben, meist Dozentenhonorar. Das alles haben wir mit freundlicher Unterstützung der BaFin ermitteln können. Aufschlussreich war der Besuch bei Professor Gramm. Hagedorn hat sich durch ein Fauxpas im Kollegenkreis selbst ins Abseits geschossen. Er ließ für den

Hirntodtest an einem Patienten für die zweite Meinung einen Mitarbeiter der DSO kommen, anstatt einen seiner Kollegen hinzuzuziehen. Das war ein Fehltritt, den man Hagedorn sehr verübelt hat. Nur mühsam und kräftezehrend ist es Professor Gramm gelungen, Ruhe in sein Team zu bringen. Gramm selbst ist davon überzeugt, dass Hagedorn sich damit lediglich hat beweisen wollen. Was hier wirklich gelaufen ist, wäre vielleicht noch mal ein Fall für ein anderes Dezernat, aber in der Mordsache Hagedorn sind wir bei der Vernehmung der Kollegen nicht weitergekommen. Alle haben für die Tatzeit ein wasserdichtes Alibi. Allerdings, wäre er nicht tot, hätte die geballte Wut jedes Einzelnen ausgereicht, ihn mehrfach umzubringen. Und nun zum Psychodoktor Berthold Kruse. Wir haben seine Praxisräume durchsucht, aber wie gesagt, an den Motiven herumzumutmaßen, reicht nicht für eine Festnahme. Rein theoretisch könnte er für die Tat allerdings infrage kommen. Ein Haftbefehl ist erlassen, jedoch bis auf Weiteres außer Vollzug gesetzt. Kruse kooperiert und hält sich zu unserer Verfügung."

Anders Brinckmann räuspert sich, stellt dann die Frage: „Kommt von euch jemand zur Trauerfeier?"

„Ich würde es mir privat gönnen, an der Trauerfeier der Eheleute Hagedorn teilzunehmen, wenn mein Dienstherr es mir verwehren würde", ergreift Nane das Wort und zwinkert in Richtung Willi.

„Doch ich hoffe sehr, dass Willi mich und Oke beauftragt, diesem Ereignis beizuwohnen."

Jonas parkt sein Auto auf der Auffahrt vor der Garage. Schon oft hat er hier gestanden, wenn er Leander und Verena besuchte. Weit entfernt von Leichtigkeit und Freude öffnet er die Autotür, nimmt den Hausschlüssel aus der Umhängetasche und steht wie gelähmt vor dem Eingang zur Villa.

„Ich kann das nicht, Marion. Ich kann da nicht rein."

„Gib mir den Schlüssel, vielleicht geht's dann besser", sagt die Frau, nimmt Jonas den Schlüsselbund aus der Hand und öffnet die Haustür.

Sie betreten den Vorflur. Die Luft ist stickig. Marion legt den Schlüssel in die riesengroße rote Glasschale auf dem weißen Sideboard. Über einen der metallenen Kleiderhaken an der gegenüberliegenden Wand wirft sie lässig Jacke und Handtasche und öffnet die satinierte Glastür zur Diele. Von dem riesigen Flur mit hellem Marmorboden führen zahlreiche weiße Türen in einzelne Räume. Die Treppe nach oben schmückt ein aufwändig gearbeitetes Geländer aus eloxiertem Stahl.

„Komm", sagt Marion aufmunternd und zieht Jonas in die Diele.

„Geht gleich vorbei dieses fremde Gefühl. Es gehört doch jetzt alles dir. Gewöhn' dich schon mal an den Gedanken, Besitzer dieser atemberaubenden Immobilie zu sein. Außerdem kennst du doch das Haus, warst doch schon öfter hier. Mach' mit mir einen Rundgang. Ich bin schrecklich neugierig, wie reiche Leute so wohnen. Ich glaub', mich trifft der Schlag, Jonas. Schau mal, ein gläserner Aufzug, innen drin total verspiegelt. Lass uns mal rauffahren. Mann, ist das irre."

Schon hat Marion Jonas in den Aufzug bugsiert und auf den Knopf für die zweite Etage gedrückt.

„Haben die beiden hier ganz alleine gelebt? Das kann ich nicht glauben."

Der Aufzug hält und sie kommen in einen Flur, von dem aus einige Zimmer abgehen.

„Guck mal hier: Ein abgeschlossener Bereich, Diele, zwei Zimmer, ein Bad. Für Gäste wahrscheinlich. Sieh dir das Bad an. Fliesen aus Akrylglas zu einer Mohnblumenlandschaft zusammengefügt. Das ist der Wahnsinn."

Die junge Frau ist nicht zu bremsen.

„Marion, bitte. Ich hätte dich ein bisschen sensibler eingeschätzt. Schau dir das Haus alleine an. Mir geht das alles ziemlich an die Nieren. Ich geh' ins Wohnzimmer. Muss erst mal begreifen, was hier passiert ist. Wie konnte ich das so verdrängen? Ich hab's einfach nicht an mich rangelassen", redet der Mann im Fortgehen weiter. Ihm steigen die Tränen in die Augen. Als er die Treppe runtergeht, schüttelt ihn ein Weinkrampf.

Er lässt sich in einen der weinroten Plüschsessel im Wintergarten fallen, hängt die Beine über die Lehne, und schlägt die Hände vors Gesicht.

‚So ein Scheiß, so war das alles nicht gewollt und nicht geplant. Dieser beschissene Abschiedsbrief von Verena, hätte es ihn doch nie gegeben. Sie hat alles vermasselt', schluchzt er fassungslos. Ihm laufen die Tränen aus den Augen und der Rotz aus der Nase.

‚Hätte es ihn doch nie gegeben. Er ist mir seit damals, als Leander ihn mir gegeben hat, nicht aus dem Kopf gegangen.

Verenas Traum wurde zum Drehbuch für zwei Morde ...'

Jonas weiß nicht, wie lange er so dagesessen hat, bis Marion ihn, liebevoll den Rücken streichelnd, in die Wirklichkeit zurückholt.

„Ich habe unser Gepäck in den Gästebereich gebracht. Wenn du willst, können wir in getrennten Zimmern schlafen."

„Ich glaub', das wird nicht nötig sein. Im Gegenteil, ich bin froh, dich bei mir zu haben. Lass uns raus gehen und eine Kleinigkeit essen. Danach wird ein Spaziergang am Wasser mich auf andere Gedanken bringen. Ich brauch' einfach noch ein bisschen Zeit, bitte."

Der Anflug von Trauer und Zweifel ist verflogen, als das Paar einige Stunden später das kleine Restaurant verlässt. Sie haben ausgezeichnet gegessen und dabei eine Flasche Wein geleert. Eng umschlungen nehmen sie Kurs auf das Elbufer.

„Danke, dass du dabei bist, Marion. Ich bin wirklich froh, dich jetzt an meiner Seite zu haben."

Am nächsten Morgen nach dem Frühstück sortiert Jonas die Unterlagen für den Notartermin. Die Kopie des Testaments, die ihm Leander seinerzeit überlassen hat, heftet er oben auf, um dem Notar bei der Verlesung desselben besser folgen zu können.

So ein Augenblick, denkt er sich, erfordert Aufmerksamkeit und bringt Nervosität mit sich. Gut vorbereitet will er sein, wenn der Notar den letzten Willen von Leander und Verena Hagedorn verliest.

Seine Stimmung ist gut, wenngleich ein Anflug von Trauer und Bürde sich immer wieder bemerkbar macht. Er hat sich um einiges überschätzt, was den Umgang mit dem Tod von Leander und Verena betrifft.

Jonas programmiert das Navi und startet den Wagen. Bis zum Ziel wird er zwanzig Minuten brauchen. Nach dem Notartermin will er als reicher Mann mit Marion mit einem Glas Champagner auf eine erfolgreiche Zukunft anstoßen. Champagner soll im Haus reichlich vorhanden sein, hat Marion gesagt. In einem Kühlschrank in der Garage hatte sie an die dreißig Flaschen des edlen Getränks gezählt.

Für den Nachmittag steht das Gespräch mit dem Beerdigungsunternehmer an, und morgen, gegen elf, ist er schon wieder in Husum mit dem Trauerredner Schrader verabredet.

‚Ganz schön viel auf einmal', denkt er bei sich, ‚aber eins nach dem anderen. Britta werde ich zur Trauerfeier mitnehmen müssen. Macht einen besseren Eindruck, glaube ich. Außerdem erspare ich mir dadurch die Beantwortung der Fragen nach ihrer Befindlichkeit.'

Hinter der Anwaltskanzlei sind reichlich Mandantenparkplätze vorhanden. Bevor er aus dem Wagen steigt, dreht er den Rückspiegel zu sich hin und wirft einen Blick hinein. Ist gut für das Selbstbewusstsein', sagt er sich.

An der Anmeldung nennt Jonas seinen Namen und den Termin mit dem Notar, Herrn Doktor Schuh.

„Nehmen Sie doch bitte einen Moment Platz. Doktor Schuh wird Sie gleich abholen lassen", lächeln ihm zwei ebenmäßige, blendend weiße Zahnimplantatreihen entgegen.

Jonas zieht es vor, von hier aus einen Blick auf die Straße zu werfen. Die Autos schieben sich über drei Fahrspuren zäh von einer grünen Ampelphase zur nächsten.

‚Was mag hier wohl während der Rushhour los sein', denkt der Mann, ‚da haben wir es in Husum echt gut.'

Mit dem Aufruf ‚Herr Jeute, bitte' wird er aus seinen Gedanken gerissen. Ein großer schlanker Mann im dunkelgrauen Anzug, mit weißem Hemd und blauer Krawatte nebst weißen Punkten darauf erwartet ihn am Empfangstresen.

„Kommen Sie bitte, ich bringe Sie in das Büro von Herrn Doktor Schuh."

Jonas spürt, wie sich eine unangenehme Spannung in seinem Körper ausbreitet.

‚Es ist gleich vorbei', versucht er sich zu beruhigen. ‚was ist schon eine halbe Stunde Anspannung gemessen an den Aussichten, die mir die Zukunft mit dem unermesslichen Erbe von Leander und Verena ermöglicht?'

Der Mann im Anzug öffnet eine der vielen Bürotüren auf dem langen Gang.

„Hier ist das Büro von Doktor Schuh. Wenn Sie bitte eintreten und Platz nehmen wollen. Doktor Schuh wird gleich für Sie da sein."

‚Was für ein Geschwafel, geht's noch geschwollener?', denkt Jonas, als ein Mann von etwa zwei Metern Größe und geschätzten hundertfünfzig Kilo Körpergewicht aus einem Nebenraum das Büro betritt.

„Herr Jeute, nehme ich an, guten Tag. Nehmen Sie doch bitte Platz. Ich bin Doktor Norbert Schuh, der Anwalt und Notar von Verena und Leander Hagedorn."

Immer noch dieses mulmige Gefühl. Der Koloss von Mann, das dunkle Holz der schweren Türen und die nach verstaubten Akten müffelnde Büroluft machen den Moment unerträglich.

„Ich benötige Ihren Personalausweis, Herr Jeute. Danke. Mein Beileid übrigens zum Verlust Ihrer Angehörigen. Leander und Verena Hagedorn haben ein notariell beurkundetes Testament gewählt, um Klarheit zu schaffen und den Begünstigten schnellstmöglichen Zugriff auf das Erbe zu ermöglichen."

‚Wieso den Begünstigten?', fährt es Jonas durch den Kopf.

„Diese Art von Testament kann ich allen nur empfehlen, weil der Ärger und das Hauen und Stechen, das in Erbschaftsangelegenheiten immer wieder vorkommt, einfach entfällt. Der Erblasser legt fest, wer wann was bekommen soll und die Erben können das Erbe unverzüglich antreten. Punkt. Aber nun, kommen wir zu Ihrer Sache."

Der Notar beginnt mit dem Verlesen des Dokuments ...

„Dann beglückwünsche ich Sie zu dem Geldsegen, Herr Jeute. Sie können über die dreißigtausend Euro von dem besagten Konto sogleich verfügen. Den Erbnachweis bekommen Sie von meiner Sekretärin Frau Sommer. Sie können ihn dann sofort mitnehmen."

Jonas sitzt versteinert und leichenblass auf dem gepolsterten Lederstuhl und muss sich mit den Armen abstützen, um nicht zur Seite wegzukippen. Die Hände eiskalt, der Mund trocken.

„Das ist doch nicht möglich! Leander und ich hatten einander in unserem Testament jeweils gegenseitig als Erben eingesetzt", stammelt Jonas, „wie kam es dazu, dass Leander eine Änderung vorgenommen hat?"

Jonas ist kurz davor, die Fassung zu verlieren.

„Herr Jeute, es ist richtig, dass Sie von Leander zunächst als Alleinerbe eingesetzt wurden, solange Verena und er kein gemeinsames Testament hatten. Im Nachhinein haben die Eheleute jedoch ihre letztwillige Verfügung in ein gemeinsames Testament geändert. Und weil Leander Erstversterbender ist, kann Verena als Vorvermächtnisnehmerin frei über den gesamten Nachlass bis auf einen Geldbetrag in Höhe von dreißigtausend Euro verfügen. Und ihr Vermögen vermacht sie ihrer Stiftung. Wäre sie Erstversterbende gewesen, Herr Jeute, hätte Leander ohne Einschränkungen über das gesamte Erbe verfügen können, und dann hätte die Sache anders ausgesehen, aber so?"

„Wieso hat mich Leander nicht darüber informiert? So was kann man doch nicht vergessen, oder? Und wer sagt überhaupt, dass er als erster tot war? Das kann doch nicht sein ..."

„Herr Jeute, Sie wollen doch nicht an den Ergebnissen der Rechtsmedizin zweifeln? Es tut mir leid, dass Sie sich von dem Termin heute etwas anderes erhofft haben, aber ich bitte Sie, um dreißigtausend Euro auf einen Schlag reicher ist doch eine schöne Sache. Außerdem steht Ihnen ein Betrag für die Bestattung und alles, was damit zusammenhängt – und Sie werden die Sache ja wohl in die Hand nehmen – von weiteren zwanzigtausend Euro zur Verfügung. Und darüber müssen Sie noch nicht einmal Rechenschaft ablegen.

Und im Übrigen haben die beiden wohl auch nicht im Entferntesten daran gedacht, dass ihr Tod so zeitnah und fast zur selben Zeit eintreten würde.

Wenn ich weiter für Sie nichts tun kann, lasse ich Ihnen jetzt die Unterlagen von Frau Sommer zusammenstellen."

Jonas kann sich nicht erinnern, sich jemals in seinem Leben so elend gefühlt zu haben. Er steht auf der Straße, seine Knie werden weich, er hat keinen Halt und stürzt auf die Fahrbahn, dann wird ihm schwarz vor Augen. An sein Ohr dringt lautes Hupen von Fahrzeugen, die in rasendem Tempo vorbeifahren. „Mach dich vom Acker, du Erbschleicher", keift eine

Frauenstimme, dann fallen Sternschnuppen vom schwarzblauen Himmel. Danach ist es still und dunkel.

Als er später zu sich kommt, verspürt er einen enormen Durst.

„Da sind Sie ja wieder, Herr Jeute. Instabiler Kreislauf, das passiert schon mal. Ich bin Doktor Altmeier. Was ist geschehen? Erinnern Sie sich!"

„Ich bin im Krankenhaus?"

„Nein, nein. In meiner Praxis. Sie liegt direkt neben dem Anwaltsbüro von Herrn Doktor Schuh und Partner. Aus den Unterlagen, die Sie bei sich tragen, haben wir rekonstruiert, dass Sie in der Anwaltskanzlei einen Termin hatten. Passanten haben Sie von der Fahrbahn aufgelesen. Sie können von Glück sagen, dass Ihnen nicht mehr passiert ist. Also, was war los, Herr Jeute?"

Jonas berichtet dem Mediziner, was ihm in der Kanzlei widerfahren ist.

„Kein Wunder, so eine Nachricht, dazu noch die Hitze. Das muss der Mensch erst einmal voreinander kriegen. Da spielen viele Faktoren eine Rolle. Meist reagiert der Körper intuitiv korrekt, in Ihrem Fall nur an der falschen Stelle. Sie hätten auch von einem Auto erfasst werden können, und dann wär's das gewesen. Anders ausgedrückt: Sie hätten tot sein können, Herr Jeute. Herzlichen Glückwunsch, dass sie so ein großes Glück hatten auf dieser belebten Straße."

„Danke, Doktor, kann ich gehen?"

„Ich bräuchte noch Ihre Versichertenkarte."

Immer noch benommen steigt Jonas in sein Auto und fährt zurück zur Villa.

‚Ich kann nicht begreifen, wie Leander mir das antun konnte. Selbst wenn Verena es so gewollt hat, er hätte es mir sagen müssen. Es geht nicht um das Resultat, es geht einfach darum, dass er entweder feige war oder mich hintergangen hat. Das krieg' ich nicht in meinen Kopf. Wir waren Freunde, richtig gute Freunde. Mit dem ganzen Reichtum hat mich Marion schier verrückt gemacht. Wäre er nicht tot, hätte ich auch keine dreißigtausend Euro. Da hat der Notar schon recht. Aber wäre er nicht tot, hätten wir auch unsere Träume und Pläne und könnten an deren Realisierung weitermachen. Er hat mich einfach im Stich gelassen.

Durch seinen Tod rückt auch die Behandlung von Britta in ein anderes Licht. Was weiß ich, wie und ob überhaupt Professor Zuber sie weiter betreuen wird. Sie wird möglicherweise andere Medikamente bekommen, weil es keinen Nachschub gibt. Britta wird sich erholen, irgendwann die Klinik verlassen, mich anklagen. So weit darf es nicht kommen. Mit einem Schlag sind alle Ziele fortgewischt, ausgelöscht und nichts mehr wert.

Wie soll ich Marion das erklären?

Verdammt noch mal, Leander. Was hast du getan?! Du hast dich einfach verpisst.'

Jonas stellt den Motor ab und schmettert in seiner Verzweiflung die Faust auf das Armaturenbrett.

„Verdammt noch mal!"

Jonas geht direkt ins Wohnzimmer. Der lange weiße Esstisch, drum herum zwölf Lehnstühle mit rotem Bezug, zwei Gedecke jeweils an der schmalen Seite. In der Mitte ein riesiger Strauß Sommerblumen. Eine Flasche Champagner im Eiskübel.

‚Nobel geht die Welt zugrunde', murmelt er vor sich hin.

‚Nur, dass aus alledem nichts wird, meine liebe Marion. Aus der Traum', fügt er mit einem höhnischen Lächeln hinzu und wirft einen Blick in den Spiegel, der das Bild von dem riesigen Esstisch und seiner kümmerlich wirkenden Statur im Hintergrund widerspiegelt.

„Ich habe dich gar nicht kommen hören."

Marion betritt das Wohnzimmer, eine freudige Erregung in ihrer Stimme ist nicht zu überhören. Sie stutzt.

„Was ist passiert? Was um Gottes willen ist passiert, Jonas? Du siehst ja furchtbar aus!"

„Wir haben uns verzockt, Baby. Vergiss alles, wovon wir jemals geträumt haben. Vergiss es einfach und frag' nicht nach."

Jonas schildert tonlos, beinahe unbeteiligt, was der Termin bei Doktor Schuh ergeben hat.

„Und du wirst mir recht geben, so gesehen hat unsere Beziehung keine Chance. Du willst ein luxuriöses Leben und Reichtum im Überfluss. Das ist mir in den letzten Tagen sehr klar geworden. Du hast nur noch von dem Vermögen geredet, das die beiden hier hinterlassen, das ja nun mir gehören wird. An diesem Reichtum kannst du aber nur durch mich teilhaben. Und daraus wird nun nichts. Vor dem Tod von Leander und Verena war es das Hotel von Tante Claire in Frankreich, das dich aus dem Häuschen brachte. Es fällt mir wie Schuppen von den Augen, Marion, dass unsere Beziehung keine ist. Einst war da der Kick, das Begehren, das Körperliche, das ich zugegebenermaßen durch Brittas Abwesenheit sehr vermisste. Unsere Beziehung neben meiner Ehe hatte sich verselbstständigt. Ich habe sie genossen, deine Verführungskünste, deinen Hunger nach Körperlichkeit, und auch geteilt. Erst jetzt, in diesem emotionalen Ausnahmezustand, wird mir klar, dass dein Anteil an unserer Beziehung das Gieren nach materiellem Besitz ist."

Der Mann holt tief Luft, dann fährt er fort.

„Ich werde eine Kleinigkeit essen gehen, dann die Termine mit der Friedhofsverwaltung und dem Beerdigungsunternehmer wahrnehmen. Danach werden wir nach Husum zurückfahren.“

Marion hat Jonas nicht unterbrochen. Ihre Körperhaltung verrät, dass sie sich abschottet gegen das, was gerade über sie hereinbricht.

„Willst du mir damit sagen, dass Schluss ist? Das kann nicht dein Ernst sein. Ich verstehe deine Enttäuschung, aber unsere Beziehung hat doch damit nichts zu tun. Ich liebe dich, Jonas. Wir haben dreißigtausend Euro, das Hotel in Frankreich und ...“

„Lass stecken, Marion. Schon wieder dieses ‚wir haben doch dies und wir haben doch das‘. Halt einfach nur deinen Mund. Ich habe auch mit einem anderen Ausgang gerechnet, aber ehrlich gesagt, nicht nur Leander hat mich enttäuscht. Mit ihm habe ich mich in etwas hineingeritten, das verlockend war, etwas, das sich irgendwie verselbstständigte. Leander konnte mich begeistern und die Situation forderte, dass wir unseren Plan vorantrieben. Es gab kein Zurück mehr, jedenfalls nicht ohne dabei straffällig in Erscheinung zu treten. Eine Selbstanzeige vielleicht. Darüber haben wir aber zu keinem Zeitpunkt nachgedacht. Wir gingen immer vom Erfolg unseres Unternehmens aus und du warst mit im Boot. Und jetzt müssen wir auch darüber nicht mehr nachdenken. Ich muss mit der ganzen Situation erst einmal fertig werden, aber was uns betrifft, sehe ich ziemlich klar.“

„So einfach kannst du es dir nicht machen, Jonas. Schließlich habe ich die ganze Zeit zu dir gestanden, als es deiner Frau schlecht ging. Du kannst mich doch nicht einfach fallen lassen wie eine heiße Kartoffel.“

„Marion, ich lasse dich nicht fallen. Du bist nicht in einer bedürftigen Situation. Fallen lassen trifft es nicht. Ich beende unsere Beziehung. Ich mache reinen Tisch, während du darüber nachdenkst, was und wie viel übrig bleibt, aber wovon? Bei dir spielen nicht die Gefühle die Rolle, sondern der schnöde Mammon ist der Chef. Also noch mal: Ich beende unsere Liebesbeziehung und nehme Abstand von all dem, was einmal Teil unserer Pläne war. Das schließt eine Freundschaft doch nicht aus. Vielleicht könntest du auch einmal darüber nachdenken. Mir wird klar, dass ich mich völlig verrannt habe und Scheuklappen mir den Blick nach rechts und nach links verwehrt haben. Aber, jeder hat das Recht, seine Entscheidungen zu überdenken und sich neu zu orientieren, und dieser Zeitpunkt ist für mich jetzt. Ich bin froh, meinen Standpunkt so klar formulieren zu können."

Mit vor dem Bauch verschränkten Armen und hasserfülltem Blick versucht Marion noch einmal Jonas' Weichen umzustellen.

„Glaub' nur nicht, dass ich das so einfach hinnehme, Jonas Jeute. Ich weiß schließlich eine ganze Menge, wenn nicht gar alles über eure Machenschaften. Ich könnte mir vorstellen, dass die Polizei sich dafür sehr interessiert. Einem Hinweis allein könnten sie nicht nachgehen, aber ich kenne Fakten und Namen und Quellen. Außerdem ist ja einiges passiert. Also, überleg' dir die ganze Sache noch mal. Ich gehe jetzt meine Sachen packen und warte bis du zurück bist. Könnte mir vorstellen, dass dein Frust über das geänderte Testament deine Hormone ein wenig verrückt spielen lässt. Das kann ich sehr gut verstehen. Wem würde das nicht so gehen? Aber unsere gemeinsame Zukunft wird davon doch so gut wie gar nicht tangiert."

Marion erhebt sich von ihrem Stuhl und das klackernde Geräusch ihrer Absätze, das sonst stets eine Erregung in ihm auslöst, klingt isoliert, kalt und beziehungslos.

Nane und Oke sind auf der A23 Richtung Hamburg unterwegs. Die Trauerfeier von Verena und Leander Hagedorn beginnt um dreizehn Uhr.

„Jonas Jeute war ganz schön stinkig, als ich ihm neulich sein Alibi versaut habe. Kackfrech angelogen hat er mich. Sagte, dass er gearbeitet hat an dem Tag des Mordes. Sogar Überstunden wollte er gemacht haben. Und was bringt der alte Lüders ans Tageslicht? Überstundenausgleich hat er genommen. Und weißt du, Oke, weswegen er so stinkig war? Weil er damit herausrücken, mir beichten musste, dass er mit seinem Herzchen einen Trip nach Sylt unternommen hat. Was geht eigentlich in so einem Kopf vor? Zwei Angehörige sind tot, die Frau in der Psychiatrie und da fahr' ich dann mal kurz mit dem Liebchen nach Sylt, um mich nackig am Strand zu räkeln und mich anschließend bei Gosch mit Fischteller und Prosecco an der Flaniermeile zu präsentieren?!"

„Aber das hätte er dir doch gar nicht erzählen müssen, Nane."

„Doch, mein Lieber, musste er. Ich habe ihn nämlich gefragt, was er an diesem Tag denn nun wirklich gemacht hat. Zuerst wollte er damit nicht rausrücken, aber letztendlich hat er einsehen müssen, dass er ohne Alibi ganz schlechte Karten hat. Da hat er dann die Sylt-Geschichte ausgeplaudert. Also ehrlich gesagt, ich finde den Bengel zwar in vielerlei Hinsicht insensibel und geschmacklos, aber andererseits ist er ein ganz sympathischer Kerl. Irgendwas hat den irgendwann in eine Spur gebracht, in die er nicht reingehört."

„Höre ich da etwa den Therapeuten Nane Lüders? Doch Spaß beiseite, Nane, ich hab dich schon oft für deine Art von Sensibilität gegenüber anderen Menschen beneidet. Kriegst dadurch immer schnell den Zugang, das Vertrauen zu deinem Gegenüber. Nun aber mal was anderes, Nane, kann es sein, dass irgendwas an dir sich in letzter Zeit verändert hat? Du bist mitteilsam, um nicht zu sagen, mutierst zum Vielredner, bist einfach nicht mehr der wunderlich schrullige Kripobeamte, den ich kenne. Verrat es mir, hat das möglicherweise mit Frauke zu tun?"

„Ach was, Oke, ‚mit Frauke zu tun'. Das hat mit mir zu tun. Ich hab mich geändert. Hab einfach mal gemerkt, dass der einzige Sakko, den ich im Schrank hatte, gar nicht mehr passt, so alt war der schon. Da hab ich mir nen neuen gekauft. Und in meinem Bad auf dem Glasregal steht neuerdings ein Aftershave und ein Eau de Toilette von Boss und das ist ein Duft, der dich auf andere Gedanken bringt, verleiht sozusagen gewissen Körperregionen Flügel. Und wenn du's noch 'n bisschen genauer wissen möchtest, manchmal hängt bei mir im Bad auch ein zweites Handtuch. Neue übrigens, braun-beige-hellblau von Joop."

„Alter Schwede. Wusste ich's doch. Freut mich, Nane."

„Und mich erst, Oke", grinst Nane in sich hinein.

„Guck, wir sind da. Da drüben ist der Eingang. Parkplätze scheint es genug zu geben. Wir haben noch 'ne Viertelstunde Zeit. Bin mal gespannt, wer hier heute so alles aufschlägt."

Die Männer streifen sich ihre Sakkos über und vertreten sich einen Moment die Beine, bevor sie schließlich in der letzten Reihe der Feierhalle Platz nehmen.

Nane ist überrascht von dem angenehm würzigen Duft, der den Raum erfüllt.

‚Hier ist es nicht so wie in der Kirche, wo die Luft immer moderig und stickig ist. Das wird 'ne schöne Trauerfeier, das hab ich im Urin', denkt Nane bei sich und beginnt das Umfeld genauer in Augenschein zu nehmen.

Die beiden Urnen entdeckt er inmitten eines Blumenmeeres. Rosen, weiß und rot, gelbe Mimosen, lila Lavendel, ein wahrhaft prächtiges Spiel der Farben. Auf der rechten Seite am Altar, an einem Pult, hat sich bereits der Trauerredner Olaf Schrader aus Husum eingefunden. Nane kennt ihn persönlich und seine Gedanken bleiben für eine Weile an diesem Mann hängen.

‚Der weiß, wie nachhaltig seine Worte sein müssen, worauf es ankommt bei so einer letzten Zusammenkunft. Er macht es nicht wie er es will, sondern wie die Hinterbliebenen es sich wünschen. Er lässt sich den Verstorbenen beschreiben, seine Vorlieben, Schwächen, seine Träume. Er ist behilflich bei der Auswahl von Sprüchen, Zitaten oder auch von Musik.

Ein ganz besonderer Mensch, wie du ihn heute selten triffst. Seine große Statur, die kurzen schwarzen Locken, ein beinahe magischer Blick hinter der randlosen Brille und ein offenes freundliches Gesicht. Du siehst ihn an und weißt, der macht das in deinem Sinn, der macht das gut.

Damals bei Großmutter's Trauerfeier hat er eine wunderbare Rede gehalten. Der Mann ist wie geschaffen für diese Aufgabe, reagiert intuitiv angemessen.' Schrader beginnt mit der Ansprache.

„Lieber Jonas Jeute, liebe Britta Jeute, liebe Freunde, Nachbarn und Kollegen. ‚Die weißen Tauben sind müde' heißt es in dem Lied von Hans Hartz, das sich der Verstorbene für seine Trauerfeier gewünscht hat. Warum dieses Lied? Wir können nur erahnen, dass Leander Hagedorn sich in einer aufgeblasenen Welt, verlassen von weißen Tauben, unter gefährlichen Falken mit scharfen Schnäbeln gesehen hat, dass er es deshalb ausgewählt hat ..."

Die Ansprache ist bewegend und einfühlsam. Der Mann am Rednerpult spricht von außergewöhnlicher Dramatik, was die Tatsache angeht, dass die Verstorbenen beigesetzt werden, noch bevor der oder die Mörder gefasst sind.

Nachdem das Lied von Hans Hartz verklungen ist, herrscht absolute Stille. Plötzlich zerreißt eine schrille markerschütternde Frauenstimme die Lautlosigkeit des Momentes.

„Alles Lüge! Leander Hagedorn war kein Anständiger. Er lebte in dieser ‚aufgeblasenen Welt', aber er hat nicht die müden Tauben beweint. Er hat mit dafür gesorgt, dass sie verschwinden!"

Nane erkennt, dass es die blonde Frau neben Jonas Jeute ist, die so aufgebracht herumschreit. Sie hat sich von ihrem Platz erhoben und fuchtelt wild mit den Armen. Ihre Worte zerreißen die Luft wie ein schneidendes Schwert.

Verhaltenes Entsetzen geht durch den Raum. Jonas Jeute legt den Arm um seine Frau und versucht, sie zu beruhigen. Von hinten reicht jemand dem Ehemann ein kleines Fläschchen. Nane erkennt, dass es Schwester Annette ist. Jonas bringt das Glasgefäß an die Lippen seiner Frau, die ohne Gegenwehr das Fläschchen leert und sich wieder setzt.

„Wir müssen unserer Trauer Raum geben", fährt Herr Schrader fort, „dazu gehört in vielen Fällen auch die Wut ..."

‚Sag' ich doch, auch solche Situationen meistert er souverän, gar nicht so einfach', denkt Nane halblaut vor sich hin.

Die Urnen werden an den Trauergästen vorbei hinausgetragen.

Vor dem Gebäude begrüßen Lüders und Brandt ihre Hamburger Kollegen Brinckmann und Breitkreuz.

Sie nutzen die Zeit, sich in ihrem gemeinsamen Fall auszutauschen, während die übrigen Gäste den Urnenträgern zur Beisetzung folgen.

„War ziemlich mutig von Frau Jeute, sich auf diese Weise Gehör zu verschaffen, irgendwie krass der Auftritt. Zeigt deutlich, dass sie unter Medikamenteneinwirkung steht. Habt ihr herausgefunden, wieso sie sich in der Psychiatrie befindet?", beginnt Michaela das Gespräch.

„Ein Privatdetektiv ist an der Sache dran. Kollege Mertens kümmert sich in der Angelegenheit. Aber was Jonas Jeute angeht, sieht es ganz so aus, als müssten wir ihn als möglichen Täter von der Liste streichen. Der hat ein wasserdichtes Alibi.

Was meint ihr, kommt der Psychodoktor in Frage?"

„Wir können nicht ausschließen, dass er es war, aber wir können es ihm leider auch noch nicht beweisen. Morgen werden wir im Team noch einmal alles abklopfen. Ich habe das Gefühl, wir haben irgendetwas übersehen, was den Täter überführen könnte."

„Aber was denn?"

„Weiß nicht. Da ist so ein Gefühl, als hätte ich mit ihm schon mal gesprochen, ohne zu wissen, wen ich konkret meine. Ich hab so eine Sequenz im Hinterkopf, aber wenn ich sie aufgreifen will, ist sie weg. Kennt ihr das nicht?"

„Müssen wir uns jetzt Sorgen machen, Anders?", frotzelt Michaela. „Komm, sie sind fertig. Gleich gibt's den wohlverdienten Kaffee, und dann nichts wie weg hier."

Gegenüber des Friedhofseinganges liegt auf der anderen Straßenseite das Elbdorf Café, in dem der Leichenschmaus stattfinden soll. Der weiße Zaun im Außenbereich hat eine einladende Ausstrahlung, die sich in den Räumlichkeiten fortsetzt. Gestecke aus blauen Iris, rosa Röschen und weißem Schleierkraut auf den weißen Tischdecken vermitteln eine freundliche Atmosphäre.

An der Kaffeetafel sitzen die Hamburger Polizisten dem Chef der Neurologischen Klinik, Professor Gramm, gegenüber.

„Was für ein schändlicher Auftritt von Frau Jeute, finden Sie nicht?", beginnt Professor Gramm das Gespräch.

„Wie man's nimmt, Professor. Schändlich für wen? Aber unangenehm war es für Herrn Jeute allemal."

„Das ist übrigens mein Kollege, Doktor Sven Svensson", fährt Gramm fort, „er hat eng mit Leander Hagedorn zusammengearbeitet. Sven, die Herrschaften sind von der Hamburger Mordkommission, Frau Breitkreuz, Herr Brinckmann."

„Angenehm, guten Tag."

„Sie müssen der Kollege sein, der im Urlaub war, als wir in der Klinik einzelne Mitarbeiter zum Tod von Doktor Hagedorn befragt haben, Herr Doktor Svensson. Klingt skandinavisch Ihr Name. Sind Sie Schwede?"

„Ja. Ich komme aus Malmö. Habe in Deutschland Medizin studiert und bin dann der Liebe wegen in Hamburg hängen geblieben. Ich lebe mit meiner Frau und zwei Kindern etwas außerhalb. Die Kinder lieben das Land, vor allem Pferde und Hunde, und das ist nun mal nichts für die Stadt. Die Tiere brauchen Auslauf."

„Doktor Svensson ist gewissermaßen Hobbylandwirt, müssen Sie wissen. Hat neben seinem Gestüt eine Vorliebe für Langhaarschäferhunde und biologischen Gemüseanbau."

Michaela horcht auf.

„Wie können Sie das so neben Ihrem Beruf bewerkstelligen?", will die Beamtin wissen.

„Das ist eine berechtigte Frage, Frau Breitkreuz. In dieser Größenordnung kann das nur gelingen, wenn die ganze Familie mitzieht, wenn jeder mit anfasst, und einen gewissen finanziellen Spielraum braucht man natürlich auch, um den einen oder anderen Helfer zu beschäftigen. Aber bei meinem anstrengenden Beruf, finde ich genau hier meine innere Ruhe."

„Können Sie denn in Ihrem Urlaub überhaupt einmal verreisen?"

„Ich muss nicht verreisen. Ich genieße meine Familie, mein Haus und die Tiere. Meine Frau verreist gelegentlich mit den Kindern. Die wollen in dem Alter auch mal etwas anderes sehen. Aber was meine Person betrifft, ‚my home is my castle', und da fühle ich mich wohl."

„Ihren letzten Urlaub, haben Sie den auch zu Hause verbracht?"

„Ja. Mein letzter Urlaub war ganz besonders schön. Da hat unsere Prachtstute ein Fohlen bekommen. Das Ganze so hautnah mitzuerleben, ist etwas sehr Besonderes. Das habe ich sehr genossen."

„Sicher waren auch Ihre Kinder begeistert, dabei sein zu können, wenn ein Fohlen auf die Welt kommt. Wie alt sind denn ihre Kinder?"

„Meine Tochter Lena ist fünfzehn und mein Sohn Lasse elf Jahre alt. Leider haben sie das Ereignis verpasst, weil meine Frau mit ihnen auf einem Kurztrip in München war, vier Tage, glaube ich. Ja, von Donnerstag bis Sonntag in meiner ersten Urlaubswoche."

Michaela und Anders sehen sich an.

„Seit wann sind Sie wieder im Dienst?", will der Kommissar wissen.

„Seit Montag dieser Woche, hab die Eingewöhnungsphase schon hinter mir, der Alltag hat einen leider sehr schnell wieder beim Wickel. Und dann die schreckliche Nachricht von Leanders Tod, das setzt einem ganz schön zu. Wenn du jeden Tag neben jemandem am OP-Tisch gestanden hast und der plötzlich nicht mehr da ist. Da ist man auf der Suche nach einer Erklärung und es gibt keine, es ist so was Endgültiges, Unfassbares."

Dem Mann steigen die Tränen hoch, er schluckt.

„Sagen Sie, Herr Doktor Svensson, hatten Sie eigentlich privat auch Kontakt zu Doktor Hagedorn?"

„Nein, unsere privaten Interessen lagen weit auseinander. Ich bin der Naturliebhaber, Doktor Hagedorn war da etwas anders gestrickt."

„Wie darf ich das verstehen?", fragt Brinckmann nach.

„Na ja, er machte eher auf gutes Aussehen, teure Kleidung. Gerne auch mal ein Glas mehr als gut für ihn gewesen wäre. Also, kurz gesagt, wir hatten keinen Kontakt außerhalb unserer Dienstzeit."

„Und bei der Arbeit? Waren Sie ein gutes Team, was die Zusammenarbeit angeht?"

„Grundsätzlich schon. Doch, ja, das kann man sagen."

„Na dann ... War nett, Sie kennenzulernen, Herr Doktor Svensson. Wir müssen dann mal wieder an die

Arbeit. Auf Wiedersehen, die Herren“, verabschieden sich Anders und Michaela.

„Ganz meinerseits. Ihnen ein schönes Wochenende.“

Die Beamten Lüders und Brandt sind derweil mit Schwester Annette ins Gespräch gekommen, die mit Britta Jeute etwas abseits einen Platz eingenommen hat.

„Guten Tag Frau Jeute, ich bin Nane Lüders, von der Kripo Husum. Ich würde Sie gerne etwas fragen. Darf ich mich zu Ihnen setzen?“, beginnt Lüders das Gespräch.

„Was meinten Sie damit, Leander Hagedorn sei kein Anständiger? Hat er Ihnen etwas getan?“

„Ja. Das hat er.

Der Trauerredner hat die weißen Tauben völlig falsch gedeutet, jedenfalls was Leander Hagedorn betrifft. Leander gehörte zu den gefährlichen Falken mit scharfem Schnabel, der sich rücksichtslos bediente mit dem, was er haben wollte.

Er hat dafür gesorgt, dass ich eingesperrt bin in der Psychiatrie. Aber ich bin nicht krank, ich will da wieder raus! Sie machen gemeinsame Sache gegen mich, Leander und mein Mann Jonas. Bitte helfen Sie mir.“

„Da muss ich schon ein bisschen mehr wissen, Frau Jeute. Wir wär's, wenn mein Kollege Mertens, den sie ja schon kennengelernt haben, und ich Sie in der Psychiatrie besuchen, dann können wir uns ausführlich und ganz in Ruhe unterhalten. Ich werde mit Schwester Annette einen Termin vereinbaren.“

Im nächsten Augenblick sitzt Britta Jeute mit verschlossenem Mund am Tisch und starrt abwesend vor sich hin.

„Das versteh' ich nicht", wendet sich Nane Lüders an Schwester Annette, „eben noch hatte ich den Eindruck, sie weiß, was sie sagt, jetzt scheint sie mit offenen Augen zu schlafen."

„Eine typische Nebenwirkung", konstatiert die Schwester, „immer im Wechsel zwischen klar und benebelt."

„Ich werde Sie morgen anrufen, dann können wir einen günstigen Zeitpunkt verabreden, wenn Sie spontan einen Termin einschieben können."

„Danke, Schwester. Das kriegen wir hin. Einen schönen Tag noch. Auf Wiedersehen, Frau Jeute, und bis morgen."

„Mann, was war der Butterkuchen lecker, hab drei Stücke verputzt, und die waren alles andere als klein, aber bitte nicht weitersagen. Will ja eigentlich 'n bisschen abspecken. Insgesamt bestimmt 'ne gute Adresse, das Café. Sauber, gepflegt und freundliches Personal. Muss ja nicht unbedingt 'n Beerdigungskaffee sein. Hab da mal unauffällig das Angebot studiert. Da könnte man auch so mal hin", schwärmt Nane auf dem Weg zum Auto.

„Ohne Beerdigung, kein Butterkuchen, Nane."

„Dass du einem immer so drastisch die Freude verderben musst, Oke. Aber frühstücken und brunchen kannst du da auch.

Aber was meinst du denn so zu der ganzen Veranstaltung heute? Für mich war's 'ne Bereicherung, in jeder Hinsicht. War irgendwie kabarettreif, wenn's nicht so traurig wäre. Zweifelhaft und undurchsichtig bleibt die Sache in der Psychiatrie und irgendwie tut mir Britta Jeute auch leid."

„Das is ja mal 'n genialer Vergleich, Kabarett. Aber wir werden sehen, was Zuber sich einfallen lässt. Der wird sich nicht an die Karre fahren lassen. Wenn da Absprachen mit Hagedorn und Jeute getroffen wurden, muss er spätestens jetzt die Weichen anders stellen. Vielleicht Unterlagen beseitigen, Mitarbeiter unter Druck setzen, was auch immer. Bin gespannt auf den Termin mit Frau Jeute morgen. Bei ihr weißt du nie, redet sie oder redet sie nicht."

„Hab ich dir überhaupt schon erzählt, dass ich am Wochenende zu Ole nach Minden fahre?", fragt Nane beiläufig seinen Kollegen und sieht ihn von der Seite an.

„Wohin fährst du, nach Minden? Und wer ist Ole?"

„Ole ist Ernas Sohn, sozusagen mein Stiefsohn. Er hat sich nach über dreißig Jahren bei mir gemeldet und mich eingeladen, ihn zu besuchen."

„Das ist ja genial, Nane. Erst Frauke, dann Ole. Was sagste denn selber dazu?"

„Da kommt viel an Gefühlen zusammen, Oke. Freude, Bedenken, Aufgeregtheit. Ich warte mal ab, was das Wochenende bringt. Aber ich freu' mich sehr."

„‚Was du heute kannst besorgen, das verschiebe nicht auf morgen', Anders, oder? Wir sollten uns jetzt sofort die kleine Farm von Svensson ansehen, was meinst du?"

„Seh' ich auch so, Michaela. Warte einen Moment, ich hab sie gleich, die Adresse."

Während Brinckmann die Privatanschrift von Doktor Sven Svensson ermittelt, legt Michaela den Kopf zurück und sinniert.

‚Eine völlig neue Variante. Was, wenn die Tierhaare, wahrscheinlich Hundehaare, die das Labor auf dem Beifahrersitz von Hagedorns Auto festgestellt hat, durch Doktor Svensson dorthin gelangt sind? Wenn es privat keinen Kontakt gab, würde ein Übereinstimmen der Laborwerte bedeuten ...'

„Denkst du auch, was ich denke, Anders?"

„Aber hundert pro, Michi. So, Adresse ist eingegeben. Kann losgehen."

Bis die Beamten vor dem Anwesen von Doktor Svensson den Motor ausschalten, haben sie schweigend jeder seinen Gedanken nachgehangen.

„Nicht schlecht", entfährt es Brinckmann, als er aus dem Dienstfahrzeug aussteigt. Sein Blick geht in die Weite. Am Anfang der langen Auffahrt zum Haus weist ein Schild mit Straßennamen und Hausnummer darauf hin, dass es das Haus von Doktor Svensson sein muss.

„Auto oder per Pedes, Michi?"

„Ich möchte diese Prachtstraße zu Fuß ablaufen."

„Meine Güte, ist das alles gepflegt und aufwändig angelegt. Guck mal, alle paar Meter wurde eine Lampe unterirdisch verlegt. Muss bei Dunkelheit fantastisch aussehen."

Auf dem Wall rechts und links vom Weg Margeriten, Mohn und Kornblumen, die um die Wette blühen. Linkerhand eine riesige Streuobstwiese, rechts eine Koppel, auf der eine Art Parcours angelegt ist. Am Ende der Auffahrt spielt der Wind mit dem großen weißen Gartentor. Hier angekommen fällt der Blick direkt auf das reetgedeckte Wohnhaus.

„Nobel geht die Welt zugrunde. Ist ja der Hammer", hört Brinckmann seine Kollegin schwärmen.

„Mal sehen, ob jemand zu Hause ist", sagt der Mann, während er die Klingel betätigt.

Im Haus ertönt nach dem Klingelton das Bellen eines offensichtlich großen Hundes, kurz darauf aus der Sprechanlage eine jugendliche Mädchenstimme.

„Aus Dingo! Ja, bitte?"

Die Polizisten nennen ihre Namen und fragen nach Frau Svensson. Die Jugendliche öffnet die Tür, neben sich den Hund, der mit spitzen Ohren und zurückgezogenen Lefzen keinen Zweifel daran lässt, hier die Beschützerrolle innezuhaben.

„Guten Tag, du bist bestimmt Lena Svensson. Ist deine Mutter zu Hause?", beginnt Michaela das Gespräch.

„Ja, ich bin Lena, meine Mutter ist einkaufen. Sie will spätestens um achtzehn Uhr zurück sein. Kann ich ihr etwas ausrichten?"

„Nein, danke sehr, wir kommen ein anderes Mal wieder. Auf der Trauerfeier von Leander Hagedorn hat dein Vater so interessant von eurer kleinen Farm erzählt, dass wir uns hier am liebsten gleich ein bisschen umgesehen hätten. Aber nun, wenn deine Mutter nicht da ist ..."

„Wenn Sie wollen, führe ich Sie ein bisschen herum. Mir würde eine kleine Pause bei den Hausaufgaben in meinem Gruselfach Mathe gerade recht kommen."

„Das ist sehr freundlich, Lena. Bist du sicher, dass deine Eltern nichts dagegen haben, wenn du fremden Leuten das Grundstück zeigst?"

„Nee, ganz bestimmt haben sie nichts dagegen. Mein Vater zeigt oft und gerne seine Pferdezucht, besonders stolz ist er auf das Fohlen, das erst vor kurzem geboren wurde."

„Na dann ..."

„Komm, Dingo, kannst mitkommen", wendet sich Lena an den mittlerweile gutmütig ausschauenden Langhaarschäferhund.

„Kann ich Dingo mal anfassen?", fragt die Beamtin.

„Ja, klar. Er sieht zwar ziemlich gefährlich aus, aber er tut wirklich nur auf Zuruf, was man ihm sagt. Dann wird es aber auch unlustig für sein Gegenüber. Wenn er Ihnen die Vorderpfoten auf die Schultern legt, überragt er Sie mit seiner Größe um einiges. Und aus unmittelbarer Nähe in so ein zähnefletschendes Maul zu sehen, ist kein Vergnügen."

Michaela greift beherzt in das lange Fell des Tieres, ein paarmal.

„Ich glaube, wir könnten uns miteinander anfreunden, Dingo, was meinst du?"

Brinckmann wirft seiner Kollegin einen vielsagenden Blick zu, so, als wollte er sagen: ‚Lass sein, Michaela, können wir eh nicht verwenden, die auf diese Weise sichergestellten Hundehaare.'

„Hast du eigentlich den Doktor Hagedorn gekannt, Lena?"

„Nein, persönlich hab ich ihn nicht kennengelernt. Nur den Namen habe ich einige Male von meinem Vater gehört."

Nach der Besichtigung der Stallungen zeigt Lena den Beamten den Hundezwinger, in dem zwei der Langhaarschäferhunde vor einer Hütte liegen. Ein zwei Meter hoher Maschendrahtzaun trennt die Hunde von den Besuchern. Die Tiere sind inzwischen aufmerksam geworden und veranstalten ein mächtiges Gebell.

Durch energischen Zuruf macht Lena dem Bellen ein Ende.

„Donnerwetter, Respekt, sehr beeindruckend, junge Dame. Ich bin froh, dass sich zwischen uns der Draht befindet", gesteht die Beamtin.

„Dürfen die auch ins Haus?", will sie wissen.

„Nein, nur Dingo wohnt sozusagen im Haus. Erasco und Fricco sind ausschließlich für die Zucht. Sie werden als Schutzhunde ausgebildet, bleiben aber im Zwinger. Mein Vater hat Herrn Carlsson eingestellt. Er sorgt dafür, dass die Tiere täglich ihren Auslauf bekommen und versorgt werden mit allem, was dazu gehört.

„Sehr idyllisch bei euch, Lena. Vielen Dank für die interessanten Einblicke."

„Hab ich gerne gemacht. Wenn Sie mal ausreiten wollen, rufen Sie doch einfach meine Mutter an."

„Ja, vielen Dank für das Angebot. Ich überleg's mir. Tschüss, Lena, und danke."

„Ich bringe Sie noch zu Ihrem Auto, komm mit, Dingo."

„Puh, ist das eine Affenhitze da drin. Lass' uns mal alle Türen weit aufreißen, bevor wir einsteigen, Anders."

Die Beamten öffnen die Fahrzeugtüren. Kaum, dass die Türen offen stehen, setzt Dingo zum Sprung an und verschwindet im Inneren des Fahrzeugs.

„Dingo, raus da, komm sofort hierher. Bei Fuß, Dingo!" befiehlt das Mädchen.

„Entschuldigung, das hätte ich wissen müssen. Dingo liebt Autos. Sobald er eine Gelegenheit wittert, springt er rein. Natürlich nur in Fahrzeuge, die auf unserem Grundstück stehen."

„Kein Problem, er ist ja schon wieder draußen. Also, nochmals danke, Lena. Und Tschüss."

„Womit wir nun auch ganz legal an die Hundehaare gekommen sind", stellt Michaela augenzwinkernd fest.

Inzwischen ist es beinahe achtzehn Uhr. Die Beamten stellen ihr Dienstfahrzeug auf dem Polizeihof ab.

„Schauen wir bei der KTU vorbei, ob noch jemand da ist?", wendet sich Michaela an ihren Kollegen, während sie die kleine durchsichtige Tüte hin- und herschwenkt.

„Unbedingt."

Brinckmann klopft forsch an die Tür der Kriminaltechnik und öffnet diese.

„Hallo, noch jemand da?", ruft er in den Raum.

„Ach nee, ihr nun wieder. Der Tag hätte so schön enden können", hören sie die Stimme von Charly, der vom Nebenraum seinen Kopf durch den Türrahmen steckt.

„Kommt näher, was verschafft uns die Ehre? Das ist übrigens Niels. Er ist neu im Geschäft. Habe mit ihm gerade der Rechtsmedizin Butenfeld einen Besuch abgestattet. Die haben an einem Kameraden aus der Kühlung ein wenig sägen und schnippeln müssen und dabei ist meinem jungen Kollegen ein bisschen flau im Magen geworden. Ich glaube, Niels kann 'ne kleine Pause gut vertragen. Darf's 'n Käffchen sein für euch?"

„Nee, danke, lass mal. Wir hatten schon reichlich Kaffee. Aber was anderes, Charly. Schau Dir das bitte an und vergleich das Ergebnis mit dem Material, das wir auf dem Beifahrersitz des Fahrzeugs von Leander Hagedorn sichergestellt haben."

„Gerne. Kannst mich morgen um diese Zeit anrufen. Werde die Untersuchung vorziehen. Eigentlich ist ja Wochenende, aber ich hab die Bude voll und muss sehen, dass die Berichte fertig werden. Da mach' ich das dann gleich mit."

„Ach nee, Charly, mach nicht den Spielverderber. Hab mir vorgestellt, wir trinken 'n Wasser und klönen 'n bisschen und währenddessen schaust du nach. Ist wirklich superwichtig, bitte."

Michaela setzt ihren bettelnden Hundeblick auf.

„Ich weiß wirklich nicht, wie ihr euch das immer vorstellt. Bitte dies, bitte das, und alles am liebsten vorgestern. So kann ich einfach nicht arbeiten."

Dann macht Charly seinen berühmten Seufzer und zieht die Augenbrauen hoch.

„Nur, weil ihr wisst, dass ich nicht Nein sagen kann, müsst ihr das doch nicht immer ausnutzen, Leute. Wo habt ihr das Material her?"

Die Kollegen berichten von ihrem Ausflug auf das Anwesen von Doktor Svensson.

„Also gut, vertretet euch mal 'ne halbe Stunde die Beine und schaut wieder vorbei."

„Danke, Charly, bist ein Schatz. Hast einen gut bei mir", ruft Michaela dem KTU-ler im Gehen zu.

„Ist lange her, dass ich mal so gespannt war, Anders", bekennt die Beamtin, während sie sich bei ihrem Kollegen unterhakt.

„Gehn wir in der Zwischenzeit ein bisschen Frischluft schnuppern?"

Nach einer guten halben Stunde kehren Michaela und ihr Kollege von ihrem Spaziergang im Stadtpark zurück. Ein Abend für Verliebte, wie es Anders schien, und da sich seine Kollegin bei ihm einhakte, nahm er das zum Anlass, ihr seinen Arm um die Schulter zu legen.

„Holla, die Waldfee! Stimmt exakt mit dem überein, was in Hagedorns Auto gefunden wurde", empfängt der KTU-ler die Polizisten.

„Bingo! Gratuliere, Charly, danke."

„Okay, heute Abend zwanzig Uhr bei Toni, Michaela?", will Charly Drews das Versprechen gleich beim Schopf packen.

„Tut mir leid, heute geht gar nicht. Aber aufgeschoben ist nicht aufgehoben. Ich ruf' dich an, Charly. Schönen Feierabend und vielen Dank."

„Komm, Michi, den kaufen wir uns."

Im Affenzahn fahren die Beamten zum Haus von Doktor Svensson. Diesmal parken sie das Dienstauto direkt vor dem großen weißen Eingangstor. Michaela drückt den Klingelknopf. Niemand öffnet die Tür. Nur Dingo gibt durch sein Anschlagen zu verstehen, dass er das Haus bewacht.

„Scheinen alle ausgeflogen zu sein. Das ist jetzt aber ziemlich blöd. Aber okay, der läuft uns so schnell nicht weg, jedenfalls nicht, solange er nicht weiß, was wir wissen. Machen wir Feierabend, Michi. Haste Zeit für 'n Bier bei Alex?"

„Klar, wieso sollte ich keine Zeit haben?"

„Na ja, vorhin hörte ich so was wie ‚heute geht gar nicht, Charly', was hast denn noch vor?"

„Ich verbringe den heutigen Abend mit meinem Lieblingskollegen Anders Brinckmann", sagt Michaela verschmitzt und schaut in Richtung Anders, der gerade seinen Mund nicht mehr zubekommt.

Kurz bevor der Dienstwagen die Hauptstraße erreicht, kommt ihnen ein weißer Mercedes auf dem Privatweg entgegen.

„Sieh mal, wen haben wir denn da?"

Die Fahrzeuge halten nebeneinander und lassen auf der Fahrerseite die Scheiben herunter.

„Frau Svensson, nehme ich an? Ich bin Anders Brinckmann von der Mordkommission Hamburg. Wir wollten gerne mit ihrem Mann sprechen, Frau Svensson."

Anders steigt aus dem Wagen und winkt Lena zu, die er auf dem Rücksitz entdeckt. Wahrscheinlich ist der Junge neben Lena ihr jüngerer Bruder Lasse.

„Meinen Mann haben wir gerade zum Flughafen gebracht. Er möchte das Wochenende bei einem Freund in Stockholm verbringen. Was wollen Sie von meinem Mann, kann ich Ihnen vielleicht weiterhelfen? Möchten Sie ins Haus kommen?"

„Nein, vielen Dank, Frau Svensson. Wir haben noch ein paar Fragen zu Leander Hagedorn, dem Kollegen von Ihrem Mann. Da müssten wir schon persönlich mit ihm sprechen. Wann erwarten Sie ihn zurück?"

„Ich werde ihn am Sonntagabend vom Flughafen abholen."

„Sagen Sie, hatte Ihr Mann die Reise nach Stockholm geplant?"

„Nein, er hat sich spontan dazu entschieden. Ich war selbst ganz überrascht. Eigentlich ist er immer zu Hause."

„Danke, Frau Svensson, dann müssen unsere Fragen eben bis nächste Woche warten. Ein schönes Wochenende."

„Da hab ich gerade das zweite ganz große Fragezeichen auf meiner Stirn, Anders. Wieso erzählt er uns heute Nachmittag, dass er so gut wie nie verreist und entfleucht ein paar Stunden später nach Stockholm? Und die Haare seines Hundes auf dem Beifahrersitz von Hagedorns Auto, muss er uns auch erklären, wenn sie doch privat keinen Kontakt hatten. Ich bin so was von gespannt."

„Machen wir Feierabend, Michi. Komm, fühl' dich eingeladen."

Fröhlich pfeifend nähert sich Sven Richardsen dem Zimmer der Patientin Jeute. Die Tür ist ein Spaltbreit offen, die Frau steht am Fenster und schaut in den Garten.

„Guten Morgen Frau Jeute. Das nenn' ich eine Überraschung. So früh schon auf? Machen wir einen Spaziergang an der frischen Luft?"

„Morgen Herr Richardsen. Ich fühl' mich sehr gut heute Morgen. Es wird allerhöchste Zeit, dass ich wieder mal rauskomme. Wissen Sie, dass wir gestern Leander und Verena Hagedorn beerdigt haben?"

„Ja, ich hörte, dass Sie deswegen beurlaubt und mit Ihrem Mann in Hamburg waren. Wie geht es Ihnen damit?"

„Mir geht es gut. Ich habe in der letzten Nacht über viele Dinge nachgedacht. Eigentlich habe ich Leander aus vielerlei Gründen gemocht, aber seit mir klar ist, dass er und Jonas für meine Situation verantwortlich sind, bleiben nur Hass und Groll. Mit Leander ist sehr viel Unrecht, wenn nicht gar Verbrechen zu Grabe getragen worden. Ich weine ihm keine Träne nach. Er und mein Mann haben es zu verantworten, dass ich hier mit Tabletten beinahe zu Tode gefüttert wurde. Leanders Tod bedeutet, dass ich am Leben bleibe. Aber ich brauche dringend Unterstützung von außen."

„Das sind schwere Anschuldigungen. Worauf stützen sich Ihre Vermutungen, es sind doch Vermutungen, oder? Kommen Sie, wir suchen uns im Garten ein stilles Plätzchen, dann können wir in Ruhe darüber sprechen."

„Einige Papiere in meiner Krankenakte sind gefälscht. Leander hat ein Gutachten ..."

„Moin Herr Richardsen", klingt ungewöhnlich barsch die Stimme des Chefs, der, ohne anzuklopfen, das Patientenzimmer betritt.

„Sie kümmern sich bitte sofort um die Patientin in Nummer fünf und bleiben an ihrer Seite, bis Sie eine andere Anweisung von mir erhalten."

„Frau Jeute und ich sind gerade auf dem Weg an die frische Luft. Wo sie nun schon mal den Wunsch äußert, an die Luft zu kommen, sollten wir dem unbedingt nachgehen, vielleicht hat sie es sich in fünf Minuten schon wieder anders überlegt."

„Das werde ich übernehmen, mein Lieber. Also nur zu, gehen Sie zu Frau Hagenow", drängt Zuber Sven aus dem Zimmer.

„Tut mir leid, Frau Jeute. Ich schaue dann später noch mal bei Ihnen vorbei."

Richardsen fischt das Handy aus seiner engen Jeans und wählt die Nummer von Hauptkommissar Mertens. Besetzt.

„Ich habe Ihnen Ihre Medikamente mitgebracht, Frau Jeute", wendet sich Zuber an die Patientin. Wortlos nimmt sie ihm das Schälchen aus der Hand, dreht sich in Richtung Nachttisch und simuliert das Schlucken der Pillen.

„Entweder nehmen Sie das Zeug jetzt, oder ich verabreiche Ihnen eine Spritze", zischt Zuber Britta von hinten an.

„So, jetzt machen Sie schon, es ist alles nur zu Ihrem Besten." Der Mann packt die Frau unsanft am Oberarm und beaufsichtigt die Einnahme.

„Und jetzt runter damit. Die frische Luft hat sich ja dann vorerst erledigt, junge Dame, oder?"

Zuber wendet sich zum Gehen.

„Ich werde Ihnen die Polizei auf den Hals hetzen, Professor. Seien Sie sich Ihrer Sache mal nicht so sicher. Leander Hagedorn ist tot, und mein Mann steht so was alleine nicht ..."

Britta sinkt auf das Bett.

‚Da muss ich mir schleunigst was einfallen lassen', brummelt Zuber vor sich hin.

‚Jetzt, wo Hagedorn nicht mehr ist, werde ich zur konventionellen Therapie übergehen. Ihr Zustand wird sich nach und nach stabilisieren, sie wird die Therapie erfolgreich beenden und die Klinik schließlich mit gutem Ergebnis verlassen können. Gut für den Ruf meines Hauses. Bis dahin werde ich zu verhindern wissen, dass Sie sich jemandem anvertraut.'

Richardsen hat hinter der Tür die Szene verfolgt. Rasch verschwindet er in Zimmer Nummer fünf.

„Guten Morgen Frau Hagenow, haben Sie Lust auf einen Ausflug an die frische Luft? Wir zwei Hübschen werden den heutigen Vormittag zusammen verbringen, so hat es der Chef angeordnet und da kann ich leider nicht eigenmächtig was dran ändern. Ich organisiere einen Rollstuhl, und dann hole ich Sie ab. Bis gleich also."

Richardsen macht auf dem Absatz kehrt und einen Abstecher in den Putzraum. Von hier aus wählt er erneut die Nummer des Hauptkommissars. Dann besorgt er den Rollstuhl und kehrt zu der alten Dame zurück.

Kurz vor Mittag treffen Willi Mertens und Nane Lüders in der Psychiatrischen Klinik ein. Aus einem zweiten Auto steigt der Anwalt Torge Bergmann aus. Die Männer stehen vor dem Informationsschalter im Eingangsbereich.

„Wir möchten gern Frau Jeute besuchen. Mein Name ist Mertens, das sind die Herren Lüders und Bergmann", antwortet Willi Mertens auf die Frage von Schwester Dorothea, wie sie den Herren weiterhelfen könne.

„Tut mir leid, meine Herren, ich bin zwar nur Schwesternschülerin, aber soweit ich weiß, kann Frau Jeute heute keine Besucher empfangen."

„Soweit ich weiß, war sie gestern in Hamburg auf der Beerdigung eines Verwandten. Da wird sie doch heute nicht so sterbenskrank sein, dass sie keinen Besuch haben kann."

„Tut mir leid, ist aber Anweisung von ganz oben."

„Dann möchten wir jetzt bitte sofort mit ‚ganz oben' sprechen. Sollte das nicht möglich sein, werden wir das Zimmer von Frau Jeute ohne Ihre Erlaubnis aufsuchen."

„Ist ja cool."

„Was haben Sie gesagt?", fragt Mertens nach, der glaubt, sich verhört zu haben.

„Ich rufe Ihnen den Professor, meine Herren. Wenn Sie sich bitte einen Moment gedulden."

Sven Richardsen kommt um die Ecke gefegt.

„Hallo Bella", wendet er sich an Dorothea, „heute Abend schon was vor? Huch, was für ein Menschenauflauf. Kann ich den Herrschaften behilflich sein?"

„Nee, lass mal, Sven. Die Herren sind schon in Arbeit. Und ja, heute Abend hab ich schon was vor."

Richardsen lässt sich nicht anmerken, dass er Willi Mertens und Torge Bergmann kennt. Im nächsten Augenblick erscheint Professor Zuber. Er wirkt ungehalten und nicht gerade erfreut, als er die Polizisten auf dem Flur erkennt.

„Was gibt es, meine Herren?"

„Wir möchten Frau Jeute besuchen, Professor."

„Das ist leider im Augenblick nicht möglich. Frau Jeute hat die Trauerfeier gestern nicht besonders gut verkraftet. Zurzeit steht sie unter Medikamenteneinwirkung. Ich war gezwungen, ihr eine höhere Dosis zu verabreichen. Furchtbar, wie sie das Ganze mitgenommen hat."

Sven Richardsen wirft er einen beschwörenden Blick zu.

„Ich würde mich gerne persönlich von ihrem Zustand überzeugen. Schlage vor, wir statten ihr gemeinsam einen Besuch ab."

Ohne den Einwand des Professors zur Notiz zu nehmen, gehen die Männer Richtung Zimmer von Britta Jeute. Zuber folgt ihnen.

„Wir können auch sofort damit beginnen, Ihre Behandlungsmethode bei Frau Jeute auf strafrechtliche Qualität zu untersuchen. Wäre also nicht schlecht, wenn Sie sich nicht länger querstellen, Herr Professor Zuber", bemerkt Willi Mertens.

Der Klinikchef stutzt. Was war das für ein Ton? Allerhöchste Alarmstufe. Dass Richardsen ihn heute früh beobachtet hat, ahnt er nicht.

„Welche Medikamente setzen Sie bei der Behandlung von Frau Jeute ein?", will Nane wissen.

„Bei ihrem Krankheitsbild ist der Einsatz von Neuroleptika am sinnvollsten."

„Als Tablette oder intravenös als Zwangsbehandlung?" fragt Lüders weiter.

„Die Spritze als Zwangsbehandlung zu bezeichnen, widerstrebt mir, Herr Lüders. Wir mussten bei Frau Jeute schon zu ihrer eigenen Sicherheit gelegentlich zur Spritze greifen. Wenn sich der Patient partout verweigert, ist wegen der schnelleren Wirkung die Spritze unbedingt sinnvoll. Aber heute Morgen habe ich ihr Tabletten verabreicht."

Sie sind inzwischen im Zimmer der Patientin angekommen. Die Frau im Bett wendet ihren Kopf in Richtung der Männer. Erschrocken weichen Lüders und Mertens zur Seite, als Britta plötzlich mit einem grellen Schrei einen Satz aus dem Bett macht und auf Torge Bergmann zueilt.

„Torge, Du musst mich hier rausholen. Ich bin nicht krank, Torge. Ich werde hier eingesperrt, festgehalten und vollgepumpt. Bitte hilf mir!"

Der Mann legt seinen Arm um die aufgebrachte Frau und versucht, sie zu beruhigen.

„Dazu bin ich hier, Britta. Beruhige Dich, alles wird gut. Ich werde da sein", flüstert er nah an ihrem Ohr.

„Sie sehen selbst, wie unberechenbar sie in ihrem Zustand ist, meine Herren."

Der Professor greift in seine Kitteltasche, holt eine Pille hervor und reicht sie zusammen mit einem Glas Wasser der Patientin, die ihm daraufhin kurzerhand das Wasserglas aus der Hand schlägt.

„Da sehen Sie, einfach unberechenbar."

„Fühlen Sie sich bedroht, Professor, oder warum soll Frau Jeute schon wieder eine Pille schlucken? Ich gehe davon aus, dass das, was Sie da gerade aus der Tasche ziehen, sie wieder zum Schweigen bringen soll."

Britta steht noch immer, den Kopf an Torge Bergmanns Schulter gelehnt, zwischen den Männern.

„Und nun wäre es schön, Professor, wenn wir kurz mit Frau Jeute allein sprechen könnten. Vielen Dank."

„Das wird ein Nachspiel haben", zischt der Mann und geht aus dem Zimmer.

„Mit Sicherheit", erwidert Nane, dem die Worte nicht entgangen sind.

„Die Akte Jeute, sofort bitte“, fordert Zuber Dorothea auf. Die Schülerin, entsetzt über den Befehlston des Chefs, zieht die zweite Schublade des Rollcontainers auf und schiebt eine Akte nach der anderen ein Stück weiter.

„Geht's ein bisschen schneller?“, fährt Zuber die Auszubildende an.

„Nicht da“, ist die knappe Antwort. Dorothea sieht in den offenen Fächern am Tresen und auf dem Schreibtisch nach. Der Chef selbst schaut die Hängeakten noch einmal durch.

„Nee, nicht da. Die Akte ist nicht da“, wiederholt sie tonlos und sieht dem Professor ins Gesicht, wobei ihr sein irritierter Blick nicht verborgen bleibt.

„Was soll das heißen, nicht da? Wo ist die Akte hin? Ich habe meine Anweisung, sie stets unter Verschluss zu halten, nicht aufgehoben!“, brüllt er die junge Frau an.

„Vielleicht schauen Sie mal in Ihrem Labor unten nach“, entgegnet Dorothea, „ist ja schon öfter vorgekommen, dass Dinge sich dort wieder angefunden haben.“

„Halten Sie ihr vorlautes Mundwerk, Dorothea. Vergessen Sie nicht, dass Sie in der Ausbildung sind.“

„Würde ich niemals vergessen“, nuschelt Dorothea vor sich hin. Der Chef hat sich mit wehendem Kittel aus dem Schwesternzimmer entfernt.

‚Natürlich ist die Akte unten, hatte ich völlig vergessen. Hab sie selbst dorthin mitgenommen, um sie zu bereinigen und auf einen aktuellen Stand zu bringen. Über lang oder kurz muss ich damit rechnen, dass die Polizei einen Blick hineinwerfen will. Ich bin schon ganz verwirrt und fahrig von dem Stress.‘

Der Mann schließt sein Labor auf und lässt sich auf den Stuhl vor seinem Schreibtisch fallen. Er rauft sich die Haare.

‚Das war verdammt eng. Mit ein bisschen Glück komme ich gut aus der Sache raus. Die Pille von heute Morgen konnte ich rechtfertigen. Obwohl, so ganz dumm sind die Polizisten auch nicht. In der Provokation von Lüders lag eine gewisse Ironie. Ich werde mich kooperativ zeigen', beruhigt sich Zuber in einem Selbstgespräch.

‚Der Therapieplan ist nicht zu beanstanden. Dass Hagedorns Gutachten nicht zutreffende Angaben enthält, davon konnte ich niemals ausgehen. Wieso hätte ich sie auch anzweifeln sollen, er hatte beste Referenzen und war in der Tat ein sehr guter Fachmann.

Solange ich zu Kordula meine Liebesbeziehung aufrechterhalte und sie nicht befürchten muss, dass ihr Mann davon Wind bekommt, ist sie ein Garant für Verschwiegenheit. Also habe ich auch die Seite unter Kontrolle. Die Medikamente, die Britta Jeute eigentlich hätte bekommen sollen, sind außer Haus und unter Verschluss. Für alles andere gibt es keine Beweise, da würde Aussage gegen Aussage stehen und so weit lasse ich es nicht kommen.'

Das Läuten des Telefons reißt Zuber aus seinen Gedanken.

„Die Herren von der Polizei hätten gern Einblick in die Akte von Frau Jeute, Herr Professor."

„Sagen Sie Ihnen, dass ich unterwegs bin", erwidert Zuber, klemmt sich die Akte unter den Arm und macht sich auf den Weg nach oben.

„Ich dachte mir, dass Sie einen Blick in die Akte werfen möchten. Wissen Sie, ich habe mir nichts vorzuwerfen, deshalb kooperiere ich, was immer auch Ihre Fragen sind. Habe ein bisschen empfindlich reagiert vorhin, dafür möchte ich mich entschuldigen. Mein Haus ist eine gute Adresse für Menschen mit psychischen Problemen und so soll es auch bleiben. Britta Jeute ist ein ungewöhnlicher Fall. Die Zusammenarbeit mit dem Kollegen Hagedorn ist hier ebenso ungewöhnlich wie einmalig. Leider ist die Kooperation durch das Ableben von Hagedorn abrupt unterbrochen und fortan trage ich selbst und allein die Verantwortung für die Patientin. Sehr gern gewähre ich Ihnen Einblick in mein Behandlungskonzept. Bedienen Sie sich, hier sind die Unterlagen. Wirklich, ich habe mir nichts vorzuwerfen."

„Wir würden die Akte gerne mitnehmen."

„Ungern, meine Herren. Mir wäre lieb, wenn Sie sich mit Kopien begnügen. Ich werde sofort veranlassen, dass Sie eine Kopie aller Unterlagen mitnehmen können."

Mit der ‚bereinigten' Mappe unterm Arm verabschieden sich Mertens und Lüders und fahren nach Husum zur Dienststelle zurück.

„Ich glaub' nicht, dass wir ihm was nachweisen können, Willi, was denkst du?"

„Na ja, immerhin haben wir eine weitere Kopie der Akte, die andere Inhalte haben dürfte. Wir müssen klären, ob strafrechtliche Gesichtspunkte sich als relevant herausstellen. Außerdem sollten wir Frau Jeute sobald als möglich einbeziehen, für sie ist schließlich in gewisser Weise die Welt stehen geblieben. Vielleicht kommen sie wieder zusammen, sie und ihr Mann, nach dem was geschehen ist. In den nächsten Tagen wird sich eine ganze Menge tun, schätze ich."

„Ach, Willi, bevor ich es vergesse, hab morgen frei, fahr' nach Minden", erinnert Nane beim Aussteigen aus dem Dienstfahrzeug seinen Vorgesetzten.

„Alles klar, Nane. Schönen Feierabend, viel Spaß morgen und hab ein schönes Wochenende."

Nane Lüders stellt sein Auto auf dem Parkplatz am Husumer Bahnhof ab. Vor zwei Tagen hatte er bereits eine Fahrkarte nach Minden gelöst. Der Zug soll um zehn Uhr fünfundzwanzig in Hamburg-Altona sein. Dort muss Nane umsteigen. Ohne Verspätung wäre seine Ankunft in Minden mittags um dreizehn Uhr zehn. Ole will ihn vom Bahnhof abholen.

Das Gefühl von Aufgeregtheit und Freude begleitet ihn seit dem Aufstehen. Dreißig Jahr sind eine irre lange Zeit. Damals war Ole ein kleiner Junge von gut vier Jahren. Nane freut sich auf das Treffen.

Der Bahnhof ist voller Menschen an diesem Vormittag. ‚Gott sei Dank habe ich schon eine Fahrkarte', denkt Nane, als er den Menschenauflauf gewahr wird. Sich hier jetzt am Schalter anstellen zu müssen, weil man mit dem Fahrkartenautomaten nicht gut Freund ist: ein Albtraum. Guter Dinge begibt er sich schnurstracks zum Gleis fünf, wo der Zug in wenigen Minuten hoffentlich pünktlich ankommen wird. Auf dem Bahnsteig warten bereits viele Reisende. Eine Lautsprecherstimme kündigt die Einfahrt des Zuges nach Hamburg-Altona an. ‚Ohne Verspätung, was für ein Glück', denkt der Mann. Nane kann sich nicht erinnern, wann er das letzte Mal mit der Bahn unterwegs war.

Kurze Zeit später steigt er in den Zug und findet einen Sitzplatz gegenüber einer älteren Dame.

„Guten Morgen", grüßt er die Frau, „ist dieser Platz wohl frei?"

Die Frau mit dem lila-grau melierten Haar lächelt ihn an.

„Nur zu, junger Mann, setzen Sie sich."

Er schiebt die Reisetasche in die dafür vorgesehene Ablage über seinem Kopf. Sein Gegenüber lächelt ihm wortlos zu, blickt dann aus dem Fenster. Als wenig später der Beamte die Fahrkarten kontrolliert und Nane sie wieder in die Brieftasche zurückschiebt, faltet er den Brief von Ole noch einmal auseinander und liest zum x-ten Mal die Zeilen.

‚Lieber Nane, vor gut dreißig Jahren hat sich meine Mutter von Dir getrennt. Ich muss oft an die Zeit denken, als Jan und ich Kind und wir eine Familie waren. Mittlerweile bin ich achtunddreißig Jahre alt und von Beruf Erzieher geworden. Ich arbeite in einer Einrichtung für Menschen mit Behinderungen in Bad Oeynhausen. In Minden, in der Fischerstadt, habe ich ein kleines Haus gekauft. Es ist wunderbar, mit Blick auf die Weser gelegen. Häufig, wenn ich auf meinem Balkon sitze und auf das Wasser sehe, denke ich an die Nordsee, an Schobüll und an die Zeit, als Du mit Jan und mir in Halebüll am Strand gespielt hast. Daran kann ich mich noch sehr gut erinnern. Ich würde Dich gerne wiedersehen, Nane, und mich freuen, wenn Du meinen Wunsch nach einem Treffen teilen könntest. Ich lade Dich herzlich ein, mich zu besuchen, und erwarte gespannt Deine Antwort.

Ich grüße Dich herzlich

Ole.'

Mit einem Lächeln auf dem Gesicht faltet er den Brief wieder zusammen und sieht aus dem Fenster.

„Na, Post von der Liebsten?", fragt ungeniert die Dame mit den grauen Haaren von gegenüber.

„Nein, nicht von der Liebsten. Mein Sohn hat mir eine wunderbare Nachricht geschickt", erwidert Nane, während er zufrieden die Augen schließt und über seine Wortwahl nachdenkt.

‚Ja, genau so ist es', sagt er zu sich selbst. ‚Mein Sohn Ole hat mir eine wunderbare Nachricht geschickt. Ich glaube, so fühlt sich Glück an'.

Dann entfährt ihm ein tiefer Seufzer und er hängt mit geschlossenen Augen seinen Gedanken nach, froh, dass sein Gegenüber ihm weiter kein Gespräch aufzwingt.

Im Altonaer Kopfbahnhof bleiben ihm gut zwanzig Minuten zum Umsteigen. Der ICE nach Hannover geht vom Gleis zehn.

‚Eigentlich kann Zug fahren ganz entspannend sein', denkt er vor sich hin, ‚sollte ich des Öfteren mal machen.'

Nach einem weiteren Stopp in Hannover steigt Nane pünktlich um dreizehn Uhr zehn in Minden am Gleis elf bei strahlendem Sonnenschein aus dem Zug. Sein Blick schweift über die Menschenmasse auf dem Bahnsteig und heftet sich an einen jungen Mann, der offensichtlich ebenso auf der Suche nach jemandem ist. Ihre Blicke treffen aufeinander und für einen Moment hat Nane das Gefühl, als schaue er Erna ins Gesicht.

‚Ole!'

Er hebt seinen Arm und winkt dem Mann zu, der bereits in seine Richtung unterwegs ist. Er stellt seine Tasche ab und mit offenen Armen gehen die Männer aufeinander zu. Nane ist gerührt von der offenen Herzlichkeit, mit der ihm sein Gegenüber empfängt.

„Willkommen, Nane", begrüßt ihn der junge Mann, „ich freu' mich, dass du gekommen bist."

„Ich freu' mich, dass du mich eingeladen hast", entgegnet Nane und legt seine Hände auf Oles Schultern und schaut ihm fest in die Augen.

„Danke, Ole."

Ole schnappt sich die Reisetasche.

„Komm", fordert er Nane auf, „mein Auto steht gleich hier vor dem Bahnhof. Ich hab für uns gekocht, bei dem schönen Wetter können wir auf dem Balkon essen. Von dort aus hast du einen herrlichen Blick auf die Weser. Das ist wirklich schön."

Kurze Zeit später steigen sie in den weißen Audi A3, den Ole wenige Meter vor dem Eingang zum Bahnhof geparkt hat. Nane entfährt ein anerkennendes ‚Donnerlüttchen, schönes Auto'.

„Steig ein, Nane. Übrigens, ich freu' mich wirklich riesig."

„Dein Brief hat mich gerührt, Ole, konnte gar nicht anders, als mich in den Zug setzen und deine Einladung annehmen."

Nach einigen Minuten Fahrzeit parkt Ole sein Auto in der Fischerstadt hinter der hohen Mauer mit der Aufschrift ‚Grimpeneck'.

„So, da sind wir schon."

Sie gehen einige Meter und erreichen durch eine Pforte einen kleinen mit Kopfsteinen gepflasterten Hofplatz. Üppig ausladende Pflanzen mit südländischem Flair bilden bis hin zur Haustür eine Art Spalier.

„Hereinspaziert", lädt Ole Nane ein und schließt die Haustür auf.

„Ich schlage vor, dass wir zuerst essen, hab alles fertig. Komm, hier geht's zum Balkon."

Ole dirigiert seinen Gast durch das Wohnzimmer hinaus auf den Balkon, wo der gedeckte Tisch und gemütliche Stühle zum Platznehmen einladen. Die offenen Gitterstäbe des Balkongeländers geben einen fantastischen Blick auf die Weser frei.

„Ist ja allererste Sahne dieser Ausblick, Urlaubsfeeling pur."

„Hast recht, Nane, ich kann mich daran auch gar nicht satt sehen. Wenn ich frei und keine Lust auf Radfahren oder Laufen habe, genieße ich die Aussicht von hier oben und kann super entspannen.

Ich hab uns was Gesundes gekocht, Gemüse mit Bio-Zitronenhuhn. Dazu gibt's Reis, ich hoffe, du magst so was. Setz dich doch einfach, ich bin gleich bei dir."

Ole stellt zwei große Schüsseln mit köstlich duftendem Essen auf den Tisch und lädt Nane ein, kräftig zuzulangen.

„An dir ist ein Koch verloren gegangen. Mann, das schmeckt ganz vorzüglich, Ole."

Sie sitzen einander gegenüber, essen, reden und vergessen die Zeit. Mehr als zwei Stunden haben sie über alte Zeiten erzählt, über dies und das und davon, wie heute ihr Leben verläuft.

„Du hast mir ein Stück alte Zeit zurückgegeben, Ole, es war ein wohltuendes Gespräch. Wie sagt man so lapidar, ‚die Zeit heilt alle Wunden', aber von nichts kommt nichts und man muss selbst dafür sorgen, dass es besser wird und du hast es in die Hand genommen."

„Wir haben beide ein Stück von früher wieder an uns herangelassen. Komm, Nane, wenn du Lust hast, zeig' ich dir ein bisschen was von der Weserstadt, bevor wir völlig sentimental abdriften."

„Gute Idee, Ole. Können wir am Wasser langgehen? Nach dem superschönen Ausblick würde ich gern mehr davon sehen."

Die Männer gehen an der Weserpromenade entlang Richtung Schiffmühle.

„Was ist das denn für ein altes Gestell da auf dem Wasser? Das sieht ja urig aus."

„Das ist die Schiffmühle, komm, wir gehen mal rauf. Ist interessant von innen. Du kannst das Mühlrad ansehen, dir Korn mahlen lassen und mit nach Hause nehmen, funktioniert alles noch. Die Schiffmühle wird vom Verein Schiffmühle Minden unterhalten. Die Mitglieder arbeiten ausschließlich ehrenamtlich und machen Führungen, zu denen man sich anmelden kann."

Nane und Ole gehen über die Brücke und betreten den Rumpf der schwimmenden Mühle. Ein eigenartiger aber nicht unangenehmer Dunst schlägt Nane entgegen. Ein Mann, wahrscheinlich Mitarbeiter des Vereins Schiffmühle, erläutert und demonstriert, wie das Mahlwerk funktioniert. Für zwei Euro ersteht Nane einen kleinen Leinensack gemahlenes Getreide, mit dem Aufdruck ‚Schiffmühle Minden'. ‚Ein schönes Mitbringsel für Frauke', denkt er sich, ‚vielleicht backt sie ein Brot davon'.

„Hier ist ein wunderbarer Ort für Lesungen. Krimis passen wegen dem urigen Ambiente ganz prima in die Kulisse. Ab und zu knackt es im Gebälk oder du hörst das Waser glucksen. Kommt schon ein bisschen unheimlich rüber, wenn es dunkel ist und dazu vielleicht noch regnet. Bei Dunkelheit sorgt ein eigens für die Mühle designtes Licht für eine schöne Atmosphäre. Der Mühlenkörper wird nämlich ganz speziell angeleuchtet. Die Lesebühne Minden hält hier meist einmal im Jahr eine Lesung ab, aber auch einzelne Schriftsteller, und davon hat die Region ja einige, wählen diesen schönen Ort."

Im Biergarten herrscht Hochbetrieb. Nane und Ole finden zwei freie Plätze an der Hauswand direkt neben der Treppe und bestellen sich jeder einen Eisbecher.

„Seit Saisonbeginn betreibt das ‚Bavaria' den Biergarten. Mir will das im Augenblick noch gar nicht so recht gefallen. Das Servicepersonal im Dirndl und die Speisekarte typisch bayerisch. Aber über Geschmack lässt sich bekanntlich streiten. Mir würde die westfälische Küche an dieser Stelle besser gefallen. Hab da so meine Schwierigkeiten, mich umzustellen, wenn Vertrautes sich ändert. Aber ob nun bayerisch oder westfälisch, das Eis ist von Mövenpick und ziemlich lecker. Wenn du später noch Lust hast, dir die Obere Altstadt anzusehen, können wir eine ausgiebige Runde dort drehen und zum Abend in der ‚Alten Münze' essen. Das ist ein griechisches Lokal."

„Hört sich gut an. Da komm' ich doch gerne mit."

Später führt Ole seinen Gast über den Markt und die Martinitreppe in die Altstadt.

„Bist wohl in Deiner Freizeit Fremdenführer, oder wieso kennst du Dich so gut aus?"

„Mich interessieren geschichtliche Hintergründe, Nane. Da, wo ich lebe, will ich Bescheid wissen, warum und wieso etwas ist, wie es ist und wo es seinen Ursprung hat. Als ich hierhergezogen bin, habe ich an einer Stadtführung teilgenommen und dann selbst weiter recherchiert. In unserer Stabi kannst Du viel erfahren über die Mindener Stadtgeschichte."

„In der was? Hab ich richtig gehört, ‚Stabi'?", fragt Nane nach, kommt dann aber selbst drauf, dass es sich wohl um die Stadtbibliothek handelt.

Es ist neunzehn Uhr geworden, als sie ihren Rundgang durch die Altstadt beendet haben und sich an einen Tisch im Freien vor dem Restaurant ‚Die Alte Münze' setzen.

„Ein schöner Platz hier. Hat so was von einem kleinen Marktplatz von früher. Da drüben bei den Fahrradständern würde ich mein Pferd anbinden, während ich hier beim Griechen gemütlich speisen gehe. So, und nun lass dich von mir einladen, hast mich heute Mittag köstlich bekocht."

„Hier bin ich mit Andreas auch oft hergegangen. Wir haben es geliebt, hier draußen zu sitzen und zu klönen. Die ersten Jahre nach seinem Tod konnte ich es nicht ertragen, hier zu sitzen, aber inzwischen sind die Wunden verheilt und ich freu' mich über die schönen Erinnerungen."

„Wieso ist dein Lebensgefährte so jung gestorben? Magst mir davon erzählen?"

„Er hat sich das Leben genommen damals. Wir führten eine Wochenendbeziehung. Während der Woche hat Andreas in Bad Schwartau gewohnt. Er war bei der Bundespolizei, musste häufig als Zugbegleitung mitfahren zu Fußballspielen, nach hier und nach dort. Er war ein sensibler Junge. Die Einsätze zur Unterstützung der Polizei haben ihm schwer zu schaffen gemacht. Er konnte das Herumgehänge der jungen Dinger auf den Bahnhöfen nicht ertragen. Zum Schluss hat er es nicht mehr ausgehalten und sich in einer Kurzschlusshandlung vor den Zug geworfen. Einfach so. Das war eine schlimme Nachricht für mich. Ich habe einen Text, den er geschrieben hat. Der ist ziemlich krass. Ich trag' ihn immer bei mir. Seine Mutter hat ihn mir überlassen. Mir würde es gefallen, wenn ich ihn dir vorlesen dürfte."

Nane nickt und Ole faltet das Papier auseinander.

Bullenweihnacht

Unter meinen Stiefeln knirscht das Glas zerbrochener Bierflaschen.
Dumpfes Neonlicht spiegelt sich in Erbrochenem, stets begleitet von Urin Nummer fünf.
Junge Mädchen torkeln in High Heels über den Bahnhof.

Ein ‚kniet nieder, ihr Bauern', reißt mich aus dem
Schlaf.
Hansa Rostock ist unterwegs.
Erfreuen wir uns doch an dem Glanz ihrer Glatzen
oder an den fettigen Haaren, die in der Sonne
glänzen.
Sie verheißen ‚Frieden auf Erden.'
Gesegnete Weihnacht!

Betroffen sieht Nane Ole ins Gesicht.

„Eine tragische Geschichte, Ole, aber mir gefällt, dass du sagst, es sind die schönen Erinnerungen, die bleiben."

Ole legt sorgfältig, beinahe liebevoll das Papier zusammen und zieht ein Foto hervor und schiebt es Nane hin.

„Das sind wir."

Die Wirtin bringt den Vorspeisenteller. Nane hebt das Glas mit der Apfelschorle.

„Lass es dir schmecken, Ole, und danke für dein Vertrauen."

Es beginnt dunkel zu werden, als die Männer sich auf den Heimweg machen. Morgen will Ole seinem Gast die Schachtschleuse zeigen.

Die Anzeigentafel im Flughafen informiert, dass die Maschine aus Stockholm gelandet ist. In wenigen Minuten werden sie Svensson festnehmen. Anders und Michaela beobachten Frau Svensson, die nervös auf ihre Armbanduhr schaut.

„Schau, Anders, da ist er. Er geht am Kofferband vorbei, führt wahrscheinlich nur Handgepäck mit sich. Müsste gleich den Ausgang passieren. Okay, schnappen wir ihn."

Frau Svensson und Anders Brinckmann gehen gleichzeitig auf Doktor Svensson zu.

„Guten Abend Frau Svensson, so schnell sieht man sich wieder. Guten Abend Herr Doktor Svensson, ich nehme Sie vorläufig fest. Sie stehen im Verdacht, Leander Hagedorn getötet zu haben. Bitte begleiten Sie uns zum Präsidium."

„Was erlauben Sie sich, Herr Brinckmann. Gar nichts werde ich. Ich werde mit meiner Frau nach Hause fahren. Mit dem Tod von Leander habe ich nichts zu tun."

„Kommen Sie, Doktor, sonst müssen wir Ihnen die Handschellen anlegen. Wenn Ihnen das lieber ist? Auf der Dienststelle können Sie uns ausführlich Ihre Version der Geschichte erzählen."

„Mach dir keine Sorgen, Liebling", wendet sich Svensson an seine Frau, „ich habe nichts mit Leanders Tod zu tun, wirklich nichts. Ich schwöre es."

„Ich werde meinen Mann begleiten. Wieso beschuldigen Sie ihn des Mordes? Er kann doch keiner Fliege was zuleide tun. Wir werden uns über Sie beschweren."

„Tun Sie das, Frau Svensson. Kommen Sie, unser Wagen steht direkt vor dem Ausgang."

Widerwillig steigt Svensson in das Polizeifahrzeug ein. Frau Svensson folgt dem Wagen, in dem ihr Mann, vorläufig festgenommen, zur Polizeidienststelle unterwegs ist. Es ist Hohn und Spott, wie sie findet.

„Das werden Sie noch bitter bereuen. Was haben Sie gegen mich in der Hand? Nichts. Weil es nichts gibt, weil ich es nicht getan habe. Ich bringe doch keinen Menschen um. Warum sollte ich auch? Sagen Sie es mir! Absoluter Schwachsinn, das Ganze."

„Vielleicht, weil Doktor Hagedorn für die Station nicht mehr tragbar war? Vielleicht sind Sie dahinter gekommen, dass er nebenbei durch kleine Gefälligkeiten ein ansehnliches Vermögen angehäuft hat? Vielleicht hat es Sie geärgert, möglicherweise gekränkt, dass er nicht Sie für die Hirntoddiagnose von Benjamin hinzugezogen hat, sondern über alle Köpfe hinweg jemanden von der Deutschen Stiftung Organspende kommen ließ? Da kann einem als langjähriger Mitarbeiter schon mal der Hut hoch gehen, wenn ein Neuling sich so etwas herausnimmt, oder?"

„Das muss ich mir nicht bieten lassen. Das sind Unterstellungen und Vermutungen, die Sie in Ihrem Polizeialltag immer dann aus dem Hut zaubern, wenn Ihnen weiter nichts einfällt. Das ist mir zu simpel, dafür stehe ich nicht zur Verfügung. Merken Sie sich das. Aber noch einmal die Frage, woher nehmen Sie eigentlich die Frechheit, mich vorläufig festzunehmen, wie Sie es nennen? Was haben Sie konkret in der Hand gegen mich?"

„Das werden wir jetzt gemeinsam herausarbeiten, Herr Svensson. Beantworten Sie uns eine Frage. Wie kommen die Haare von Ihrem Hund Dingo auf den Beifahrersitz von Leander Hagedorns BMW?"

Sichtlich irritiert schaut Svensson zuerst Michaela Breitkreuz, dann Anders Brinckmann an.

„Sie haben bei mir zu Hause herumgeschnüffelt? Das wird ein Nachspiel haben. Ich werde mich über Sie nicht nur beschweren."

Der Wagen ist zwischenzeitlich bei der Polizeidienststelle angekommen. Die Beamten gehen, Svensson in ihrer Mitte, direkt in das Büro von Anders Brinckmann.

„Tun Sie das, Herr Doktor Svensson."

„Wo ist meine Frau, sie wollte mich begleiten?"

„Ihre Frau wird draußen auf Sie warten. Die Befragung führen wir ohne Ihre Frau durch. Also, wie kommen die Hundehaare dahin?"

„Das ist anders als Sie denken, Herr Brinckmann."

„Da bin ich aber gespannt."

„Kann ich bitte ein Glas Wasser haben?"

Brinckmann nimmt ein Glas aus dem Regal und füllt es randvoll mit Leitungswasser.

„Also, meine Tochter Lena ist mal bei den Hagedorns zu Gast gewesen. Am Abend hat Leander sie dann nach Hause gebracht. Lena verbringt viel Zeit mit unserem Hund Dingo, die beiden sind unzertrennlich. Deshalb wird sie an ihrer Kleidung die Hundehaare gehabt und auf dem Sitz hinterlassen haben."

„Das ist ja mal eine richtig gute Erklärung, Herr Svensson. Schade nur, dass wir Sie Ihnen nicht abnehmen können, weil Ihre Tochter Doktor Hagedorn nämlich gar nicht persönlich gekannt hat. Wir werden jetzt noch Ihre Fingerabdrücke nehmen und mit denen im Auto von Hagedorn vergleichen und dann warten wir auf Ihr Geständnis. Und so lange behalten wir Sie hier. Gute Nacht, Herr Doktor Svensson."

„Ich will sofort meinen Anwalt sprechen."

„Sehr gerne. Wissen Sie, wie spät es ist? Wir sehen uns morgen, möglicherweise mit Ihrem Anwalt. Vielleicht fällt Ihnen ja noch das eine oder andere zum Ableben von Hagedorn ein. Eine angenehme Nachtruhe bis dahin."

Der Polizeibeamte in der Uniform führt Svensson ab.

„Ich habe ihn nicht umgebracht, glaub' mir Irene. Es wird sich alles aufklären."

Deprimiert und jämmerlich klingt seine Stimme, als er auf dem Flur an seiner Frau vorbei zu seiner Zelle gebracht wird.

Waagerecht peitscht der Wind den Regen vor sich her. Mies wie das Wetter ist auch Jonas Stimmung. Er sitzt am Husumer Außenhafen im Restaurant ‚La Mer' und blickt auf das graue krisselige Wasser im Hafen. Anfangs waren sämtliche Tische besetzt gewesen. Touristen mit Kindern, Paare. Niemand will sich bei diesem Wetter draußen aufhalten.

Jonas hatte eine Kleinigkeit zu essen bestellt. Zwischen ‚Salat Neptun' mit Scampi-Spies vom Grill und ‚Salat Marion' mit gegrillten Putenstreifen und Oliven zu entscheiden, war einfach. ‚Marion' ging jetzt gar nicht, also hatte er ‚Neptun' gewählt, dazu ein großes Bier bestellt. Weder hatte er Freude am Essen verspürt noch interessierte ihn irgendeiner der Gäste, mit dem er sich hätte unterhalten wollen.

Seine Gedanken kreisen um Leander. Wieso hat er sich so in seinem Freund getäuscht?

Er bestellt noch ein Bier.

Hatte seine Mutter damals recht, als sie sagte, dass Leander in seinem Fell nichts tauge? Nein, er hatte ihn anders erlebt. Sie hatten so viel Spaß gehabt zusammen und Pläne geschmiedet. Eine echte Männerfreundschaft. Nun ist alles vorbei. Die Perspektive, die Sache in der Psychiatrie weiterzuverfolgen, ist aussichtslos. Professor Zuber hatte in einem Telefonat mitgeteilt, dass er aus gegebener Veranlassung die Medikation auf ein angemessenes Maß zurückfahren würde. Der Traum, mit Leander und Marion nach Frankreich überzusiedeln, ist ausgeträumt. Was bleibt?

Vor Leanders Tod war die Sache mit Britta in der Psychiatrie in trockenen Tüchern.

Das war jetzt vorbei. Brittas Zustand würde sich normalisieren und in absehbarer Zeit könnte sie die Klinik verlassen. Eine ambulante Therapie würde weitere Fortschritte erwarten lassen. Und was dann, wollte er es überhaupt? Wie sollte er ihr unter die Augen treten?

Die Kehle ist ihm wie zugeschnürt und er stürzt hastig sein Bier herunter. Ihm ist kalt.

„Ich nehme noch 'n Bier und 'n Gammel Dansk, bitte".

‚Der Schnaps wird mich wärmen', denkt er. Innerlich abgestumpft sehnt er sich danach, sein Dilemma einfach wegzutrinken und kippt sich den Klaren in den Rachen.

„Auf einem Bein kann man nicht stehen, darf's noch einer sein?", fragt im Vorbeigehen die Bedienung.

„Klar, seh' ich auch so. Einen vertrag ich noch."

Als die Kellnerin den Schnaps serviert, bestellt der inzwischen stark angetrunkene Mann noch ein Bier.

‚He Leander, wo bist du? Erklär mir, wie es dazu kam? Warum hast du mir nicht gesagt, dass du das Testament änderst? Ich komm' damit nicht klar! Nicht wegen der Kohle, aber weil du es mir nicht gesagt hast. Wir waren doch Freunde ...

Meine Mutter hat gesagt, du bist ein Sausack. Das wollte ich nie glauben. Und auch jetzt glaube ich es nicht, dazu war unsere Freundschaft viel zu intensiv. Das fühlt sich ganz schön Scheiße an, so ohne Erklärung dazustehen, mein Freund. Ist eine riesige Enttäuschung. Ja, das ist es, eine Ent-Täuschung. Die Täuschung ist weg, ich hatte mich geirrt, was deine Person betrifft. Alles klar, mein Freund.'

„Einen Gammel Dansk, bitte noch."

Einige Stunden hat der Mann so am Tisch gesessen. Langsamer werden seine Gedanken, verschwommen die Bilder, die Sprache abstrus.

Ein Blick auf die Uhr. Kurz nach zehn.

‚Gute Zeit zum Gehen', lallt er vor sich hin und winkt die Kellnerin heran. Er zahlt und tritt hinaus in die Dunkelheit. Es regnet und stürmt immer noch. Ein Stück weiter torkelt er in Richtung Getreidesilos, biegt dann rechts hoch und kommt schließlich auf die Dockkoogstraße. Stockfinster, gespenstisch und menschenleer ist es hier.

Der Wind trägt ein Geräusch an sein Ohr. Mal kommt es näher, dann verstummt es wieder. Er versucht, seinen Schritt zu beschleunigen, was jedoch damit endet, dass er auf allen vieren auf dem Bürgersteig landet.

‚Mann, bin ich besoffen', murmelt er vor sich hin, rappelt sich hoch und ist wieder der Meinung, dass ihm jemand folgt, kann aber in der Dunkelheit niemanden ausmachen. Plötzlich spürt er einen Atem in seinem Nacken.

‚Ist bloß der Wind, wer außer mir, will sich bei diesem Scheißwetter auf der Straße aufhalten?', nuschelt er vor sich hin.

Aus dem Porrenkoogsweg kommen Scheinwerfer eines Autos auf ihn zu. Sie kommen näher.

„Hilfe! Hilfe!", brüllt er und rennt, wild mit den Armen fuchtelnd ein Stück die Straße entlang, stolpert erneut und bleibt auf der Fahrbahn am Rinnstein liegen.

Der lange schrille Hupton des Fahrzeugs fährt ihm in die Glieder und lässt ihn auf den Gehsteig zurück kriechen. Der Fahrer hat nicht gehalten, und auch jetzt hält er nicht. Außer Hupen war nichts.

‚Weiter geht's, es wird Zeit', lallt der Mann vor sich hin. Endlich am Bahnübergang angekommen, wirft er einen Blick auf seine Armbanduhr. Ein akustisches Signal kündigt den durchfahrenden Zug an. Im selben Moment beginnen sich die Bahnschranken zu senken. Wankend steht Jonas hinter der Schranke, legt kurz den Rücken gegen die rotweiße Barriere und bewegt sich in Richtung Schienen.

‚Nur ein paar Schrrritte ...'

22:35 Uhr. Krachend rast der Nachtzug nach Sylt durch die Dunkelheit. Das akustische Signal, die Schranke bewegt sich nach oben, gibt den Weg wieder frei.

Der Mann am Bahnübergang ist verschwunden. Das Quietschen der Bremsen des Zuges zerreißt die Luft. Dann herrscht Totenstille.

Als kurze Zeit später das Blaulicht der Polizeiautos die Nacht erhellt, hat der Wind sich gelegt und es hat aufgehört zu regnen. Hauptkommissar Lüders, Oke Brandt und der Notarzt stehen am Straßenrand neben den Dienstfahrzeugen.

„Was für ein tragisches Ende, Jonas Jeute", murmelt Lüders und lässt sich sichtlich bewegt in den Sitz des Dienstwagens fallen.

„Woher willst du wissen, dass es Jeute ist? Wir haben doch noch gar nicht alles gefunden?"

„Rechts neben den Gleisen der abgetrennte linke Arm gehört Jonas Jeute. Der silberne Ring am kleinen Finger und die Tätowierung am Unterarm - Huskykopf mit blauen Augen - sind der Beweis, dass er es ist."

Am Morgen nach der Festnahme trifft Svenssons Anwalt Doktor Lothar Streit im Polizeipräsidium ein. Ebenso haben sich Staatsanwalt Rüdiger Gernegroß und die Polizisten Brinckmann und Breitkreuz eingefunden.

Nach einem Gespräch mit dem Anwalt unter vier Augen will Doktor Svensson seine Aussage machen.

„Es fällt mir jetzt nicht leicht, meine Herren, aber ich habe keine Wahl. Gestern habe ich nicht die Wahrheit gesagt. Ich selbst war in dem Auto von Leander Hagedorn auf dem Beifahrersitz. Aber mit dem Mord habe ich nichts zu tun. Als ich an der Villa von den Hagedorns ankam, waren beide schon tot. Ich habe lediglich geholfen, die Leiche vom Haus ins Auto zu transportieren und in Schobüll wiederum aus dem Auto herauszuheben und hinter dem Knick abzulegen. Das ist alles und das ist die Wahrheit und ich bin froh, dass es vorbei ist."

„Es ist also richtig, dass Sie sich als Beifahrer in dem BMW von Leander Hagedorn befanden und wer war bitteschön der Fahrer dieses Wagens?"

„Nun, gefahren ist ...", der Mann verbirgt, die Ellenbogen auf den Tisch gestützt, das Gesicht in den Handflächen und fällt in sich zusammen.

„Also ... Professor Gramm ist gefahren", stammelt der Mann.

Niemand im Raum sagt etwas.

Michaela Breitkreuz fängt sich als Erste.

„Schildern Sie doch einmal ganz genau, wie es dazu kam, dass Sie als Beifahrer in dem Auto saßen. Warum fuhren Sie überhaupt zur Villa? Wollten Sie den Hagedorns einen Besuch abstatten? Hat sie jemand gesehen?"

„Wie gesagt, ich hatte Urlaub und war zu Hause an dem Abend. Meine Frau war mit den Kindern für einige Tage in München. Normalerweise gehe ich abends nicht mehr ans Telefon. Weil aber meine Frau sich meist um diese Zeit meldet, habe ich nicht aufs Display geschaut und das Gespräch angenommen. Das muss so kurz vor acht gewesen sein. ‚Du musst sofort kommen', hörte ich Haralds Stimme, voller Hektik. Er schien kopflos, kurz vor dem Durchdrehen. ‚Es ist etwas Schreckliches passiert. Frag nicht, setz dich einfach ins Auto und komm zum Haus von Leander.' Dann hatte er aufgelegt. Ich fuhr also nach Blankenese. Harald öffnete mir in OP-Schuhen und Einmalhandschuhen, völlig blutverschmiert, die Tür. ‚Ich habe es getan, Sven. Beide. Schau dir das an. Hilf mir. Heute war die einzige Chance, reinen Tisch zu machen. Um ein Haar hätte er uns ruiniert, den Ruf der Klinik, Verena und meinen Namen hätte er ebenso mit in den Schmutz gezogen. Du musst mir helfen. Komm, fass mit an.' Er stammelte nur, war völlig durcheinander. Was den Anblick von Blut angeht, bin ich ja wirklich nicht empfindlich, aber als ich das Wohnzimmer betrat, wurde mir speiübel. Die Frau lag dort, den Kopf in einer Blutlache, einen Revolver neben ihrer Hand. Und er, Leander, auf dem blutdurchtränkten Teppich vor der Musikanlage, am Hals und an den Armen und Händen über und über mit Blut besudelt."

Der Mann macht eine Pause und schluckt. Michaela stellt ihm ein Glas Wasser hin.

„‚Wir rollen ihn jetzt da ein und bringen ihn weg', gab Harald Anweisung. Ich weiß selber nicht wieso, aber ich stellte keine Fragen, ich reagierte nur. Wenn Harald und ich im OP zusammen arbeiten, läuft das nach dem gleichen Muster ab. Anweisung, Ausführung, keine Fragen. Vielleicht deswegen."

Der Mann stiert vor sich hin.

„Wir rollten die Leiche in den Teppich und brachten sie in den Kofferraum von Leanders BMW. Harald streifte Schuhe und Handschuhe ab und ersetzte sie durch neue. Kurze Zeit später waren wir unterwegs nach Husum. Harald zog eine Art Brief aus seiner Hemdentasche und reichte ihn mir."

„Was stand in dem Brief?" will der Staatsanwalt wissen.

„Das war ein Brief von Verena Hagedorn, ein Geständnis, dass sie Leander umgebracht hat. Es soll sich aber um einen Traum gehandelt haben, den sie dann später aufgeschrieben hat, um ihn zu verarbeiten. So hat es Harald erklärt. Und genau nach diesem Konstrukt will er vorgegangen sein. ‚Ein besseres Drehbuch gibt es nicht', hat Harald gesagt. ‚Genau so habe ich es gemacht, Sven. Uns kann niemand etwas nachweisen', sagte er. In diesem Augenblick dachte ich zum ersten Mal über das Wort ‚uns' nach. Was hatte ich damit zu tun? Danach hatte ich keine einzige ruhige Minute mehr. Ich bin froh, dass es heraus ist."

„Unter diesen Umständen wollen sie meinen Mandanten wohl nicht länger hier festhalten, oder?", meldet sich Doktor Streit zu Wort.

„Na ja, wir reden hier nicht mal eben von einem kleinen Ladendiebstahl, Herr Doktor Streit. Ich werde die Angelegenheit mit dem Richter besprechen. Ich könnte mir vorstellen, dass wir es hinbekommen, den Haftbefehl außer Vollzug zu setzen und Ihren Mandanten vorerst auf freien Fuß zu lassen. Ihren Pass müssen Sie abgeben, und die Stadt dürfen Sie nicht verlassen, Herr Doktor Svensson. Ich werde einen entsprechenden Antrag stellen, versprechen kann ich nichts. Bis das Ergebnis vorliegt, bleiben Sie hier."

Der Staatsanwalt verstaut die Akte in seiner Umhängetasche und verlässt mit einem Kopfnicken die Runde. Auf dem Flur trifft er auf Wachtmeister Holste.

„Mensch, Rüdiger, Jahre nicht gesehen. Was macht die Kunst. Sag mal, kennst du den?"

„Ach, Holste, du nun wieder. Ich hab's eilig, Arnold."

„Ist ganz kurz, Rüdiger. Pass auf ... "

Der Staatsanwalt macht keine Anstalten, seinen forschen Schritt zu verlangsamen. Der Wachtmeister bleibt zurück.

„Wenn du nicht so rennen würdest, müsste ich nicht so weit reden", ruft er ihm hinterher.

„Dann eben nicht", fügt er leise hinzu.

Der Empfangstresen im Eingangsbereich der Psychiatrischen Klinik ist durch den Praktikanten besetzt. Zum Zeitvertreib studiert er die Patientenakte Britta Jeute. Einweisungspapiere, Anamnese, Gutachten von Doktor Hagedorn, Kopie der vorläufigen Vormundschaft durch den Ehemann. Befunde, Diagnose und Therapie. Die Einträge erscheinen auf den ersten Blick nicht ungewöhnlich. Die Medikation im Vergleich zu den anderen Patienten ist nahezu identisch.

‚Chefarztbehandlung rund um die Uhr. Moment, wie geht das? Was ist nachts? Eine Person vierundzwanzig Stunden am Stück in der Klinik? Mit wem teilt er sich das Rundumpaket?', fragt sich Richardsen, ‚So was hat es noch nirgendwo gegeben, es sei denn, man teilt Tisch und Bett, aber das kann man hier wohl ausschließen.'

Einigen Schwestern kommt der Fall Jeute ebenso sonderbar vor, wie Richardsen weiß.

Er schaut sich die Dienstpläne der letzten zehn Tage an. Nachtdienst von neunzehn bis sieben Uhr morgens Schwester Kordula. Vier Nächte lang, dann Swetlana, ebenfalls vier Nächte, dann wieder Kordula. Erneuter Blick auf das Krankenblatt.

‚Hallo? Zuber und Kordula dokumentieren jeweils die Medikamentengabe. Er für den Tag, Kordula für die Nacht. Swetlanas Kürzel sieht aus wie das Handzeichen von Zuber. Nee, sieht nicht nur so aus, es ist Zubers. Folglich sind nur zwei Leute involviert. Ein Blick in die Akte von Frau Hagenow. Bingo, hier hat Swetlana ihr Namenskürzel hinterlassen. Muss ja nicht, kann aber was dran faul sein und das würde mich in diesem Irrenhaus nicht wundern', denkt er bei sich.

‚Zuber hat Britta Jeute nach dem Tod von Hagedorn auf andere Medikamente umgestellt, und guck mal da: seit zwei Tagen malt Swetlana ihr Namenskürzel auf das Krankenblatt und nicht mehr der Chef. Das ist ein kleiner feiner Unterschied mit einer selbst erklärenden Auflösung. Es wird nicht mehr gekungelt, also kann jeder seinen Kringel auf das Blatt setzen. Um das herauszufinden, braucht es schon einen richtig guten Riecher. Gut gemacht, Sven Richardsen.'

„Das lob' ich mir, Richardsen. Selbst in der Mittagspause sich mit den Patientenakten zu beschäftigen. Ich hoffe, Ihr Interesse gilt nicht ausschließlich der Patientin Jeute?", hört Richardsen die Stimme des Professors neben sich.

„Wenn ich ganz ehrlich bin, schon. Ist doch 'ne verdammt Hübsche, finden Sie nicht?", kontert Richardsen schlagfertig.

„Vorsichtig, mein Lieber. Hier wird nicht mit Patienten angebandelt, außerdem ist sie verheiratet."

„Dem heutigen Tag möchte ich einen Namen geben, Anders, ‚Tag des Geständnisses' oder so. Heute kriegen wir ihn, wetten?"

„Hey, heute poetisch unterwegs, Michi?"

Die Polizistin hat ihren Fuß auf den Besucherstuhl vor Anders' Schreibtisch gestellt und stopft das Hosenbein ihrer Jeans in den Stiefelschaft.

„Da könntest du richtig liegen mit deinem Gefühl. Wow, neue Stiefel! Sehen cool aus, die Dinger. Sitzt alles, können wir los?"

„Logo, ich sag' noch kurz Rüdiger Bescheid und dann nehmen wir ihn fest. Genau genommen trennen uns knappe zehn Minuten von unserem Doppelmörder. Was glaubst Du, wie er reagiert?"

„Keine Ahnung. Oder? Doch, warte. Was, wenn er schon Bescheid weiß, dass wir Svensson vorläufig festgenommen haben? Dann muss ihm der Arsch auf Grundeis gehen. Wenn ich er wäre, würde ich ..."

Inzwischen sind sie im Laufschritt am Dienstwagen angekommen.

„Dann gib mal Gummi, Anders."

Die Polizistin setzt die Sirene aufs Dach, dann ruft sie in der Klinik von Professor Gramm an. Anders tritt das Gaspedal.

„Himmel, Arsch und Zwirn. Gramm hat sich heute früh krankgemeldet. Hoffentlich erwischen wir ihn zu Hause. Gib alles, Anders."

Mit quietschenden Reifen hält das Polizeifahrzeug vor dem Haus von Professor Gramm. Im Laufschritt eilen die Beamten zur Eingangstür. Die Klingel scheint abgestellt. Sie klopfen heftig auf den massiven Holzkörper. Nichts geschieht.

„Ich seh' mal nach, ob es einen Hintereingang gibt, Michi."

„Okay, ich warte hier."

Kurz darauf öffnet eine Frau mit großer Sonnenbrille die Haustür.

„Kommen Sie rein, Ihr Kollege hat die Hintertür genommen. Ich bin Maria Gramm. Mein Mann ist nicht da."

„Wo ist Ihr Mann, Frau Gramm? Sagen Sie uns, wo er sich aufhält. Sie wissen, dass er Verena und Leander Hagedorn getötet hat?"

Die Frau setzt ihre Sonnenbrille ab. Ihre geschwollenen Augen verraten, dass sie emotional in den letzten Stunden einiges durchgemacht haben muss.

„Ja, ich weiß es. Ich weiß es seit heute Nacht. Svenssons Frau rief an und sagte meinem Mann was passiert ist. Nun ist er auf dem Weg nach Südafrika. Mit ein bisschen Glück ist der Flieger noch nicht in der Luft. Aber ich fürchte, Sie müssen sich sehr beeilen."

Die Kommissarin greift zum Handy.

„Roswitha, schreib Gramm zur Fahndung aus. Er ist dabei, sich nach Südafrika abzusetzen. Lufthansaflug Hamburg-Johannesburg um zehn Uhr. Die Maschine ist wahrscheinlich noch am Boden. Sie soll auf keinen Fall die Starterlaubnis bekommen. Lass ihn festnehmen. Wir sind gleich da."

Einige Einsatzfahrzeuge parken bereits vor der Abflughalle, als Michaela und Anders aus dem Fahrzeug sprinten und im Laufschritt die Sicherheitskontrolle passieren. Die Fluggäste der Airline nach Johannesburg sitzen bereits im Flieger.

„Wir sollten eigentlich schon in der Luft sein. Ich hoffe, es geht schnell“, sagt die Dame vor der Gangway, „alle Passagiere sind an Bord.“

„Und wie schnell das geht, Frau Brown, zu zweit rein, zu dritt raus, und schon kann der Vogel abheben.“

„Viel Glück.“

Der Platz von Professor Gramm in Reihe E, Sitz 5, ist leer.

„Ist die Maschine ausgebucht?“, fragt Brinckmann die Stewardess, die dem Beamten auf Schritt und Tritt folgt.

„Nein, ich glaube hinten links sind einige freie Plätze.“

„Tatsächlich, hinten links“, erwidert Anders und geht auf den Professor zu.

„Hätte beinahe geklappt, Herr Professor Gramm. Da müssen wir Ihnen leider einen Strich durch die Rechnung machen. Ich nehme Sie hiermit fest. Sie stehen im Verdacht, die Eheleute Verena und Leander Hagedorn getötet zu haben. Kommen Sie bitte mit.“

Wortlos erhebt sich der verdutzte Mann von seinem Fensterplatz und verlässt unter den neugierigen Blicken der Fluggäste den Flieger.

„Könnt Ihr ihn mitnehmen? Wir übernehmen ihn auf der Dienststelle!“, ruft Brinckmann seinen Kollegen von der Uniform zu, die vor dem Check In warten. Der Kollege nickt.

„Lass uns vorher noch 'n Kaffee trinken gehen, Michi“, wendet Anders sich an seine Kollegin.

„Klar, ich bin dabei. Lass' uns mal bei Toni vorbeifahren, da gibt's so oberleckere Brötchen.“

Auf der Dienststelle wartet im Vernehmungszimmer Professor Gramm auf die Beamten. Der Mann, achtundfünfzig Jahre alt, sitzt in aufrechter Haltung vor einem Wasserglas, das er mit Daumen und Mittelfinger der rechten Hand ununterbrochen hin- und herschiebt. Seine Mimik verrät Entschlossenheit und eine Spur von Stolz, keine Anzeichen von Resignation.

„Was mag wohl in ihm vorgehen, in diesem Raum, an diesem Tisch und mit der Gewissheit, von nun an weggesperrt und kein freier Mann mehr zu sein?“, denkt Anders laut vor sich hin und blickt auf den Mann hinter der Schreibe.

„Möglicherweise beginnt seine Freiheit erst, wenn er ausgepackt und seine Taten gestanden hat. Sieh dir an, wie der da sitzt. Aufrecht, als hätte er einen Besenstiel verschluckt. Gehen wir rein?“

„Moin zusammen“, grüßt Staatsanwalt Gernegroß die Polizisten. Gemeinsam betreten sie das Vernehmungszimmer.

Anders klärt den Beschuldigten über seine Rechte auf.

„Ich möchte keine anwaltliche Hilfe in Anspruch nehmen, jetzt nicht. Ich mache meine Aussage und kooperiere, wie es erforderlich sein wird.“

Brinckmann beginnt mit dem Verhör.

„Herr Professor Gramm, als wir Sie neulich an Ihrem Arbeitsplatz zu Leander Hagedorn befragten, haben Sie bestätigt, von seinen Exzessen in Husum, die zur Auflösung seines Arbeitsvertrages führten, gewusst zu haben. War Ihnen auch bekannt, dass Hagedorn während seiner Heidelberger Zeit in größerem Stil Gelder von Pharmafirmen für willfähriges Verhalten bei Verschreibungen kassiert hat?“

„Darüber haben wir gesprochen, ja. Das war allerdings nach seiner Arbeitsaufnahme auf meiner Station. Ich sagte ja, dass ich mich gelegentlich mit Leander getroffen habe, um ihm die Wiedereingliederung zu erleichtern. Wir hatten ein sehr offenes, vertrauensvolles Verhältnis. Das änderte sich erst nach dem jüngsten Ereignis im Zusammenhang mit der Hirntoddiagnose."

„Was wissen Sie genau über die Kontakte zur Pharmaindustrie?"

„Um es vorwegzuschicken, es ist gängige Praxis vieler Generikakonzerne, Ärzten Praxisprogramme mit Pharmawerbung anzubieten. Über 90 % aller Arztpraxen arbeiten mit solchen Programmen. In der Regel erhält der Arzt für die Anschaffung einen Gutschein über einen gewissen Betrag, so zweitausend Euro etwa. Auch die Gemeinschaftspraxis, in der Leander als Psychiater tätig war, arbeitete mit so einem gesponserten Programm, wie er mir sagte. Über die Pharmawerbung hinaus leistet diese Praxissoftware aber mehr als die Beeinflussung bei der Auswahl der Medikamente. Sie ist in der Lage, auf Knopfdruck eine Aufstellung der im Quartal verschriebenen Medikamente zu erstellen. Hagedorn arbeitete mit Firmen zusammen, die ihm mit einem gewissen Prozentsatz pro verordnetes Medikament entlohnten. Dafür erhielt er regelmäßig Schecks. Das ist keine strafbare Handlung, von beiden Seiten nicht. Sie können sich denken, dass nicht jeder Arzt sich auf diese Praxis einlässt, aber bei Leander Hagedorn fühlten sich die Pharmavertreter nahezu zum Ködern verpflichtet. Auch als Dozent war er gelegentlich für eine Pharmafirma tätig und wurde mit einem großzügigen Honorar, Reisekosten und Spesen entlohnt."

„Wo hat Hagedorn die Schecks eingelöst?"

„Soweit ich weiß, unterhielt Leander Konten bei verschiedenen Geldinstituten. Darauf hat er die Schecks zunächst eingezahlt. Wenn sich größere Summen angesammelt hatten, hat er sie auf ein Festgeldkonto gebracht, wie genau, kann ich nicht sagen. Nach der Heidelberger Zeit war es für Leander natürlich mit dieser Einnahmequelle vorbei. Mir hat er es so jedenfalls versichert. Mehr kann ich dazu nicht sagen."

„Herr Gramm, wie kamen Sie in den Besitz von Verena Hagedorns Traum?"

„Leander hat ihn mir gegeben damals. Er war besorgt, wollte meine Einschätzung dazu wissen. Er stellte mir die Frage, ob er damit rechnen müsse, dass Verena sich selbst oder ihm etwas anzutun imstande sein würde. Alles Fragen, auf die er als Psychiater und Psychotherapeut sich selbst die Antwort hätte geben können."

„Was haben Sie ihm geantwortet?", will die Polizistin wissen.

„Ich sagte, dass es unwahrscheinlich sei, dass es vielmehr als ein Ergebnis der Therapie gesehen werden müsse. Sie wollte sich wehren gegen etwas, das Leander ihr zumutete, das sie nicht ertragen konnte. Allein das war die Botschaft dieses Traumes."

„Warum haben Sie die beiden getötet?"

Der Mann leert sein Wasserglas und fährt fort.

„Verena und Leander waren früher als geplant aus Husum zurückgekommen. Er rief mich zu Hause an und fragte, ob ich Lust hätte, auf einen Drink bei ihnen vorbeizukommen. Ich hörte an seiner Stimme, dass er getrunken hatte. Deshalb sagte ich ab, gab vor, dass meine Frau und ich Gäste erwarteten. Als ich aufgelegt hatte, dachte ich eine Weile nach über Leander Hagedorn. Über den Mann, der Verena immer wieder in schwierige Situationen brachte, der sich auf der Station in eine Außenseiterrolle katapultiert hatte. Ich berichtete Ihnen bereits von dem Fall Benjamin. Er war im Begriff, meine Klinik in die Negativschlagzeilen der Presse zu katapultieren und er trank, wenn er einmal angefangen hatte, bis zur Bewusstlosigkeit. Das war dann für mein weiteres Handeln das Stichwort: Bewusstlosigkeit. Ich war plötzlich wie besessen. Ein Zustand von Erregung, Affekt und Rausch überwältigte mich. Dann wurde ich plötzlich ganz ruhig. Es war, als hätte jemand in mir einen Schalter umgelegt. Meine Frau war an diesem Abend mit einer Freundin im Theater. Völlig klar im Kopf schrieb ich ihr eine Nachricht: ‚Bin bei Leander, warte nicht auf mich, es kann spät werden.' Ebenso bedächtig wie entschlossen entnahm ich meinem Arztkoffer zwei Spritzen, Ketanest, ein Wirkstoff, der in der Anästhesie verwendet wird. Ich schob OP-Schuhe und Einmalhandschuhe in meine Jacketttasche und fuhr los. Zu diesem Zeitpunkt war mir klar, was ich zu tun hatte. Ich handelte, als hätte ich einen Auftrag zu erfüllen. Drei gute Gründe gab es für das, was ich tat. Er würde Verenas verletzte Seele niemals mehr quälen, ich musste verhindern, dass meine Klinik ihren ausgezeichneten Ruf verliert und Verena hätte seinen Tod nicht verkraftet, sie wäre zerbrochen daran. Deshalb habe ich auch sie getötet."

„Wie genau sind Sie vorgegangen, Herr Gramm?"

Noch immer sitzt der Mann kerzengerade auf seinem Stuhl, den Blick an die Wand geheftet, als würde er einen Film ansehen.

„Ich fuhr vor das Haus und stieg aus. Auf mein Klingeln öffnete Verena die Tür. Sie war überrascht, mich zu sehen, dazu noch mit übergezogenen OP-Schuhen und den Handschuhen. Zur Begrüßung umarmte ich sie, wie wir es immer handhabten. Auf die Frage, wieso ich sie in diesem Aufzug besuchte, bat ich sie, mich erst einmal ins Haus zu lassen. Als sie dann vor mir her auf die Wohnzimmertür zuging, habe ich ihr, ohne ein Wort zu verlieren, das Mittel in den rechten hinteren Oberarm gespritzt. Ich schob meinen Arm durch ihren hindurch, um zu verhindern, dass sie zu Boden glitt. Sie wendete den Kopf zu mir hin und ihre großen Augen schienen zu fragen: Was tust du, Harald? Ihren Blick werde ich niemals vergessen. Ich sah ihr fest in die Augen und sagte: ‚Verena, vergib mir, aber es ist besser so. Er ist ein Bastard.' ‚Was hast du vor, was tust du ... Harald?', brachte sie hervor. Langsam ließ die Spannung in ihrem Körper nach. Wir waren im Wohnzimmer angekommen und sie sank in sich zusammen. Ich legte sie auf den Fußboden. Von da an hat sie nichts mehr gespürt. Leander saß zu diesem Zeitpunkt volltrunken auf dem weißen Wollteppich vor seinem Musikschrank. Es war, wie Verena es beschrieben hatte: ‚du warst so betrunken, dass du mich noch nicht einmal kommen hören hast'. Wenn ich bis dahin Zweifel an meinem Vorhaben gehabt hätte, spätestens in diesem Augenblick hätte ich sie über Bord geworfen. Leander in diesem Zustand anzutreffen, schien mir unerträglich. Ohne dass er mich bemerkte und von hinten, sozusagen wie hinterrücks erschossen, brachte ich die Nadelspitze in seinen Armmuskel und drückte, bis die Ampulle leer war. Er murmelte etwas Unverständliches und kippte nach hinten um. Es war der Alkoholkonsum, der ihm zu schaffen machte, noch nicht die Wirkung des Betäubungsmittels. Ich ging in die Küche. Um Verenas Vorgabe zu folgen, hatte ich jetzt ein kleines Messer zu schärfen. Die große Auswahl an Küchenmessern machte es mir dennoch einfach, es war ein kleines rotes unter ihnen, wie sie es beschrieben hatte. Ich nahm es heraus und wetzte es an einem Brotmesserrücken. Leander war so hintenübergefallen liegen geblieben. Das konnte ich durch die offene Tür zum Wohnzimmer beobachten. Ich kehrte dorthin zurück. In dem Gefühl, meine langjährige gute Freundin zu rächen, begann ich das Messer an seine Halsschlagader zu setzen. Der Quell des Lebens begann, ein letztes Mal zu sprudeln, rot und warm auf beiden Seiten. Gefesselt an diesen Anblick, hätte ich beinahe das Aufschlitzen der Pulsadern vergessen, denn tot war Leander bereits durch die Kombination des Betäubungsmittels in Verbindung mit seinem immensen Alkoholpegel."

Mit geröteten Augen stiert der Mann auf die weiße Wand ihm gegenüber. Stocksteif fährt er fort.

„Ich saß einen Moment lang neben dem Toten, nichts in oder an mir schien hier beteiligt zu sein. Wie ein Roboter arbeitete ich an einer programmierten Intention. Nun wurde es Zeit für den Kopfschuss. Von Verena wusste ich, dass sie zu ihrer Sicherheit im Schlafzimmer in der Nachtkonsole einen Revolver aufbewahrte. Also ging ich dorthin und öffnete die Schublade des Nachtschränkchens. Unter einer Mappe mit einem Einband aus transparentem Rosenpapier, auf dem in kalligraphischer Schriftart ‚Erinnerungen' stand, lag die kleine handliche Waffe, eine Derringer mit einem Neun-Millimeter-Kaliber. Zunächst warf ich einen Blick in die Mappe. Obenauf das Geständnis. Ich nahm es an mich, um es später auf dem Esstisch zu platzieren. Es folgte ein Blatt mit einem handschriftlichen Gedicht zum Verlust ihres ungeborenen Kindes und ein Ultraschallbild. Zuunterst ein Hochzeitsfoto von Verena und ihrem ersten Mann Helmut. Das alles hat etwa eine halbe Minute gedauert. Ein wenig der

Wirklichkeit entrückt durchzuckte mich ein Schmerz in der Brust. ‚Nur jetzt nicht', dachte ich, ‚nur jetzt keinen Infarkt'. Verenas Erinnerungen legte ich zurück an ihren Platz und machte mich mit der entsicherten Waffe auf den Weg zurück ins Wohnzimmer. Es war kurz vor halb neun. Verena schlief wie ein Engel. Ich legte das Geständnis auf den Tisch. Wie ferngesteuert fuhr ich fort, meinen Plan auszuführen. Ich führte die Waffe an ihre Stirn, dann hielt ich irritiert inne. Verena atmete nicht. Die Waffe legte ich kurz ab und vergewisserte mich. Keine Frage, sie war bereits tot. Das durfte mich von dem entscheidenden Schuss in die Stirn nicht abhalten. Also handelte ich. Dabei habe ich ihre Position nicht verändert, den Blick von Leander abgewandt, das schien mir sinnvoll. Dann legte ich den Revolver etwas oberhalb ihrer rechten Hand auf den Boden. Als ich mich Leander wieder zuwandte, wurde mir unmittelbar klar, dass der nächste Schritt nicht von mir allein ausgeführt werden konnte. In diesem Augenblick versagte meine programmierte Software. Ich geriet in eine panische Situation, war völlig unbeherrscht. Voller Entsetzen fiel mein Blick auf zwei tote Menschen, der eine in einer Lache von Blut, der andere mit einem Loch in der Stirn und ebenfalls blutüberströmt. Und ich hatte dieses Blutbad angerichtet. In meiner Hilflosigkeit rief ich Svensson an. Eine gute Viertelstunde später öffnete ich ihm die Tür. Vor lauter Entsetzen brachte er kein Wort hervor. Doch plötzlich, wie durch ein Wunder, waren wir in einer OP-ähnlichen Situation. Ich gab die Anweisungen. Wir handelten eingespielt, kurz entschlossen, rasch und automatisch. Es war ein Phänomen. Leanders Leiche rollten wir in den Teppich und brachten ihn in den Kofferraum seines BMWs, mit dem wir ihn dann nach

Schobüll brachten und hinter dem Knick in der Nähe der Schule ablegten."

Zum ersten Mal verändert der Mann seine Haltung. Er drückt die Fingerkuppen gegeneinander, als wollte er Spannung entladen. Ein kurzes Knacken der Finger, ein runder Rücken, dann wieder die aufrechte Haltung.

„Sie haben die Leiche also nach Husum gebracht und dort hinter einem Knick abgelegt?"

„Ja, das sagte ich doch."

„Sind Sie dann noch einmal zur Villa zurückgekehrt?"

„Ja. Ich habe Sven, bevor ich in die Garage fuhr, aussteigen lassen. Er ist sofort weggefahren. Den BMW habe ich dann in der Garage abgestellt und bin wiederum mit frischen OP-Schuhen und -Handschuhen von der Garage aus ins Haus gegangen. Man gelangt von der Garage aus direkt in die Küche. Ich habe danach das Haus durch den Vordereingang, so wie ich gekommen war, verlassen."

„Hatten Sie das Gefühl, dass Sie jemand beobachtet hat?"

„Nein, die ganze Zeit über fühlte ich mich unbeobachtet. Als ich nach Hause fuhr, brannte auch im Nachbarhaus kein Licht."

„Wo ist der Teppich, in den Sie die Leiche eingewickelt haben wollen?", erkundigt sich Brinckmann.

„Ich habe auf dem Rückweg auf der A23 zwischen Heide und Itzehoe an einer Baustelle gehalten. Dort haben wir ihn in eine Baugrube geworfen."

„Als Sie nach Hause kamen, war Ihre Frau da schon zu Hause?"

„Ihr Auto stand in der Garage, daher gehe ich davon aus, dass sie zu Hause war, aber nachgesehen habe ich nicht. Wir haben getrennte Schlafzimmer, meine Frau und ich. Meine Oberbekleidung habe ich in den für die Reinigung vorgesehenen Sack gegeben. Dann stand ich mindestens eine Viertelstunde unter der Dusche und bin schlafen gegangen."

„Sie sind schlafen gegangen?"

„Ja, ich nahm zwei Schlaftabletten und legte mich ins Bett. Das war kurz vor Mitternacht."

„Was war am nächsten Morgen, was haben Sie ihrer Frau gesagt?"

„Ich habe meiner Frau gesagt, dass es ein Trauerspiel sei mit Leander. Sagte, dass Verena mich angerufen habe, dass sie sich Sorgen mache, weil er so betrunken sei, und ich daraufhin zu ihrer Villa gefahren war."

„Sie haben ihr nicht gesagt, was Sie getan haben?"

„Nein, das habe ich nicht. Das hat sie bis gestern nicht gewusst."

„Und ihre Frau hat nichts geahnt?"

„Meine Frau wusste von Verenas Traum, von diesem Abschiedsbrief. Damit war für sie geklärt, was sich ereignet hatte, nämlich, dass Verena ihren Traum in die Tat umgesetzt hatte. Wir waren beide sehr betroffen. Jeder auf seine Weise. Und dabei habe ich es auch belassen."

Plötzlich verzerrt Gramm vor Schmerz das Gesicht, fasst sich mit der rechten Hand an den linken Oberarm und kippt zur Seite. Die Beamten legen ihn sofort auf den Boden.

„Schnell einen Notarzt. Wir brauchen einen Arzt!"

Anders eilt aus dem Vernehmungszimmer, informiert den Rettungsdienst.

Der Patient ist nicht bewusstlos. Die Polizistin hockt neben Gramm, der mit hoch gelagertem Oberkörper und geöffnetem Hemd am Boden liegt und offensichtlich heftige Schmerzen in der Brust verspürt. Gramm versucht vergeblich, Worte hervorzubringen. Michaela redet ruhig auf ihn ein.

„Sagen Sie jetzt nichts, Professor. Der Rettungswagen wird gleich eintreffen."

Als Notarzt und Rettungssanitäter eintreffen, ist Gramm bereits bewusstlos. Die Polizisten verlassen das Vernehmungszimmer und benachrichtigen die Ehefrau.

Eine halbe Stunde später hat das Rettungsteam die Einleitung der Behandlung für den Herzinfarkt abgeschlossen.

Von oben sehen die Beamten zu, wie der Notarztwagen mit dem Patienten davonfährt.

„Kann ich Ihnen behilflich sein?"

Schwesternschülerin Dorothea wendet sich Nane und Oke zu, die an der Information geläutet haben.

„Wir möchten zu Frau Jeute."

„Gern. Frau Jeute ist im Garten. Ich bringe Sie zu ihr."

Die Schwester führt die Besucher über den Flur, an dessen Ende sie durch die gläserne Tür direkt in den Garten gelangen.

„Sie sitzt dort hinten auf der Bank. Ich gebe Professor Zuber Bescheid, dass Sie da sind."

„Das ist nicht nötig, Schwester. Wir würden uns gern allein mit Freu Jeute unterhalten."

„In Ordnung. Ich hab denn mal nichts gesehen."

Britta Jeute hat ihre Füße dicht an den Körper herangezogen und umfasst mit den Armen ihre Beine.

„Guten Morgen Frau Jeute. Schön, Sie hier draußen anzutreffen", spricht Nane sie an.

Die Frau wendet ihren Kopf. Ihre heftig geröteten Augen lassen darauf schließen, dass sie geweint haben muss. Sie schnäuzt sich die Nase und erwidert den Gruß.

„Geht es Ihnen nicht gut?"

„Doch schon. Es ist nur ..."

Der Frau schießen die Tränen in die Augen.

„Der Praktikant Sven Richardsen ist nicht wirklich ein Praktikant", fährt sie fort, „er arbeitet als Privatdetektiv für Torge Bergmann, aber das wissen Sie ja bereits. Ich kenne Torge aus meiner Studentenzeit. Wir waren gut befreundet. Torge wird mich hier herausholen. Seit der Trauerfeier von Leander und Verena bin ich ziemlich klar im Kopf. Der Professor hat das Behandlungskonzept für mich umgestellt. Offiziell hat er mit mir besprochen, dass seiner Einschätzung nach die bisherigen Medikamente keinen Fortschritt erwarten lassen und für meinen Genesungsprozess nicht die richtigen sind. Fakt ist, dass er durch Leanders Tod den Plan ändern muss, weil er jetzt allein verantwortlich ist und er es sich nicht leisten kann, dass eine ansonsten gesunde junge Frau einen geistigen Verfall erleidet."

„Entschuldigen Sie, Frau Jeute, wenn ich Sie unterbreche, aber der Grund unseres Besuches ist, dass wir Ihnen eine traurige Nachricht zu überbringen haben. Ihr Mann hatte gestern Abend einen Unfall."

„Was ist mit Jonas? Ist er verletzt?"

Einfühlsam berichtet Nane, was sich am Abend zuvor zugetragen hat und schließt mit den Worten ‚er hat nicht gelitten. Er war sofort tot'.

Lüders hat neben Britta auf der Bank Platz genommen. Ihr Körper formt sich im Krampf zu einer Kugel und lässt jeden einzelnen Muskel sichtbar werden. Die Fingernägel graben sich in die Oberarme ein.

Dann plötzlich entspannt sich ihr Körper und sie lässt die Beine von der Bank gleiten.

„Meine Erwartungen an das Leben waren nie groß", beginnt sie mit fester Stimme, „aber Jonas hatte Pläne, kühne Pläne. Manchmal war er ein Phantast. Eine Zeitlang planten wir zusammen mit Leander nach Frankreich zu gehen, und das Hotel von Tante Claire zu führen. Aber dann haben sie mich ausgebootet und mit gefälschten Befunden in diese Klinik gesteckt. Sie haben gemeinsame Sache gegen mich gemacht, mich durch die Hölle geschickt und billigend meinen Tod in Kauf genommen. Nun sind sie selber tot. Das Leben ist grotesk, oder? Das Wertvollste, was ich beinahe verloren hätte, ist die Wertschätzung meiner selbst."

Britta wendet den Kopf und sieht Nane direkt in die Augen. „Und deshalb erlaube ich mir im Augenblick, keine Trauer zu empfinden!"

In der Luft liegt eine Art feierliches Schweigen, das Nane sehr berührt. Beeindruckt ergreift er Brittas Hand und erhebt sich von seinem Platz.

„Meine Hochachtung, Frau Jeute. Ich wünsche Ihnen viel Kraft und alles Gute."

Oke hat am Hintereingang auf Nane gewartet.

„Eine unverhohlen ehrliche Frau mit einer bewundernswerten Haltung."

Auf dem Weg zum Auto kommt den Beamten ein Mann entgegen. Mit einem Riesenstrauß roter und champagnerfarbener Rosen geht er auf den Klinikeingang zu.

„Jede Wette, dass das Torge Bergmann ist?", sagt Oke in Richtung Nane.

„Es ist Torge Bergmann, Oke. Und um es mit den Worten von Hinnerk Peters zu sagen: Jeder kriegt, was er verdient."

Danksagung

All denen, die mich seelisch, moralisch, fachlich und sachlich, familiär und freundschaftlich unterstützt haben, damit dieses Buch entstehen konnte, sei an dieser Stelle sehr herzlich gedankt.

Um niemanden zu vergessen, verzichte ich auf die Namensnennung.

DANKE
Ihnen und Euch allen.

Herzlichst
Renate Folkers